D1722701

UND AM ANFANG WAR DER WOLF

SIENCE-FIKTION-ROMAN

Prolog

Das nachfolgende ist ein passendes Vorwort zu meinem eigentlichen Prolog
(aber geschrieben hat es Miguel de Cervantes für seinen Don Quichote)

»Müßiger Leser! – Ohne Schwur magst du mir glauben, dass ich wünsche, dieses Buch, das Kind meines Geistes, wäre das schönste, lieblichste und verständigste, dass man sich nur vorstellen kann. Ich habe aber unmöglich dem Naturgesetz zuwiderhandeln können, dass jedes Wesen sein Ähnliches hervorbringt; was konnte also mein unfruchtbarer, ungebildeter Verstand anders erzeugen als die Geschichte...«
Ich empfinde dieses Vorwort Miguel de Cervantes zu seinem Buch so treffend zum Thema meines Buches, das ich es dem eigentlichen Prolog voranstelle.

Friedrich Carl von Gersdorff hatte einen Traum.
«Er war auf dem Weg von seiner Stadtwohnung auf der Webergasse zum Gasthof zu den »Drei Krebsen«. Eigentlich wollte er seinen dort eingestellten Hengst holen, um dann ins Schloss nach Gerhardisdorf zu reiten». Ihm fröstelte, denn es war draußen bitterkalt.
Im noch hellen Mondschein des frühen Morgens kam ihm auf der schmalen Webergasse ein riesiger weißgrauer Wolf entgegen, dem ein alter weißbärtiger Mann folgte. Der Wolf hinkte, ihm fehlte ein Stück des rechten Vorderlaufes.
Gersdorffs Muskeln zwischen den Schulterblättern vibrierten zunehmend stärker.
War das ein Zeichen, dass er von dem Alten erwartet wurde oder drohte ihm irgendeine Gefahr?
Die innere Abwehr machte sich in ihm breit.
Unnötig!

Gersdorff hatte jetzt die Gewissheit, warum sich sein Alter Ego so nachdrücklich meldete. Er spürte, dass der alte Mann ihn gerufen hatte.

Aber warum? Wer ist der Alte?

Mitten auf der Gasse blieb der alte Mann vor Gersdorff stehen. Nicht die geringste Bewegung machte er, sondern er musterte ihn mit einem intensiven, durchdringenden Blick. Scharfe Augen, die im Mondlicht seltsam schimmerten, sahen zu ihm hin. Gersdorff war verunsichert, was sollte er tun, er blieb nun ebenfalls stehen und ließ sich mustern. Es schien keine Gefahr von dem Alten auszugehen, sonst hätte sich sein Alter Ego eindringlicher gemeldet, aber es vibrierte nach wie vor.

Komisch, aus der Nähe sah der Alte merkwürdig aus, irgendwie passte etwas nicht zusammen. Es war nichts Greisenhaftes an ihm, es erinnerte an etwas junggebliebenes in der Gestalt. Die weißen Haare und der weiße Bart passten nicht zu der aufrechten Haltung, sie waren nicht die eines Greises.

Ein seltsames Grinsen erschien auf dem Gesicht des alten Mannes. Der große Wolf hatte sich zu seinen Füßen niedergelassen und beobachtete Gersdorff aufmerksam.

»Guten Morgen!«, sagte der Alte.

»Ich habe dich erwartet Friedrich Carl von Gersdorff!« Bis zu diesem Augenblick, da der alte Mann seine Stimme erhob, hatte Gersdorff das Gefühl, eine Erscheinung anzustarren – und nun musste er wohl sehr erschrocken wirken, denn der Alte versuchte ihn zu beruhigen.

Mit einer sanften Stimme sagte er zu ihm.

»Keine Angst, es wird dir nichts passieren. Ich habe dich gerufen, weil ich mit dir reden muss. Du hast Besuch in Gerhardisdorf. Die Kinder deines Vetters, Graf Zinsendorf sind bei euch zu Gast. Du hast deinem Vetter und Studienfreund Graf Nikolaus Ludwig von Zinzendorf für dessen Herrnhuter Brüdergemeine auf seinem Gut Klix eine sorbische Predigerschule eingerichtet. Dafür ist er dir sehr dankbar.

Aber das ist nicht alles.

Jetzt liest du seinen Buben aus der wertvollen alten Chronik vor, sie beschreibt nicht nur die Geschichte des Geschlechts derer von Gersdorff, sondern sie ist auch ein Spiegelbild der Region. Mir ist wichtig, dass du weißt, die Buben werden bald das Erbe ihres Vaters antreten und als Missionare die Welt bereisen. Mit dem Vorlesen der Geschichten aus der Chronik bereitest du die Buben auch darauf vor. Du kennst ja das Bestreben deines Vetters bezüglich der Brüderunität. Das sind Vorhaben, die das Wohlgefallen des Allmächtigen, als auch meine volle Unterstützung genießen.

Die in Böhmen und den angrenzenden Ländern wütenden Kämpfe führten damals zum Untergang der Taboriten. Die Utraquisten konnten sich auf Grundlage, der vom Konzil von Basel bestätigten, Prager Kompaktaten zur Mehrheitskirche und zur Brüderunität etablieren. Du weißt von was ich rede?«.

Gersdorff nickte, er kannte die Geschichte der Hussiten.

Der alte Mann deutete auf den Wolf. »Das ist Lupus! Eigentlich gehört er denen von Gersdorff, aber als seine Herrin Mechthild vor den Thron des Allmächtigen gerufen wurde, habe ich ihn wieder zu mir genommen«.

Der alte Mann nestelte einen kleinen goldenen Anhänger vom Hals, in diesem war kunstvoll ein grüner Edelstein eingefasst. Er reichte den Artefakt Gersdorff. »Trag ihn und du wirst immer in der Lage sein, in der Gedankensprache mit uns zu reden!«

Dabei deutete er auf Lupus. »Auch er versteht sie«.

»Ich bin Pater Augostino, der Hüter des Heiligen Grabes von Jerusalem. Eigentlich bin ich der Guardian des Franziskanerklosters auf dem Berg Zion.

Einige deiner Vorfahren kannten mich, weil ich sie zum Ritter des Heiligen Grabes geschlagen habe.

Alle anderen Auslegungen zu den Geschichten findest du in der alten Chronik und wenn es Fragen gibt, dann reden wir in der Gedankensprache miteinander. Du musst dazu nur das Artefakt in die Hand nehmen und mich in Gedanken rufen. Ab und zu schicke ich Lupus zu euch. Dem musst du die Hand auf den Kopf legen, dann kann er dir Botschaften übermitteln. Denn wie lange es der Allmächtige noch zulässt, dass ich mithilfe der Mystik von Land zu Land wandere, ist äußerst ungewiss«.

Schweißgebadet wachte Gersdorff auf und schaute sich um. Was war das? Er war ja gar nicht in Görlitz, sondern im Schloss derer von Gersdorff in seinem eigenen Schlafgemach.
Der Alte und der dreibeinige Wolf waren verschwunden. Was war das? Hatte er das wirklich geträumt?
Immer öfter suchten «sogenannte» Traumsichten Eingang zu seinem Hirn. Die Großmutter litt unter dieser Art von Traumsichten, hatte sie ihm einmal erzählt. Gersdorff hatte damals das Gefühl, sie hatte den Namen «Traumsicht» erfunden. Aber wie es jetzt aussah, hatte er diese Eigenschaften anscheinend von ihr geerbt.
Gersdorff stand auf.
Auf dem Nachtschränkchen fand er das kleine goldene Artefakt mit dem eingelassenen grünen Edelstein. Er nahm es in die Hand und betrachtete es aufmerksam und sehr nachdenklich.
Er wusste, dass dieser Schmuck eigentlich ein uraltes Familienerbstück ist. Friedrich Carl von Gersdorff hatte den Schmuck von seiner Großmutter geerbt, zu der er ein sehr enges Verhältnis hatte und sie hatte ihm gesagt, dass dieser Schmuck weit in die Geschichte der Familie derer von Gersdorff zurück reicht. Er erinnerte sich aber auch daran, was der alte Mann ihm erzählt hatte, demnach ist dieses alte Schmuckstück ein mystisches Artefakt?
Aber woher wusste der alte Mann von dem Schmuckstück?

Gersdorff schüttelte den Kopf und wollte den Traum in den Bereich des Aberglaubens schieben, als er plötzlich deutlich die Stimme des Bruder Augostino in seinem Kopf vernahm.

Gersdorff erschrak und warf das Schmuckstück weit von sich auf das Bett.

Die Stimme in seinem Kopf brach ab.

Vorsichtig tastete Gersdorff wieder nach dem Schmuckstück und die Stimme war plötzlich wieder da.

»Friedrich Carl von Gersdorff, du bemerkst, es ist kein Albtraum oder gar Aberglauben!« erklang es laut und deutlich in seinem Kopf.

Das Artefakt befähigt dich, die Gedankensprache der Elfen zu verstehen und sie auch anzuwenden. Sie ist eine uralte Art aus dem Asenreich, untereinander zu kommunizieren! Deine Großmutter hat sie auch beherrscht, auch weil sie begriffen hatte, dass auch die Elfen Kinder des Schöpfers sind. Mich hat die Herrin des Asenreiches befähigt, über diese Art der Kommunikation mit ihr in Verbindung zu bleiben!

Die Weisen von Jerusalem beherrschen die Gedankensprache ebenfalls!

Also, geh nicht leichtsinnig mit dem Artefakt um.

Du wirst es noch brauchen!«

Wie alles begann ...

Im Schloss derer von Gersdorff brannte im Kamin ein helles und wärmendes Feuer. Draußen klirrte noch der Frost und so war es angenehm vor dem warmen Kamin zu sitzen. Der Mann vor dem Kamin blätterte in der sehr alten, in Schafsleder gebundenen Chronik. Über dem Kamin war der Kupferstich von Daniel Petzold zu sehen, welcher die Stadtmauer von Görlitz zeigte und die die Stadt, abgesehen von einem kurzen Stück auf der Ostseite entlang der Neiße, wie mit einem zweifachen Ring umfasste. Die äußeren Mauern sind sechs und acht Ellen hoch, waren

GÖRLITZ

teilweise auch höher. Immer wieder verglich der junge Mann die Zeichnungen im Buch mit dem Kupferstich an der Wand, den er zur Ansicht aufgehangen hatte. Er konnte keine Abweichungen feststellen, der Künstler hatte sehr genau gearbeitet und die wehrhafte Stadt auch wehrhaft dargestellt. Im Gegensatz zu den Befestigungsanlagen zur Zeit des Hussitenkrieges, vor rund fünfhundertneunzig Jahren, ist die Wehrhaftigkeit der Stadt bemerkenswert gewachsen.

Friedrich Carl von Gersdorff war trotz seiner Jugend, bereits Oberamtsmann der Oberlausitz. Der Oberamtmann hatte für den gesetzmäßigen Gang der

Verwaltung zu sorgen und war der vorgesetzten Behörde unmittelbar und persönlich verantwortlich. Der Titel entsprach damit etwa dem eines Landeshauptmannes.

In der Chronik war er auf Eintragungen gestoßen, die er mit Spannung nachverfolgt hatte. Den einen Beitrag hatte einer seiner Vorfahren verfasst. Der Verfasser hieß Leuther von Gersdorff, Stadthauptmann von Görlitz, der sich in diesem Beitrag ausgiebig mit den misslungenen Hussitenüberfällen auf die Stadt auseinandergesetzt hatte. Den Befehl über die Görlitzer Truppen führten kühne und kundige Görlitzer meist aus den führenden Geschlechtern, aber auch besondere Hauptleute aus dem Adel, die man besoldete, wurden dazu angenommen. Bewunderungswürdig in diesen Zeiten ist der Görlitzer Nachrichtendienst und ebenso die rastlose Arbeit der Bürgermeister und Ratmannen bei Tag und Nacht, ihre zielbewusste, folgenschwere Entschlussschnelligkeit, die politische und militärische Bereitschaft, das große Mühsal, das Stadtschreiber und Ratsherren auf ihren weiten Gesandtschaftsreisen auf sich nahmen; es sind straffe, harte, zähe und kluge Leute, die damals in größter Aufopferung die Geschicke der Stadt leiteten. Die Stadt Görlitz allein war es, welche der guten Organisation, dem Wagemut und dem Zielbewusstsein der Feinde einigermaßen gewachsen war, die anderen Sechsstädte kamen ihr nicht gleich. Überhaupt war es ein Unglück, dass die kriegerische Kraft der Oberlausitz, die im Ganzen recht bedeutend war, eines festen Zusammenschlusses und einer einheitlichen Führung entbehrte. Hier versagte der oberste Landesbeamte, dem die Sorge dafür oblag, vollständig, und auch der Sechsstädtebund, der im Verlauf des Krieges wegen des starren Widerstandes der Görlitzer gegen die Hussiten sich überhaupt lockerte und erst 1436 wieder neu gefügt wurde, bewährte sich in dieser Hinsicht nicht. Görlitz war schließlich auf sich selbst allein angewiesen

Lärm war vor der Tür zu hören.

Gersdorff barg schnell das vor ihm liegende Schmuckstück in die Schublade des Schreibsekretärs. Die beiden Buben, die da hereinstürmten, sind die Söhne seines Vetters Graf Nikolaus Ludwig von Zinsendorf. Die beiden Adelsgeschlechter hielten sehr enge Beziehungen zueinander. Zinzendorf war der Sohn von Georg Ludwig Graf von Zinzendorf und Pottendorf und Charlotte Justine Freiin von Gersdorff Deshalb war es auch nicht verwunderlich, dass sie sich auch familiär austauschten. Für die Buben war und blieb es der Oheim.

Die Jungen bestaunten das Bild an der Wand über dem Kamin. »Oheim, was ist das? Das hing doch vorher nicht da!« fragte der jüngere der beiden Buben.

»Gut beobachtet! Das ist ein Kupferstich des Künstlers Daniel Petzold aus Görlitz, der die Umrisse der Stadtbefestigung seiner Stadt darstellt«.

Gersdorff klappte die Chronik zu.

»Bevor ich euch etwas darüber erzähle, noch einige Hinweise zu denen von Gersdorff, praktisch zu meiner Familie.

Das Geschlecht derer von Gersdorff blickt auf eine mehr als 700-jährige Geschichte zurück. Es gehört dem Oberlausitzer Uradel an. Viele Erzählungen und Geschichten, teils auch Legenden, ranken sich im Verlaufe der Jahrhunderte um das Gersdorffer Geschlecht, das sich im Verlaufe dieser Zeit in ganz Europa verteilte«. Der Oheim drehte die Chronik, so dass die Buben die Abbildung einer Urkunde sehen und lesen konnten.

»Oheim, erzählst du uns auch etwas darüber?«, fragte der ältere der Jungen.

Gersdorff nickte, blätterte einige Seiten um und erzählte.

»Erstmals taucht der Ortsname Gersdorf als „Gerhardisdorf" im Jahr 1241 in den Akten der Oberlausitz auf. Seit 1301 lässt sich mit Stammvater Jencz, zu Deutsch Johannes, eine durchgehende

Namensfolge nachweisen. Jencz ist in einer Urkunde vom 25.4.1301 mit seinem Bruder Christian vermerkt, der benannt wird als «dominus Christianus advocatus provinciae Gorlicensis dictus de Gerhardisdorf, auf Deutsch «Lord Christianus, ein Anwalt in der Provinz Gorlicense, genannt Gerhardisdorf.».

Der mit ihm verwandte Ramfold von Gersdorff war in seiner Folge Grundherr Gersdorfs und des Städtchens Reichenbach, das bis heute das Gersdorff-Wappen als Stadtwappen führt«.

Dann klappte Gersdorff das Buch zu und erzählte weiter.

»Der Familienverband derer von Gersdorff hat eine ganz besondere Beziehung zu dieser Stadt«, erläuterte von Gersdorff den Buben vor dem Kupferstich der Stadt Görlitz stehend. Er verwies im Folgenden auf die Familiengeschichte derer von Gersdorff und zog einen Vergleich zu denen von Zinsendorf.

»Euer Vater hat ja in Niesky und in Herrnhut ähnliche Beziehungen aufgebaut, aber das wisst ihr ja. Das Geschlecht derer von Zinsendorf hat ja eine ähnliche Entwicklung hinter sich gebracht wie das derer von Gersdorff!«, sagte er.

Gersdorff warf noch einige Scheite Holz in den Kamin und zog das dicke Buch wieder an sich heran. »Zunächst konnten sich diese reformatorischen Gruppen, die euer Vater geeint hat, mit der damals üblichen Fremdbezeichnung Böhmische Brüder, bzw. der Eigenbezeichnung Unitas Fratrum, zu Deutsch, Brüder-Unität, behaupten. Ihr werdet einmal diesen Glauben missionieren und in die Welt hinaustragen! Das sind aber sehr lange Geschichten!«, sagte er zu ihnen. »Die sind nicht in einer Stunde erzählt, aber wenn ihr die Geduld habt zuzuhören, werde ich wohl einige Abende brauchen, um euch jeden Abend eine oder auch zwei Geschichten vorzulesen, oder was meint ihr?«.

Gersdorff blätterte in der dicken Chronik.

»Oheim, wir sind ja noch einige Tage hier bis der Vater uns wieder abholt!«, sagte der ältere von den Buben. »Wir haben ja schließlich Winterferien! Also machen wir das, du liest uns jeden Abend eine spannende Geschichte aus dem dicken Buch vor!«

Gersdorff lachte herzlich.

»Ihr Schlingel, ihr habt mich aber richtig toll überzeugt, um nicht zu sagen, richtig toll reingelegt!«

Die Jungen grinsten, machten es sich auf dem weichen Bärenfell bequem und warteten gespannt auf die erste Erzählung des Oheims.

Gersdorff blätterte in der Chronik bis zu einem Lesezeichen und sagte zu ihnen.

»Viele Geschichten, die ich vorlesen werde, beginnen vor mehr als vierhundert oder vielleicht auch sechshundert Jahren und sie sind nicht nur geprägt vom Bau der Befestigungsanlagen der Stadt, sondern auch vom Fleiß seiner Erbauer und von schlimmen Erinnerungen an Gräueltaten der Hussiten und an das Leid der Menschen, die damals die junge Stadt heimgesucht haben. Diese Geschichten habe ich willkürlich ausgewählt, sie sind nicht zusammenhängend geordnet. Ich habe sie so ausgewählt, dass ihr die Zusammenhänge besser versteht.

Noch bevor dieses Schloss erbaut wurde, lebten einige von den Gersdorffs in Kralowski haj oder heute Königshain genannt, in Ebersbach und in Gerhardisdorf. Nach ihrer Flucht aus Prag versteckten sich die Gersdorffs und die d´Moreau, das ist eine befreundete französische Familie, um der Rache der Hussiten zu entgehen, auf dem Heideberg bei Arnholdisdorf. Die beiden Männer lehrten einst an der Universität in Prag Philosophie, der Inhalt ihrer philosophischen Lehre war den Hussiten aber ein Dorn im Auge. Es floss damals viel Blut durch die Prager Gassen. Doch es gab in Görlitz einen Verräter, der die Hussiten zu dem Versteck auf den Heideberg führte. Sie nahmen fürchterliche Rache an den Flüchtlingen, vor allem an denen d`Moreau. Doch davon erzähle ich später in einer eigenen Geschichte, sie ist prägend für die weitere Entwicklung und die möchte ich euch nicht vorenthalten! Die anderen Geschichten erzählen euch aber auch von «Lupus», dem Wolf aus dem Asenreich, von Elfen, Kobolden und Trollen. Auch «Ritter des Heiligen Grabes» spielen in den Aufzeichnungen hier in der Chronik eine Rolle.

Aber sie erzählen auch von einem verborgenen Geheimnis, einem Arkanum der Tempelritter in unserer Stadt«. Nach diesem langen Monolog machte der Oheim eine kleine Pause und trank einen Schluck von dem schon erkalteten Tee und fuhr dann fort.

»Irgendwo haben die Erzählungen alle einen berechtigten Platz in der Geschichte der Stadt Görlitz und deren Umgebung. Jeder der die Berichte, niedergeschrieben hat, erzählt die Geschichten auch auf seine Weise«.

Friedrich Carl von Gersdorff strich über die Chronik und wies dabei auf den Kupferstich an der Wand.

»Das waren überaus kluge Menschen, sie haben es niedergeschrieben, um es der Nachwelt, damit auch uns, zu erhalten!

Es ist alles höchst sorgfältig hier in dieser Chronik aufgeschrieben und von den Schreibern auch bezeugt! Beginnen wir mit einer Zeit, wo die Mauern vollendet wurden, weil sie mit ihrer Vollendung die Sicherheit der Stadt gewährleisten konnten. Das war vor dem nicht so! Eigentlich müsste ich bis in die Anfänge zurückgehen, in denen sich Görlitz langsam, aber sicher zur Stadt mauserte.

Und das war schon in grauer Vorzeit als der Kaiser Heinrich IV. die »Villa Goreliz« in einer Urkunde erwähnte. Beispielsweise war dieser Eintrag die Geburtsstunde unserer Stadt. Aber, die Gegend war auch das Siedlungsgebiet der geheimnisvollen Vorfahren der Sorben, der Milzener, eines slawischen Volksstammes, deren Häuptling «Ziscibor» war.

Der Häuptling errichtete auf der Landeskrone einen festen Sitz und die überzähligen Burgbewohner siedelte er in einem Dorf mit Namen «Gerlois» am Neißeübergang bewusst an. Das ist sehr wahrscheinlich, weil der sichere Neißeübergang für den Handelsweg von besonderer Bedeutung war und den die Bewohner von «Gerlois», die ja Krieger des Häuptlings «Ziscibor» waren vor räuberischen Übergriffen auf die Händler schützten, auch sehr zu ihrem eigenen Nutzen.

Es gibt aber auch noch andere Sagen zur Entstehung unserer Stadt, auf die ich vielleicht später zurückkommen werde.

Wir beginnen aber, zum besseren Verständnis, mit der Fertigstellung des Befestigungsbaus der Stadtmauer so wie sie auf dem Kupferstich von Petzold dargestellt ist. Da ist der Übergang von einer fast wehrlosen zu einer wehrhaften Stadt besser zu verstehen. Lasst euch im Weiteren überraschen!«

GÖRLITZ

Die Stadt Görlitz

Zwischen Lunitz und Neiße wuchs die Stadt rasant empor. Handel und aufblühendes Handwerk sorgten für schnelles wachsen der Stadt. Aber immer noch standen das Kloster und seine Kirche zum Teil außerhalb der Stadtmauer. Das würde wohl nicht mehr lange so bleiben, denn die Bestrebungen des Aufnehmens in die Sicherheit der aufstrebenden Stadt waren schon nach der Weihe durch den Bischof von Meißen sichtbar. Es wurde überall mit großem Eifer gebaut. Besonders an diesem Teil der Stadtbefestigung, der noch offen war, werkelte man seit Jahren eifrig, um die Mauerlücke zu schließen. Es ist an der Zeit, jetzt das Kloster und die Kirche endgültig ins Stadtinnere zu holen.

Durch die noch offenen Lücken in der Stadtmauer gelangten immer wieder Strauchdiebe in die Stadt, richteten Schaden an und versetzten die Menschen in Angst und Schrecken. Die Stadtväter ließen gleichzeitig die Mauern aufgrund von neuen Erfahrungen im Festungsbau, um einiges erhöhen.

Die Fuhrwerke der Bauern brachten in ununterbrochener Folge nach wie vor Granitblöcke aus den umliegenden Steinbrüchen. Sand und Lehm aus den Kiesgruben transportierten sie zu den eingerüsteten Mauern. Der Kalk wurde immer noch bei den Dörfern Henndorf und Ludwigsdorf gegraben und aufbereitet und dann mit Fuhrwerken der Bauern zur Stadtmauer transportiert. Hier mischten die Mauerer den Lehm

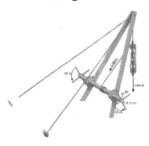

mit Kalk zu einem Lehmkalkmörtel und verarbeiteten ihn auch sofort. Der Lehmkalkmörtel wurde in Bütten gemischt und mithilfe eines Hebebaums und Flaschen – so nannte man damals die Seilzüge - auf die Mauern transportiert. Zwischen den Schenkeln des Hebebaums  ist eine Haspel angebracht, die, wenn man sie drehte, die Last anhob und das Zugseil aufwickelte. Die Flaschen waren aus Hartholz, sie nahmen eine Anzahl auswechselbarer Rollen in sich auf, sowie die Zugseile, die über die Rollen gelegt wurden. Es gab auch sogenannte Traversen, auch aus Hartholz, die mehrere Rollen nebeneinander in sich aufnahmen.

Die Maurer und die Zimmerer verringerten damit, je nach Anzahl der Rollen, die Kraft um ein Vielfaches, die sie zum Aufziehen der schweren Steine und der anderen Materialien benötigten. Diese Zugseile aber sind mit besonderen Tierhaaren und Hanf gedrillt und sie sind äußerst haltbar.

Die Hanffaser ist so stark, dass sie sogar zur Herstellung von Segeln, Seilen und Leitern für Schiffe verwendet werden.

In der jungen Stadt gab es inzwischen eine richtig gutgehende Seilerei, die sich ausschließlich mit dem Drillen solcher Zugseile befasste. Der Innungsmeister dieser Seilerei, ein zugewanderter Flame, konnte sich vor Aufträgen kaum retten. Findige Köpfe, wie der Schmied Gregor aus Klingewalde, hatten zudem die neue sogenannte «Teufelskralle» erfunden, eine Vorrichtung, deren Hebel sich beim Anheben der Last fest an den Stein krallten und ihn festhielten.

Stein für Stein wurde mit diesen Flaschen und den dazugehörigen Seilen auf die Mauern hochgezogen und sofort verbaut. Der angemischte Lehmkalkmörtel durfte ja nicht aushärten, bevor die Steine eingefügt wurden. Es ging mit den Seilzügen alles wesentlich leichter und außerdem auch schneller. Trotzdem, es war für die Maurer eine Sisyphusarbeit und sie wird wohl nie gänzlich enden.

Der Parlierer des Baumeisters Aye, ein zugewanderter Flame namens Helge, steht mit in die Hüften gestemmten Händen auf der Mauer und beobachtete aufmerksam den Fortschritt der Bauarbeiten an der Befestigungsanlage. Vor ihm liegt ein aufgerolltes Pergament mit den Rissen des damaligen Baumeisters Ruppert, die jenen Teil der Befestigungsmauern darstellen, an dem jetzt angestrengt gewerkelt wird.

Gersdorf zeigte den Buben mit der Hand den Verlauf der Mauer auf dem Kupferstich. Dieser neue Teil der Stadtmauer soll schließlich die Stadt gänzlich umschließen. Ruppert hat die Stadtmauer vor vielen Jahren mit einer Länge von etwa sechstausend Ellen entworfen und auf dem Pergament festgehalten. Eine gewaltige Länge und eine gewaltige Anstrengung für die Erbauer.

»Oheim, was ist ein Parlierer?«, fragte der jüngere der beiden Brüder.

»Ein Parlierer ist so etwas wie ein Vorarbeiter mit vielen Kenntnissen vom Bau - später nannte man ihn einfach Polier!«, antwortete der Oheim.

»Der Parlierer hier, von dem wir reden, ist ein erfahrener Mann und hat schon an verschiedenen Befestigungsanlagen im Lande sein Zeichen hinterlassen«.

Der Oheim stand auf und ging zu dem Bild an der Wand.

»Aber dass hier, das ist ein Meisterstück des Befestigungsbaus, an dem er mitwirkte«.

Der Oheim zeigte am Kupferstich auf die Mauer.

»Abgesehen von dem kurzen Stück auf der Ostseite der Stadt entlang der Neiße, ist es ein doppelter Ring, der die Stadt umschließt. Die äußeren Mauern sind zwischen sechs und acht Ellen hoch, teilweise auch höher eingezeichnet. Die inneren Mauern hingegen sind noch höher und stärker. Auch besitzen die inneren Mauern im Gegensatz zu den Äußeren, Treppen, Umgänge mit hölzernen Geländern und Schießscharten. Immerhin, die Mauern sind mit Ziegeldächern versehen und schützten somit die künftigen Verteidiger nicht nur vor der schlechten Witterung, sondern auch vor Bolzen und Kugeln der Angreifer. Das Areal zwischen den beiden Mauern nannte der Baumeister Ruppert «Parchen». Inzwischen dienten die Parchen den Tuchmachern der Stadt als Trockenplatz für die von ihnen eingefärbten Stoffe, sehr zum Ärger des Baumeisters. Das wurde etwas später durch die Stadt mit einem Ratsbeschluss verboten. Von da an nannte man die Parchen «Zwinger» und sie erhielten Namen nach ihrem Standort«.

Die Jungen reagierten nervös auf die Stimme des Oheims und rutschten auf dem Fell hin und her.

»Warum ärgerte sich der Baumeister?«, fragte der Jüngere. »Ist das so schlimm, wenn sie dort Stoffe trocknen?«

»Er war der Meinung, dass die Rahmen der Tuchmacher die Verteidigungshandlung behindern würden und er hatte nicht unrecht. Lasst mich einfach weiterlesen«, sagte der Oheim.

»Auf dem Pergament ist auch schon die zukunftsweisende Idee zu erkennen, wie das künftige Frauentor beschaffen sein sollte. Es ist auf dem Pergament dreifach ausgelegt. Das innere Tor ist auf beiden Seiten mit der inneren Stadtmauer verbunden und steht stadteinwärts vor einem riesigen Turm, der schon viel früher mit besonders dickem Mauerwerk erbaut wurde. Das mittlere Tor ist mit einem Gebäude überbaut und sollte dann ein starkes Holzfallgatter besitzen, mit Eisenschuhen bewehrt, das mittels Rädern herauf- und hinuntergelassen werden kann. Der Bau dieser Anlage würde wohl noch eine Weile dauern«.

Der Oheim trank wieder einen Schluck kalten Tee aus der Karaffe und las weiter vor.

»Inzwischen hatten die Handwerker der Stadt damit begonnen, die Idee des Baumeisters in die Tat umzusetzen.

Die künstlerisch fantastische Zeichnung des Frauentores, auf der auch ein Wolf zu sehen ist, hatte Baumeister Ruppert damals seinem Entwurf beigefügt. Man konnte denken, der Allmächtige hat den Baumeister mit der Vorsehung gesegnet, dass der Wolf einmal eine bedeutende Rolle in Görlitz spielen würde. Auch davon werdet ihr noch hören! Es ist alles in dieser Chronik niedergeschrieben! Auch die folgende Geschichte, die sich während des Baus der Befestigungsanlage abspielte, ist von Bedeutung für unsere Stadt. Also hört gut zu!«

Auf der Mauerbaustelle

Die Finger des Parlierer fuhren die Linien entlang, die der Baumeister mit viel Akribie auf das Pergament gezeichnet hatte.
Das äußere Tor ist auch sehr wehrhaft dargestellt und wirkt basteiähnlich.

Es steht weit außerhalb der Stadtmauer im Wassergraben und wird mit einer starken Mauer auf jeder Seite mit der eigentlichen Stadtmauer verbunden. In Richtung Süden vor dem Tor führt eine kleine Brücke über den Graben. Noch ist das Frauentor keine offene Baustelle, aber bald wird es sich auch in die Befestigung einfügen».
»An diesen Mauern wird sich jeder Feind die Zähne ausbeißen!«, sagte der Parlierer laut vor sich hin und rollte zufrieden das Pergament zusammen.
Die breiten Mauern, die Bastionen mit ihren Türmen und Toren, sie wachsen in Windeseile. Sind sie doch der

Garant für die Sicherheit der Handelsleute und der Bürger der aufblühenden Stadt. Und sie würden auch dem Kloster und seiner Kirche gänzlich diesen Schutz gewähren.

Der Parlierer wandte sich wieder der Baustelle zu und drehte sich nochmals um, weil er plötzlich durch einen Tumult an der Neißeseite von seinem Vorhaben abgelenkt wurde.

Er schaute über die Mauer.

Zwei übel aussehende Kerle in schmuddeliger Forstbekleidung zogen eine gefesselte junge Frau gewaltsam in Richtung der Stadt. Ein dritter Mann, anscheinend angetrunken, folgte ihnen und begrapschte laufend die Gefangene.

Der Parlierer verstand nicht, was die junge Frau schrie, aber es schienen nicht gerade anständige Worte zu sein. Als sie näher heran waren, sah er, dass das eine rotbraunhaarige wunderschöne junge Frau war, die sich auffallend mit diesen kruden Beschimpfungen gegen das Begrapschen des nachfolgenden Kerls wehrte. Er überlegte, die junge Frau kam ihm bekannt vor.

Der Parlierer schüttelte den Kopf als er den Mann erkannte. »Das ist doch der Hartwig Haubold aus der Schar der Herren von Wirsynge, bei denen er sich als Forstknecht verdingt hatte«, sagte er laut und dann fiel es ihm wieder ein. Der Hartwig hat seinen ehrbaren Stellmacherberuf aufgegeben und wurde zu einem stadtbekannten Rauf- und Trunkenbold. Warum auch immer, die Leute verabscheuten und mieden ihn.

Er hauste jetzt in einer kleinen unansehnlichen Hütte vor der neuen Stadtmauer. Von hier oben aus konnte der Parlierer diese armselige Hütte sehen. Aber die Kerle schleppten ihre Gefangene nicht in diese Richtung, sie schleppten sie in die Stadt. »Was haben die Kerle mit der jungen Frau vor?«, fragte sich der Parlierer. Die Arbeiten auf der Baustelle Stadtmauer standen auf einmal still.

Die Handwerker schauten gebannt auf die unwürdige Szene, die sich vor ihnen abspielte und einige Handwerker machten ihrem Unmut durch laute Rufe Luft und drohten den Kerlen mit der Faust.

»Hey, ihr Kuhketzer, ihr Mordbrenner lasst die Frau los!«, brüllte ein Maurer. Die anderen Handwerker fielen in die Rufe ein. Tumultartiger Lärm brach bei den Handwerkern auf der Mauer los.

»Verdammter Trunkenslunt, lass die Frau los!« brüllten die Zimmerer. Deren Wut richtete sich gegen die vermeintlichen Forstleute, die die sich wehrende, gefesselte junge Frau hinter sich herzogen. Die Wut der Zimmerer richtete sich vor allem gegen den Hartwig Haubold, den sie als abtrünnigen Handwerker ansahen. Die Empörung schien zu explodieren und es bestand die Gefahr, dass die Handwerker in ihrer Rage die Mauer verließen, um der jungen Frau zu helfen!

»An die Arbeit!«, schrie der Parlierer und drohte seinen Handwerkern ebenfalls mit der Faust.

Die Köpfe verschwanden und urplötzlich setzte der Baulärm wieder ein.

«Sie haben eben Respekt vor mir!», grinste er und begab sich zur Leiter, um die Mauer zu verlassen.

Als er nach unten schaute, sah er den Bürgermeister Berwich des Calen mit dem Stadtschreiber auf die Leiter zustreben. »Oh Gott, sie kommen gewiss, den Fortschritt des Befestigungsbaus zu kontrollieren«, dachte der Parlierer und grinste. Er rollte das Pergament wieder auf und beschwerte die Enden mit Steinen.

Er ahnte, was der Bürgermeister wollte.

Die Begrüßung war kurz, aber herzlich, man kannte sich.

Nach der Einsicht in die Baurisse sagte der Bürgermeister:

»Helge, schaffen wir es bis zum Wintereinbruch, wenigstens die noch vorhandenen großen Mauerlücken zum Kloster zu schließen?«, fragte er und duzte den Parlierer. Er nannte ihn sogar beim Vornamen.

Ein Zeichen, dass sie sich sogar sehr gut kannten. Berwich wies auf die eingezeichneten vorhandenen Lücken auf dem Pergament.

»Warum fragt ihr das Bürgermeister? Wenn alles so funktioniert wie bisher und das Wetter hält, gehe ich davon aus, dass der gesamte Mauerabschnitt bis zum Winter vollkommen geschlossen ist, das habe ich euch zugesagt. Ich gedenke meine Zusage einzuhalten!«, antwortete der mit Helge angesprochene Parlierer dem Bürgermeister.

»Die Restarbeiten auf der Mauer erledigen wir auch später«, erklärte der Parlierer abschließend.

Bürgermeister Berwich atmete erleichtert auf, er nahm die Antwort des Parlierers wohlwollend zur Kenntnis und deutete seinem Schreiber an, das zu notieren, musste er doch seinen Ratmannen und Schöppen in der nächsten Ratssitzung eine bindende Antwort geben. Es war schon gut, dass die Stadt sich der Mitarbeit von Handwerkern aus Flandern versicherte. Brachten die Flamen doch viele Erfahrungen und Neuerungen aus dem Festungsbau von Brügge mit, die sie hier anwendeten.

»Es gab in den letzten fünf Jahren besonders nachts Raubüberfälle innerhalb der Stadt, die blutig endeten. Unsicherheit verbreitete sich unter den Handelsleuten. «Ist die Stadt nicht mehr sicher?», so stellte sich die Frage im Rat. Der Rat beschloss daraufhin, den Bau der Stadtbefestigungen vordringlich zu betreiben und endlich zu beenden!

»Das wird mit der Schließung dieser Mauerlücken ein Ende haben, so hoffe ich. Dann wird keiner dieser Strauchdiebe mehr unkontrolliert die Stadt betreten können«, sagte der Bürgermeister zum Parlierer. Der nickte bestätigend.

Der Bürgermeister erinnerte sich nur ungern daran, dass der letzte Fall vor einem Jahr für Aufregung und Unmut im Rat gesorgt hatte. Er war da noch nicht Bürgermeister, aber er hatte diese Last mit in dieses Amt übernommen und wollte sie unbedingt loswerden.

«Ein Kaufmann aus Fulda wurde ermordet und seiner gesamten Barschaft beraubt als er die Herberge verließ,» erinnerte sich Berwich.

«Der Zimmerermeister Bernhard von Breitenbach aus Kunstinsdorf, der dem Überfallenen zur Hilfe eilen wollte, wurde brutal niedergeschlagen und getötet, man hatte ihm die Kehle durchgeschnitten. Die tumultartige Reaktion bei den Ratmannen und Schöppen war dementsprechend, man gab die Schuld an dem Verbrechen der seit über zehn Jahren noch nicht fertiggestellten Umfassungsmauer am Kloster ...»
Die andauernden Verbrechen in der Stadt machten dem Bürgermeister zu schaffen.

Berwich wurde vom Parlierer aus seinen Überlegungen gerissen.

»Bürgermeister, ich habe noch einen Hinweis für euch, den Bau nicht betreffend. Vorhin haben wir beobachtet, dass der Forstknecht der Wirsynger, der Hartwig Haubold, eine junge Frau zum Markt schleppte. Wenn ich mich richtig erinnere, ist das die Witwe des Zimmerermeisters von Breitenbach.

Wer weiß, was er mit ihr vorhat! Hat er nicht einmal bei denen als Zimmerer gedient?

Der Saufbruder Hartwig macht doch der Stadt bestimmt wieder Ärger!«

Der Bürgermeister wechselte die Farbe und sah den Stadtschreiber an. Gerade hatte er an diesen Vorfall vor einem Jahr gedacht, an dem dieser Zimmerermeister zu Tode kam. Alle Spuren deuteten darauf hin, dass die Mörder mit ihrer Beute, durch diese hier noch nicht geschlossene Lücke in der Stadtmauer entkommen sind, das war nicht abzustreiten, denn die gesicherten Spuren deuteten daraufhin.

Berwich holte tief Luft.

»Schon wieder dieser Saukerl! Da können die Wirsynger jetzt Ableugnungen erheben, wie sie wollen. Das hat ein Nachspiel. Vor etwa zehn oder elf Jahren hatten die Wirsynger ein ähnliches, fast gleiches Dilemma zu verantworten, da ging es um die Witwe des

Schreinermeisters Schubarth. Ich habe das im zutreffenden Jahrbuch der Stadt zufällig gelesen. Zum Glück haben sich die Mönche des Franziskanerklosters eingemischt und schlimmeres verhindert. Die Franziskaner Mönche haben Gott sei Dank eine andere Auffassung vom Aberglauben wie der Stadtpfarrer, ein Dominikaner!«.

Berwich machte eine Pause, bevor er weiter redete und sah den Schreiber und den Parlierer bedeutungsvoll an.

»An den Fleisch- und Brotbänken aber sabbern die alten Weiber schon wieder etwas von einem Hexensabbat, vom Hexenflug, vom Teufelspakt, der Teufelsbuhlschaft und so weiter! Einen Anteil an diesen grotesken Geschichten hat dieser Saukerl Haubold, aber auch die nicht verstummende Legende vom Orakel am Teufelsstein in Kralowski haj, das ist der obersorbische Name von Königshain. Was meint ihr wohl, wer wohl der Urheber dieser Gruselgerüchte ist?«

Der Bürgermeister wurde wütend.

»Richtig, es ist dieser Saufbruder, der so etwas verbreitet!

Der arbeitet doch damit dem Stadtpfarrer zu.

Aber dieses Mal blüht dem Lumpen die Acht! Da werde ich wohl oder übel mit dem hochwohlgeborenen Herrn Grundbesitzer reden müssen und ihm die Augen öffnen, wen er da unter seine Fittiche genommen hat!«, sagte der Bürgermeister zum Parlierer.

Der Bürgermeister lief zur Leiter.

»Los vorwärts, wir reiten zum Markt«, befahl er dem Stadtschreiber und kletterte auf die Leiter.

»Es sollte mich wundern, wenn der Stadtpfarrer nicht wieder seine unegalen Pfoten im Spiel hat!«, rief er aufgebracht dem Stadtschreiber zu.

Der Stadtschreiber sah seinen Bürgermeister fragend an.

»Ihr seid wohl nicht gut auf den Pfarrer zu sprechen?«

»Der ist doch Dominikaner und wie es aussieht, braut sich da, mit seiner Duldung, ein sogenanntes «Ketzergericht» zusammen! Das hätten die ja gerne. Der Pfarrer macht doch dicke Tinte mit der Inquisition wie alle Dominikaner! Aber denen werde ich etwas husten!«, antwortete ihm Berwich des Calen und redete weiter. »Kennt ihr die Geschichte? Der Heilige Vater, Papst Gregor der IX., entband damals die Bischöfe von der Untersuchungspflicht und beauftragte künftig und überwiegend den Dominikanerorden mit der Inquisition, also mit der Häretikerverfolgung. Sie allein haben jetzt das Sagen. Der Unmut der vernünftig denkenden Menschen trifft nun den Dominikanerorden und dazu zähle auch ich mich.

Na, leuchtet das ein?«, fragte er den Stadtschreiber.

Der aber wagte eine Widerrede.

»Aber jetzt ausgerechnet mit der Witwe des angesehenen Zimmerermeisters? Das glaube ich nicht! Das ist ja eine fatale Ähnlichkeit mit dem vergangenen Geschehen, von denen ihr erzählt habt, Bürgermeister!«, sagte er.

»Natürlich! Wir werden das feststellen!«

Er ging zum ungewöhnlich klingenden «Du» über.

»Du wirst das lesen, wenn wir zurück sind! Ich gebe dir die zutreffende Chronik! Los, vorwärts, wir reiten jetzt zum Markt!«, befahl der Bürgermeister.

»Dem renitenten Stadtpfarrer traue ich alles zu! Dem müssen wir das Handwerk legen, anders bekommen wir keine Ruhe in die Stadt! Wir können eigentlich froh sein, dass wir hier die Franziskaner haben! Die denken noch völlig normal über diesen Aberglauben und gehen auch dagegen vor. Dazu hatte ich vor nicht allzu langer Zeit ein gutes Gespräch mit dem Abt des Klosters. Da ging es um die Gerüchteküche an den Fleisch- und Brotbänken, die immer wieder neu angefacht wird, auch die um das sogenannte Orakel von Kralowski haj und der sogenannten Sage vom «Klötzelmönch» in der die Franziskaner Tag für Tag verleumdet werden, weil sie angeblich ein Lotterleben führen. Die übelsten

Geschichten machten die Runde. Der Abt wollte das gerne unterbinden und ausmerzen.

Was meinst du, wem das nützt?

Der Stadtpfarrer arbeitete sonntags in seinen Predigten vehement dagegen. Ich werde mich mal, in meiner Eigenschaft als Bürgermeister, an den Ordensmeister der Dominikaner mit einer Beschwerde wenden, aber ob das überhaupt Sinn macht?«

Sie bestiegen ihre Reittiere und ritten eilig zum Markt.

Sie wussten aber nicht, was vordem geschah und das einmal dabei ein Wolf eine entscheidende Rolle spielen würde ...

Was zuvor geschah

SIENCE-FIKTION-ROMAN

IM NEISSETAL

27

... und am Anfang war der Wolf

Der sehr muskulös gebaute, aber doch schon ältere Franziskanermönch, Pater Franziskus, war aus dem Kloster aufgebrochen, um in der Neißeniederung Kräuter zur Heilung eines kranken Bruders zu sammeln. Pater Franziskus war der Heilkundige des Klosters und er kannte die Stellen in der Neißeniederung, wo auch das Arnika an den mageren Hängen der Berge gedieh und wo das Bilsenkraut wuchs. Das Bilsenkraut bevorzugt dagegen frischen Sand- oder Lehmböden. Also musste er ganz schön suchen.

Pater Franziskus brauchte das Bilsenkraut, eigentlich eine Giftpflanze, für die Zubereitung eines Decoctum zur Linderung der Schmerzen seines Bruders. Denn Pater Franziskus wusste, für jedes Leiden ließ der Herrgott ein Kräutlein wachsen, man musste es nur finden und wissen, wie es zuzubereiten und anzuwenden ist. In seiner Klause las er aus diesem Grunde immer wieder die Schriften der Hildegard von Bingen, hauptsächlich aber las er in ihrem Hauptwerk »Causae et curae«, «Ursachen und Behandlung». Ein Born unerschöpflichen Wissens um die Gesundheit ist dieses Werk der Hildegard von Bingen.

Auf seiner Suche nach diesen Kräutern sah er unverhofft am Waldrand ein barfüßiges Mädchen von etwa zehn oder elf Jahren, die schnell versuchte, sich vor ihm im Unterholz zu verbergen. Neugierig ging der Pater auf das Kind zu, sich umblickend, ob er nicht irgendwo deren Eltern oder einen Erwachsenen entdeckte, die sich des Kindes annahmen. Aber da war niemand zu sehen. Als das Mädchen sah, wer vor ihr stand, glomm ein hoffnungsvoller Funke in ihren Augen, die voller Tränen standen. Sie erkannte doch die Mönche aus dem Kloster an ihrem Habit. Oft hatte sie mit der Mutter den Mönchen Kräuter ins Kloster gebracht.

»Wie heißt du denn? Bist du allein hier? Wo sind deine Eltern?«, fragte Pater Franziskus das Kind und beugte sich zu ihm herab.

So viele Fragen auf einmal verkraftete das Mädchen überhaupt nicht.

Es weinte plötzlich herzerweichend.

»Ich heiße Mechthild«, schluchzte es unter Tränen.

»Und ... wo sind deine Eltern?«, fragte der Pater noch einmal.

»Ich habe doch nur noch die Mutter!«, schluchzte die Kleine.

»Und wo ist die Mutter?«, fragte der alte Mönch.

Erneut brach ein Tränenstrom aus den Augen des Kindes.

»Die hat der Forstknecht mitgenommen, weil sie im Wald dort oben Kräuter, Holz und Pilze gesammelt hat und das sei verboten, hat er gesagt und dann hat er sich umgedreht und plötzlich mit seinem Jagdbogen auf meinen Wolf geschossen ... und er hat ihn verletzt!«, antwortete das Mädchen schluchzend auf seine Frage.

»Dann erst konnte er Mutter mitnehmen. Mein «Lupus» hätte ihn sonst zerrissen!«

»Du hast einen Wolf?«, fragte der Alte verblüfft, »und

wo ist der?« Die Kleine stand auf und fasste nun vertrauensvoll nach seiner Hand. »Komm Pater! Ich kenne dich. Du bist doch der Pater Franziskus aus dem Kloster!«, sagte sie vertrauensvoll und führte den Alten einige wenige Schritte in den Wald. Der Alte war erstaunt. Dort, unter einer großen Buche, fand der alte Franziskanermönch tatsächlich einen riesig großen, vor Schmerzen winselnden Wolf.

Als der Wolf das Mädchen sah, stemmte er sich mühsam auf den Vorderläufen hoch und schmiegte sich an das Mädchen, aber in einer Art und Weise, die anzeigte, dass er das Mädchen unter allen Umständen schützen wollte.

Anders konnte man die Geste des Wolfes nicht deuten.

Als er nähertrat, sah er, dass im hinteren Lauf des Tieres ein abgebrochener Pfeil steckte.

»Du kannst mit ihm reden Pater!«, sagte die Kleine und zog ihn dicht an das Tier heran.

Pater Franziskus sah das Mädchen mitleidig an.

»Aber Mechthild, ein Mensch kann doch mit keinem Tier reden! Das bildest du dir nur ein!«, brummte er und legte dabei unabsichtlich die Hand auf den mächtigen Schädel des Wolfes, was dieser auch geschehen ließ.

Er zuckte plötzlich zusammen, als er die Stimme des Wolfes klar und deutlich in seinem Kopf vernahm.

Ungläubig schaute er auf das große Tier, als er dessen Stimme vernahm:

»Pater! Hilf Mechthild und wenn du kannst, hilf auch mir! Ich konnte ihr nicht mehr beistehen, dieser Unhold schoss den Pfeil aus dem Hinterhalt auf mich!«

Pater Franziskus war zu Tode erschrocken.

«Tatsächlich! Ein Wolf redete mit ihm und nannte ihn sogar Pater!» Das war zu viel für seinen Verstand.

Zögernd legte er wieder die Hand auf den mächtigen Schädel des Wolfes.

»Siehst du, du kannst doch mit «Lupus» reden!«, ereiferte sich das Mädchen und strich sich das Haar zurück.

Tatsächlich, solange der Alte die Hand auf dem Kopf des Wolfes hielt, konnte er ihn laut und deutlich verstehen.

«Das ist die Gedankensprache», fuhr es dem alten Franziskaner durch den Kopf. Er kannte diese längst vergessene Eigenschaft, die es eigentlich nur zwischen auserwählten Menschen gab, aber von Tier zu Mensch? Aber das hier ist doch etwas zu mystisch ... Selbst für ihn, der doch die Mystik kannte oder zumindest glaubte sie zu verstehen, ist das hier aber sehr außergewöhnlich.

Der Alte hatte schon viel erlebt in seinem Erdendasein, doch, das ein Wolf in der Gedankensprache mit ihm reden konnte, kam einem Wunder gleich.
Das schmerzgepeinigte Tier musste über einen ungeheuren Intellekt verfügen, das merkte der Pater an dessen Wortwahl.
Der alte Franziskaner ist nun gänzlich verunsichert.
»Bei allen Heiligen! War das Gotteswerk oder hatte hier Beelzebub seine Hände im Spiel?«, fragte er sich und schlug ein Kreuz vor der Brust und küsste das Ordenskreuz.
Doch dann obsiegte der Wissensdrang in ihm.
Erneut legte er die Hand auf den mächtigen Schädel des Wolfes und erfuhr, wie sich das Unglück zugetragen hatte. Er nannte ihm seinen Namen und den von Mechthilds Mutter. »Sie ist die Witwe des Zimmerermeisters von Breitenbach. Es ist wie du denkst, es ist kein Teufelswerk Pater! Ich bin «Lupus», nennt mich einfach «Lupus»!«, schniefte er dem Alten zu, »ich bin ein Wolf aus dem Ban-Gebirge des Asenreiches!«
Pater Franziskus war verunsichert.
»Aber «Lupus» heißt doch im lateinischen Wolf«, sagte er zu dem Tier. »Wieso nennst du dich «Lupus»?«
»Den Namen hat mir mein vormaliger Herr, der Bruder Augostino, gegeben. Ich bin eigentlich sein Taufgeschenk für Mechthild!«, antwortete der Wolf.
Pater Franziskus überlegte angestrengt.
»Was soll ich nur tun? Ich muss doch helfen, denn auch dieses ungewöhnliche Tier ist ein Geschöpf Gottes!«
Und das tat er dann auch.
«Wo ist das Asenreich, habe ich noch nie gehört!», dachte er und schaute zu dem Kind. Aber er verzichtete darauf, den Wolf nach dem Asenreich zu fragen. Aus seinem Beutel zog er einen Flakon mit einer rötlichen Flüssigkeit und träufelte daraus dem Wolf einige Tropfen der Flüssigkeit zwischen die starken Reißzähne. »Das ist eine starke, schmerzstillende Kräuteressenz, die ihm den Schmerz nimmt!«,

erläuterte er zu Mechthild gewandt, die ihm aufmerksam zusah und ließ dabei seine Hand auf dem Kopf des Wolfes ruhen. Lupus hatte verstanden und schniefte nur leise.

»Die Tropfen versetzen deinen «Lupus» in einen tiefen Heilschlaf!«, sagte er. Er wartete noch eine kleine Weile, bis das Tier die Augen schloss, dann zog er mit einem Ruck den abgebrochenen Pfeil aus dem Hinterlauf.

Der Wolf zuckte nur kurz zusammen und schniefte.

Der Pater betrachtete die Pfeilspitze.

»Er hatte Glück, Mechthild, es ist ein Jagdpfeil, der hat keine Widerhaken die innere Verletzungen hervorrufen!«, sagte er zu dem Kind. »Komm, hilf mir «Lupus» auf die Seite zu drehen, er muss ruhig liegen, während ich ihn verbinde«, sagte er und dann befahl er dem Mädchen: »Halte bitte seinen Kopf fest! «Aus seinem Beutel zog er noch ein Stück sauberes Leinen und eine kleine Büchse mit einer grünen Paste. Mit einem kleinen Holzspatel drückte er etwas von der grünen Paste in die Wunde. »Das ist eine «Arnica» Paste, die verhindert, dass sich die Wunde entzündet, sie entkeimt die Wunde!«, erläuterte er Mechthild, die ihm aufmerksam zusah. Dann riss er das Leinen in Streifen und verband damit die wieder blutende Wunde des Wolfes.

Währenddessen hatte Mechthild die Handlungen des Paters aufmerksam verfolgt und schaute ihn jetzt fragend an.

»Ich trage «Lupus» jetzt in meine Hütte am Fluss und dann sehen wir weiter!«, antwortete er dem Mädchen auf dessen fragenden Blick hin.

Er nahm das schwere Tier hoch und trug es wie ein Kind in die besagte Hütte unten am Fluss, die den Mönchen des Klosters zeitweise als Wohnstätte diente, wenn sie auf Kräutersuche gingen.

So manche Nacht hat Pater Franziskus schon in dieser Hütte verbringen müssen, weil die starken Klosterpforten zu dieser Jahreszeit erst wieder zur

«Laudes» bei Sonnenaufgang öffneten. Das Kloster achtete sehr auf seine Sicherheit, weil es zum Teil noch außerhalb der Stadtmauer lag.

Grund genug dazu gab es ja. Die dauernden Überfälle machten auch vor einem Kloster nicht halt.

Mechthild folgte ihm wortlos. Pater Franziskus sah noch einmal nach dem Verband und seufzte.

»Was mache ich jetzt mit dir? Kennst du diesen Forstknecht? Irgendwie müssen wir ja deine Mutter finden!«

Mechthild nickte und erzählte ihm.

»Das ist einer von denen, die die Herren von Wirsynge als Aufpasser in den Wald schicken, ihnen gehört doch der Wald und die Flur. Aber der ist ein böser Mann Pater! Seid Vater tot ist, stellt er der Mutter nach!«, sagte sie traurig. »Aber «Lupus» lässt ihn nicht an die Mutter heran«.

Sie machte eine kleine Pause und sagte dann völlig überraschend für den Pater.

»Der Forstknecht behauptet immer wieder, dass Mutter eine Hexe sei, das habe ich sehr oft von ihm gehört Pater! Das Schlimme ist, er erzählt das auch überall herum«, ergänzte sie.

Pater Franziskus schnaufte erschrocken. »Eine Hexe?«, fragte er bestürzt und rieb sich die Stirn und erinnerte sich, dass er in den Klosteranalen gelesen hatte, dass vor etwa zehn Jahren ähnliches geschah. Der verstorbene Pater Clemens hatte das Vorkommnis damals gewissenhaft in der Klosterchronik niedergeschrieben.

Die Kleine machte sich wieder bemerkbar:

»Das stimmt aber nicht Pater, meine Mutter kennt sich nur mit Kräutern gut aus und hat damit schon vielen kranken Leuten geholfen. Das hat sie von der Großmutter gelernt. Außerdem verkauft Mutter auf dem Markt ihre Wildkräuter, auch an die Küche der Herren von Wirsynge, ich weiß das, weil ich immer dabei war!«

»Hast du seinen Namen gehört?«, fragte er das Mädchen.

Mechthild nickte. »Die anderen Knechte, die mit dabei waren, nannten ihn Hartwig!«

»Wo wohnt ihr Mechthild! Findest du allein dorthin zurück?«

Mechthild nickte und sagte: »Unser Häuschen und Vaters Werkstatt stehen dort oben, am Dorfrand, das ist die ehemalige Schreinerei derer von Schuhbarts. Es ist nicht sehr weit von hier Pater! Wenn Lupus wach wird, können wir bestimmt nach Hause gehen! Ich bin oft mit Lupus allein im Wald! Lupus beschützt mich doch Pater!«

Pater Franziskus strich dem Mädchen besänftigend über das Haar. »Es ist gut Mechthild! Dort im Regal findest du etwas zum Essen, Brot etwas Wurst und einen Krug Apfelsaft. Es ist nicht viel, aber es wird reichen. Wasser holst du aus der Quelle hinter der Hütte. «Lupus» wird großen Durst haben, wenn er wach wird. Ich gehe jetzt ins Kloster zurück und danach suche ich mit meinen Brüdern nach deiner Mutter, versprochen!«

Pater Franziskus nahm seinen Beutel auf und wandte sich zur Tür. »Lupus wird nach dem Aufwachen keine Schmerzen mehr haben. Ich denke, er kann dann auch wieder richtig laufen! Aber lass den Verband noch eine Weile dran, auf das kein Schmutz in die Wunde kommt, sonst entzündet sie sich!«, sagte Pater Franziskus und ging hinaus. Er machte sich nun keine Sorgen mehr um das Kind, nachdem er gesehen hatte, wie der Wolf das Mädchen beschützte.

Der Wolf war ihm Sicherheit genug.

Sorgen machte ihm nur seine eigene Unwissenheit zur «Gedankensprache», er hatte viel vergessen. In der Klosterbibliothek würde er bestimmt in den alten Schriften etwas dazu finden, um sein Wissen wieder aufzufrischen, dessen war er sich sicher.

Er erinnerte sich, dass er während seiner Zeit im Erfurter Kloster eine Anzahl von Schriften gefunden hatte, die über die mystische Gedankensprache berichteten.

Es ließ ihm keine Ruhe, dass der Hexenwahn jetzt auch ins Neißetal, hierher nach Görlitz überschwappte. Die Patres des Franziskanerklosters hatten immer alles getan, diesen Aberglauben von der Stadt und deren Umgebung fernzuhalten, ganz im Sinne des Papstes Alexander des IV. Aber die wandernden Brüder des Ordens berichteten über anwachsende Hexenverfolgungen in den großen Städten im Süden des Landes und von den einhergehenden Autodafés, das heißt, trotz der Anweisung des Papstes, sich vordringlich um Ketzer zu kümmern, wurden von der Inquisition feierlich durchgeführte Urteilsverkündungen zu den öffentlichen Verbrennungen der vermeintlichen Hexen durchgeführt.

Aber der Heilige Vater ließ sie gewähren.

Pater Franziskus schüttelte sich.

«Hört denn dieser Schwachsinn niemals auf?», fragte er sich.

Auch bei den grausamen Hexenverfolgungen in dieser Zeit, denen in den Ländern viele Menschen zum Opfer fallen, findet man Inquisitoren der Dominikaner in vorderster Reihe. Allerdings sind es oft rein weltliche Gerichte und Machthaber kleiner Städte, die Scheiterhaufen entzünden lassen, während Geistliche, wie die Franziskaner zur Zurückhaltung raten.

Diesem Hexenglauben standen die Franziskaner des Görlitzer Klosters Gott sei Dank ablehnend gegenüber. Die humanistische Aufklärung unter den Franziskanern war sehr weit fortgeschritten, gerade hier in Görlitz wurde das unter den Franziskanern deutlich. Die Görlitzer lebten eigentlich recht gut mit ihren Franziskanern. Was Rat und Bürgern besonders zupasskam, war ihr Armutsgelübde. Die Ordensbrüder lehnten jedweden Besitz ab und nahmen folglich auch nicht am Geldverkehr teil. Ein Umstand, der sie zum Überleben eng an die Stadt band.

So verwaltete der Rat beispielsweise sämtliche Besitztümer des Klosters.

Doch dann kam die Überraschung für Pater Franziskus. Als er seinem Oberen, dem Abt Hyronimus, von dem Erlebnis am Neißeufer erzählte, sagte dieser plötzlich zum Erstaunen des Paters:
»Ich kenne Mechthilds Mutter Bruder Franziskus!« Energisch wies er den Pater in die Schranken, als dieser vorsichtig von einer Hexe sprach.
»Paulina ist keine Hexe Bruder Franziskus. Wie kommst du denn darauf? Sie ist die Witwe des angesehenen Zimmerermeisters Bernhard von Breitenbach, der vor einiger Zeit aus unerfindlichen Gründen ... zu Tode kam. Er wurde ermordet! Wir sind außerdem ihm, seiner Familie und Paulina zu Dank verpflichtet«, antwortete er aufgebracht.
Der Abt überlegte krampfhaft.
»Warte mal Bruder Franziskus.
In der Chronik für unser Kloster hat damals der Bruder Clemens etwas niedergeschrieben ... richtig ... vor Jahren hat sich eine ganz ähnliche Geschichte zugetragen, gerade das macht mich stutzig. Damals hieß der Delinquent «Rudhardt», auch er war aus der Schar der Herren von Wirsynge«, sagte er laut. »Lies das einmal Bruder!« Er schob ihm das dicke Buch über den Tisch, in dem ein Lesezeichen auf die bezeichnete Seite deutete.
Franziskus las in dem bezeichneten Abschnitt Dinge, die sich zugetragen haben und die Pater Clemens mit Sorgfalt niedergeschrieben hatte!
Das alles war so täuschend ähnlich abgelaufen, nur die Personen trugen andere Namen. Franziskus schüttelte sich. «Sollte das alles Zufall sein?» Er glaubte nicht an Zufälle, das widersprach seinem Ego und seinem Glauben!
Doch der Abt räusperte sich und erzählte weiter.
»Aber zurück zu denen von Breitenbach.

Der Großvater derer von Breitenbach hat mit seinen Leuten für unsere Kirche das neue Dachgestühl gezimmert und er hat es der Kirche gestiftet. Die Familie von Breitenbach steht unserem Orden sehr nahe. Der König hat ihm auf Vorschlag unseres Ordens in den Adelsstand gehoben, aber nicht nur deswegen, er hat noch mehr Gutes getan! Schließlich ist das für einen Handwerker unüblich eine so große Stiftung auch finanziell allein zu schultern. Die Angelegenheit um den plötzlichen Tod Bernhards, um seine Ermordung, wurde bis heute ...!«

Sie wurden unterbrochen.

Pater Franziskus kam nicht mehr dazu, über Lupus und die Gedankensprache zu erzählen. Ein weiterer Mönch, der Bruder Erasmus, betrat das Refektorium. Dieser spitzte die Ohren als er den Namen Paulina vernahm.

»Bruder Hyronimus, die von dir erwähnte Frau Paulina von Breitenbach hat man auf den Markt gebracht. Sie ist am Schandpfahl angekettet worden.

Bruder Hyronimus, die Menge tobt bereits ...! Sie versuchen es immer wieder. Das droht bestimmt wieder eine Art Hexenprozess zu werden, denn auch der Stadtpfarrer ist dabei!«

»Waaas!«, schrie der Abt und sprang wie von der Tarantel gestochen auf.

»Was ... wer hat sie an den Pfahl gebracht?«, fragte er nochmals sehr betroffen und zog den Bruder Erasmus an sich heran.

»Bruder Serafin hat es gerade aus der Stadt mitgebracht. Ein gewisser «Hartwig Haubold» aus der Schar der Wirsynger hat behauptet, dass sie eine Hexe ist. Das ist der, der diese Hütte vor der Stadtmauer hat. Er hetzt auch die Leute auf. Der Villicus auf der Burg ist für die Verfolgung von Hexen nicht zuständig, hat er ausrichten lassen. Da also niemand befugt ist, über eine Hexe zu richten, hat der Pfarrer einen berittenen Boten zum Bischof nach Meißen geschickt.

Nun warten sie angeblich auf einen Inquisitor, aber das kann noch eine Weile dauern!« berichtete Erasmus.

»Oh mein Gott, ausgerechnet wieder die Wirsynger«, stöhnte der Abt, »sie haben uns vor mehr als dreihundert Jahren den Baugrund für das Kloster und die Kirche gestiftet! Dadurch sind sie mit unserem Orden verbunden und nun das ...«

Er wanderte ruhelos auf und ab und man sah, wie er angestrengt überlegte.

Doch dann sagte er entschlossen.

»Komm! Bruder Franziskus, komm, wir müssen eingreifen, bevor hier etwas Fürchterliches passiert. Du kommst auch mit Bruder Erasmus! Der Inquisitor ist doch auch Dominikaner. Ihr wisst, was das bedeutet! Ich habe das Gefühl, die Dominikaner wollen hier in Görlitz, nach langer Ruhe, ein Exempel statuieren und ihre Macht wieder herstellen! Wir Franziskaner sind ihnen ein Dorn im Auge, weil bei uns das humanistische Gedankengut des Franz von Assisi vorherrscht. Das war auch der Grund für unseren Ordensvorstand, an diesem bedeutenden Ort ein Partikularstudium einzurichten. Das heißt, Ziele und Wahrnehmungen von gemeinnützigen Gruppen innerhalb eines größeren Ganzen zu studieren. Unsere Brüder lernen fortan fleißig hinter den Mauern des Klosters.

Nach Zucht und Redlichkeit des Gelübdes der Franziskaner entstand ein Hort der Wissenschaft, dessen Bibliothek jetzt auf über dreihundert Bücher und Schriften angewachsen ist. Das gebe ich dir alles zu lesen Bruder Franziskus. Es gibt dazu eine außerordentliche Chronik im Kloster in der das alles akribisch dokumentiert wurde!«

Bereits frühzeitig begann zur fundierten Aus- und Weiterbildung für die Franziskaner der Aufbau eines eigenen Studiensystems. Die franziskanische Frömmigkeit ist bestimmt von den Merkmalen, die bereits für die Ordensgründer Franziskus und Klara prägend waren und die sich in den Kennzeichen Krippe, Kreuz und Eucharistie zusammenfassen lassen. Diese humanistische Einstellung der Franziskaner sprang auch auf die gesellschaftliche Entwicklung der Stadt über. Große Teile der Görlitzer Bürgerschaft und das Schulwesens waren von dieser Entwicklung betroffen.

Auf dem Görlitzer Untermarkt

H yronimus sprang auf und zog Pater Franziskus an dessen Kutte zur Pforte.
»Bisher haben wir das immer verhindern können, dass dieser Aberglaube bei den einfachen Leuten die Oberhand gewinnt. Der sogenannte Hexensabbat. von denen sie an den Fleisch- und Brotbänken schwatzen, dieser Aberglaube ist die Grundlage dafür, dass sie hier garantiert ein Autodafé abhalten wollen. Wir hatten das vor einigen Jahren schon einmal! Das müssen wir verhindern Bruder. Dazu kommt, dass sie die sogenannte Geschichte vom «Klötzelmönch», den sie als Franziskaner darstellen, genüsslich verbreiten, um gegen unseren Orden und das Kloster zu hetzen. Darin behaupten sie, ein Franziskanermönch hätte einer Jungfer Gewalt angetan. Kennst du die Geschichte? Was meinst du wer die erfunden hat? Darin bezichtigen sie unsere Brüder, ein Lotterleben zu führen. Ausgerechnet wir, die wir ein strenges Regiment des Franz von Assisi im Kloster nachvollziehen.
Es ist Gottes Wille das wir eingreifen ... ich spüre es!«, rief er schon im Laufen.
Die beiden Mönche verließen das Kloster und liefen an der bereits markierten Baustelle des Frauentores vorbei hinunter zum Markt.
Doch bevor sie den Markt betraten, trafen sie in der Steingasse auf aufgeregt lärmende Menschen, die dem Markt zustrebten.
Pater Franziskus befragte eine alte Frau und bekam eine frustrierende Antwort.

»Der Saufkopp Hartwig und seine Leute haben im Wald eine Hexe gefangen!«, rief sie ihnen aufgeregt zu und rannte mit blitzenden Augen, soweit ihre alten Beine das zuließen, den zum Markt strebenden Menschen hinterher.

Ein beunruhigendes Bild bot sich ihnen dar.

Eine sichtlich aufgewiegelte Menge johlte und warf mit faulen Früchten und faulen Eiern nach einer Gestalt, die am Pfahl angebunden ist. Unflätige Worte schwirrten über den Markt.

Mit Entsetzen betrachteten die beiden Mönche die schöne junge Frau, die, kaum dreißig Jahre alt, mit auf dem Rücken gefesselten Händen und einem Knebel im Mund, am Pfahl angekettet ist. Aus Angst, sie könnte die Wahrheit herausschreien oder aus Angst, sie könnte auch Gott lästern, hatte der Hartwig ihr, anscheinend mit Zustimmung des Stadtpfarrers, einen Knebel in den Mund geschoben. Im Hintergrund stand regungslos der Stadtpfarrer, zu erkennen als Dominikaner an seiner Ordenstracht mit der weißen Tunika und weißem Skapulier, schwarzem Mantel mit Kapuzenkragen, mit Ledergürtel und Rosenkranz. Er beobachtete aufmerksam die Menschenmenge auf dem Platz und er griff nicht ein.

Jeder konnte sehen, dass es eine junge Frau ist, jeder konnte sie beschimpfen. Es war einfach unwürdig, wie die junge Frau von der aufgestachelten Menge behandelt wurde und der anwesende Pfarrer ließ das offensichtlich zu!

»Aufhören!«, schrien die beiden Patres mehrmals.

Die Menge verstummte schlagartig.

Neben dem Pfahl stand der grinsende Hartwig, der Forstknecht der Wirsynger, und flüsterte der Angebundenen etwas ins Ohr. Die junge Frau schüttelte wild mit dem Kopf und ihr rotbraunes, langes Haar fiel wirr über ihr Kleid. Ihre großen blauen Augen schienen den Mann neben ihr mit einer Mischung aus Angst und Wut zu verfluchen.

Dann trat Hartwig plötzlich an den Rand der Rampe. Mit lauter Stimme begann er daraufhin der Menge zu erzählen, dass er diese Hexe in der Nacht im Wald an der Obermühle gefangen setzte, weil er sie dabei erwischte, wie sie im Mondlicht dem Teufel huldigte.

»Sie ist eine Buhlin Luzifers!« schrie er lauthals in die Menge.

Die begann daraufhin zu johlen und zu pfeifen.

Wieder schüttelte die junge Frau wie wild ihr Haupt und rollte entsetzt mit den Augen.

Ein grummelndes Stöhnen kam aus ihrem verschlossenen Mund. Mit weit aufgerissenen Augen versuchte sie, sich verständlich zu machen, aber niemand achtete darauf.

»Halt dein verdammtes Lügenmaul Hartwig!« brüllte Pater Franziskus aufgebracht und schwang sich auf die Rampe vor dem Schandpfahl. Die beiden Patres verschafften sich gewaltsam Zugang zu der Gefesselten und verteilten dabei den drängelnden Menschen schmerzhafte Püffe mit Fäusten und Ellenbogen.

Auch Pater Erasmus ist inzwischen eingetroffen und arbeitete sich ebenfalls durch die Menge zum Podest vor. Auch er verteilte schmerzhafte Püffe mit seinen Fäusten.

Der muskulöse Pater Franziskus packte den Forstknecht am Wams, hob ihn aus und drehte es am Hals zu. Er nahm ihm somit die Luft.

»Dafür wirst du noch Buße tun, du verdammter Halunke!«, fauchte er leise und stieß ihn von sich.

Hartwig fiel auf die Knie und japste nach Luft.

Keiner wagte es, sich den drei Patres ernsthaft entgegenzustellen, zu groß war der Respekt der Menge vor den Mönchen des Franziskanerklosters.

Die Aufmerksamkeit der Menge wurde plötzlich von dem Gerangel mit den Mönchen abgelenkt.

Ein Reiter sprengte mit verhängten Zügeln auf den Untermarkt. Vor sich im Sattel hatte er ein kleines rotblondes Mädchen sitzen. Hinter ihm lief, leicht hinkend, ein großer grauweißer Wolf. Er sprang vom Pferd hob die Kleine herab und rannte zu der gefesselten jungen Frau. Noch bevor sich die Aufmerksamkeit der Menge wieder der jungen Frau zuwenden konnte, riss der Reiter blitzschnell seinen Dolch aus dem Gürtel und durchtrennte ihre Fesseln. Die Kette, die man ihr um den Leib geschlungen hatte, fiel klirrend herab.

Ein wütender Aufschrei ging durch die Menge.

Die Menge sah sich getäuscht und um ein Schauspiel betrogen.

Die junge Frau riss sich den Knebel aus dem Mund und fiel mit einem Aufschrei an ihren Peiniger auf die Knie.

»Mein Gott! Hartwig, du verdammter Lügner! Du bist ein von Gott verdammter Verbrecher! Was haben wir dir angetan, dass du so lügst!«, ächzte sie mit letzter Kraft, bevor sie nach hinten kippte.

Pater Hyronimus und Pater Franziskus fingen sie gerade noch rechtzeitig auf. Sie wurde ohnmächtig.

Das kleine Mädchen rannte zu Pater Franziskus und fasste angstvoll seine Hand.

»Was ist mit Mutter Pater?«, fragte sie.

»Sie wird sich ganz schnell erholen Mechthild!« sagte Pater Franziskus und bemerkte den verwunderten Blick seines Abtes.

»Das ist doch ihre Tochter!«, erklärte er, »ich habe sie und ihren Wolf im Wald gefunden ... alles andere habe ich dir schon berichtet Bruder Hyronimus!«

Er hielt der Ohnmächtigen ein Riechfläschchen unter die Nase, das augenblicklich Wirkung zeigte.

»Ja, jetzt erinnere ich mich wieder an das Gesicht, es ist zwar schon einige Jahre her, aber ich habe sie ja schließlich getauft!«, antwortete Pater Hyronimus mit Blick auf Mechthild und zog die Kleine an sich heran.

Totenstille herrschte auf dem Marktflecken als die Menge zusah, wie der Reiter auf Hartwig Haubold zuschritt und ihm ansatzlos, aber mit voller Wucht, die behandschuhte rechte Faust mitten ins Gesicht hieb.

Es knackte verdächtig, als dessen Nasenbein brach. Hartwig schlug stöhnend beide Hände vor das Gesicht. Das Blut lief ihm zwischen den Fingern hervor.

Aus dem Hintergrund sprang der riesige Wolf heran und warf den malträtierten Hartwig mit fletschenden Zähnen um. Der Wolf wusste genau, wer ihm die Schmerzen zugefügt hatte.

Der Reiter bückte sich, fasste ihn am Schopf, riss dessen Kopf zurück und setzte ihm den Dolch an die Kehle.

»Eigentlich sollte ich dich töten du Mörder!«, sagte der Reiter ruhig, aber laut. »Du hast meinen Bruder umgebracht, wolltest sein Vermögen rauben und seine Familie ins Unglück stürzen. Aber das war dir nicht genug! Du stellst seit Jahren erfolglos seiner Witwe nach und weil sie dich immer und immer wieder abwies, machtest du sie zur Hexe!«

Er machte nun doch Anstalten, ihm die Kehle durchzuschneiden. Hartwig wimmerte vor Angst und ein nasser Fleck breitete sich zwischen seinen Beinen aus.

»Non, noli facere! Haltet ein Fremder! Haltet ein!«, schrie Pater Erasmus und lief zu dem Fremden. Erstaunt ließ dieser den Haarschopf Hartwigs los und stieß ihn mit dem Fuß um.

Dann wandte er sich dem Pater zu.

Sofort war Lupus über dem Malträtierten und fletschte seine Reißzähne dicht vor dessen Kehle. Der nasse Fleck zwischen dessen Beinen wurde größer. Seine Angst vor dem Wolf wurde immer sichtbarer.

»Was soll das, was habt ihr gesagt?

Warum mischt ihr euch ein, Pater!«, grunzte der Reiter immer noch wütend, aber er steckte den Dolch weg.

Pater Erasmus antwortete ihm. »Nein, tue es nicht«, habe ich dir auf Latein zugerufen! »Versündige dich nicht Fremder!« Der Pater sah nach dem Niedergeschlagenen und sagte zu dem Reiter:

»Das Richten überlasst denen, die dafür zuständig sind!«

Ein Aufstöhnen und ein Raunen ging durch die Menge. Der Reiter rief den Wolf zurück, dann spuckte er Hartwig ins Gesicht und stieß ihn angeekelt zurück in die Pfütze seines eignen Urins. Danach wandte er sich der jungen Frau zu.

»Der Pater hat recht Paulina! Schließlich bin ich kein Mörder! Ich nehme euch mit. Das andere soll ein ordentliches Gericht entscheiden!«, sagte er und deutete mit dem Kopf auf Hartwig.

Er drehte sich um und schrie in die Menge.

»Und ihr ... verschwindet, das Trauerspiel ist vorbei!«

Murrend zogen sich die Leute zurück, unter ihnen auch viele der zugezogenen Flamen, die aus ihrer Heimat durch große Unwetter und deren Folgen vertrieben worden sind und die in der aufstrebenden Stadt Zuflucht gefunden hatten.

Der Platz leerte sich langsam. Viele hatten nach der Rede des Reiters die Köpfe voller Demut und Scham gesenkt, weil sie auf einen Verbrecher reingefallen sind, der ihre Gläubigkeit missbrauchte.

»Moment, mein Sohn!«, sagte Pater Hyronimus und trat auf den Reiter zu, der sich unwillig umwandte und den Mönch von oben nach unten musterte.

»Wer seid ihr eigentlich und wie kommt ihr zu solch schwerwiegenden Behauptungen ihm gegenüber?«

Der Pater zeigte auf den malträtierten Hartwig.

Der Reiter antwortete mühevoll lächelnd und zog Paulina und die kleine Mechthild an sich heran.

»Ich bin Jörg von Breitenbach, der Schwager Paulinas und der Oheim Mechthilds. Leider war ich für sie fünf lange Jahre nicht erreichbar, weil ich auch ihretwegen im Heiligen Land weilte und damit nicht eingreifen konnte. Bevor ich aber meine Pilgerreise antrat, bekam ich von meinem Bruder einen Brief, der mich über die Machenschaften dieses Strolches dort unterrichtete!«.

Er zeigte voller Abscheu auf den immer noch liegenden Hartwig.

»Das der allerdings so weit ging, meinen Bruder vom Leben in den Tod zu befördern, habe ich erst nach meiner Rückkehr von mir wohlgesonnen Menschen erfahren und damit war es zu spät, etwas zu unternehmen«.

»Ich war das nicht!«, kreischte der malträtierte Hartwig dazwischen, »ich habe deinen Bruder nicht getötet!«

Jörg von Breitenbach beachtete diesen Zwischenruf nicht und erzählte weiter.

»Als mich der «Hilfeschrei» Paulinas erreichte, machte ich mich sofort auf den Weg. Mechthild und Lupus wiesen mir den Weg – Gott sei Dank rechtzeitig, wie ihr bemerken konntet«.

Das Gesicht Pater Franziskus war ein einziges Fragezeichen. Er ahnte, dass Jörg von Breitenbach, ebenso wie seine Schwägerin, der Gedankensprache mächtig waren.

Er hütete sich aber, seine Erkenntnis in diesem Kreise verlauten zu lassen.

Jörg von Breitenbach sah ihn an und erzählte.

»Dazu müsst ihr folgendes wissen Pater. Hartwig war ein enger Vertrauter meines Bruders und stammte, wie wir auch, aus Gherardesdorpp, wie der Ort damals hieß! Mein Bruder zog mit seiner Familie und seinem Gesellen hierher nach Kunstinsdorf in die Werkstatt des vormaligen Schreinermeisters Schubarth, um der aufstrebenden Stadt auf deren Bitte hin eine Hilfe zu sein! Dreimal dürft ihr raten Pater, wer der Geselle war!«

Pater Hieronymus nickte.

»Ich habe ihn gesehen mein Sohn, damals, als euer Bruder das reparierte Chorgestühl in die Kirche zurückbrachte und es wieder einbaute. Eigentlich müsste er doch in Gewahrsam genommen werden, wer soll denn sonst über ihn richten, wenn er wegläuft?«, sagte Pater Hieronymus und schnäuzte sich umständlich in ein großes Tuch.

»Er bekommt seine Strafe Pater!«, sagte Jörg von Breitenbach und deutete auf den riesigen Wolf, der im Schatten der Trauerweide lag und auf sie wartete.

45

»Sollte er Anstalten machen, auszureißen, so ist er der beste Wächter und Jäger Pater! Ich möchte nicht in seine Fänge geraten!«

Pater Franziskus nahm Jörg von Breitenbach am Arm.

»Ich weiß, um die Besonderheiten dieses Wolfes und eurer Fähigkeit mit ihm zu reden!«, sagte er leise und deutete auf das Tier, das ihr Tun mit klugen Augen verfolgte.

»Er war verletzt, als Mechthild mich zu ihm führte und ich habe ihm geholfen!« Pater Franziskus holte die abgebrochene Pfeilspitze unter der Kutte hervor und zeigte sie ihm.

»Die steckte in seinem Hinterlauf!« »Er kennt also auch den Mörder!«, schlussfolgerte Jörg von Breitenbach als er die Pfeilspitze sah und bemerkte erst jetzt den Verband am Hinterlauf des Wolfes.

»Aber nicht jeder kann mit ihm reden Pater, nur die mit Magie und Mystik behafteten Menschen verstehen auch die Gedankensprache des Volkes aus dem Asenreich!

Ich weiß Pater, das ist für euch etwas viel auf einmal und vielleicht auch unverständlich. Ihr könnt aber mit Lupus umgehen. Meine Familie kennt sie schon lange, die Geschöpfe aus dem Asenreich und wir beherrschen die Gedankensprache. Sie bezeichnen uns als ihre jüngeren Geschwister. Das ist keine Hexerei oder gar Aberglaube Pater, denn auch sie sind Kinder des Schöpfers«.

Pater Franziskus schaute ungläubig zu ihm auf.

Etwas sträubte sich in seinem Inneren gegen die Äußerungen seines Gegenübers.

»Wollt ihr uns das nicht genauer erzählen mein Sohn?«, fragte er widerstrebend.

»Das alles gab es doch schon einmal, vor etwa zehn Jahren. Es fühlt sich an wie ein Abbild der Ereignisse, die zu dieser Zeit passiert sind, Pater! Es gab einen Wolf mit Namen Brom und es gab ein kleines Mädchen mit Namen Franziska und es lief alles genauso ab, wie ihr es beschrieben habt, ist das nicht merkwürdig? Der

Allmächtige kann doch nicht zulassen, dass sich das alles genauso wiederholt? Bleibt doch nur zu klären, dass das von der Inkarnation des Bösen, ohne Namen zu nennen, in unsere Welt gebracht wurde, um uns zu schaden und zu verunsichern?«

Pater Franziskus senkte sein Haupt und wurde nachdenklich, dann antwortete er:

»Sohn, das würde ich gern mit meinem Oberen abklären!«

Jörg von Breitenbach räusperte sich und sagte zum Pater.

»Ihr kennt doch die neue Mühle im oberen Neißetal?«

Pater Franziskus nickte.

»Die hat der Müller Kunzendorf mithilfe des Asenreiches gebaut. Vor vier Jahren hat er mit dem Bau angefangen und nun ist sie schon voll in Betrieb gegangen, sonst wäre die nie so schnell fertiggeworden. Aber das ist eine lange Geschichte Pater, die ich selbst erst im Heiligen Land so richtig verstanden habe. Nachdem ich in Jerusalem mit dem Bruder Augostino, dem Guardian des Heiligen Grabes sprach, wurden mir von ihm die Augen über das Asenreich und seinen Völkern geöffnet«.

»Moment!«, sagte der Pater zu Jörg, »den Namen «Bruder Augostino» hat «Lupus» mir schon einmal genannt und ihn mit seinem früheren Herrn verbunden. Besteht da ein Zusammenhang?« Jörg nickte und sagte:

»Der Bruder Augostino ist der Hüter des «Heiligen Grabes» in Jerusalem und zu dem ein Vertrauter der Königin des Asenreiches Titania. Auch er ist Franziskaner und er ist der Guardian des Klosters auf dem Berge Zion. Alles andere würde hier zu weit führen Pater, besucht uns in Kunstinsdorf, bringt ein wenig Zeit mit und ich erzähle euch die ganze Geschichte. Auch vom Grund meiner Pilgerfahrt nach Jerusalem werde ich euch erzählen, denn das hängt alles unmittelbar zusammen«.

Jörg von Breitenbach hüstelte verlegen und legte die Hand auf den Arm des Paters.

Pater Franziskus bemerkte im Hemdausschnitt seines Gegenüber ein kleines güldenes Jerusalemkreuz.

 Der vor ihm stehende Jörg von Breitenbach ist also ein Ritter des Heiligen Grabes, zumindest aber ein Kolarritter des Ordens vom Heiligen Grab schlussfolgerte der Pater und ein Ritter des Heiligen Grabes ist doch über jeden Zweifel erhaben. Also hörte er ihm zu.

»Wir werden wahrscheinlich das Häuschen und die Werkstatt meines Bruders verkaufen Pater. Ich nehme Paulina und Mechthild mit nach Gerhardisdorff. Es ist an der Zeit, dass Mechthild Schreiben und Lesen lernt und in Gerhardisdorff gibt es jemanden, der sich ihrer annimmt!«

Seine Schwägerin Paulina kam hinzu, sie hatte die ganze Zeit geschwiegen.

»Mich fragt wohl keiner, ob ich das überhaupt will?«, kam es ein wenig ärgerlich aus ihrem Mund.

»Schließlich wird hier über mein Leben und das Leben meines Kindes der Stab gebrochen!«

Sie nahm Mechthild an der Hand und ging mit ihr zu «Lupus», der noch immer im Schatten der Weide lag.

Jörg schaute ihnen betroffen hinterher.

Als Pater Franziskus das sah, wagte er noch einen Einwand. Zum vertraulichen «Du» übergehend fragte er ihn.

»Hast du denn nicht mit ihr darüber gesprochen mein Sohn?«

Jörg von Breitenbach schüttelte verwundert den Kopf.

»Wann denn Pater, ich bin gerade erst angekommen und gleich in dieses Unglück hineingeraten! Also wann sollte ich mit ihr darüber geredet haben?«

Sie schauten zu Pater Hyronimus hinüber, der sich zu Paulina begab und mit ihr redete.

Jörg von Breitenbach rang mit sich, dem Pater seine Seele zu öffnen, schweren Herzens tat er es dann doch.

»Nur so viel Pater, ich habe den beschwerlichen Weg ins Heilige Land angetreten, weil ich dem Glück meines

Bruders nicht im Wege stehen wollte!«, brach es aus ihm heraus.

»Mechthild war man gerade vier Jahre alt als ich loszog. Ich habe das Leben ohne Paulina nicht mehr ertragen. Paulina und ich waren seit unserer Kindheit immer zusammen, alles haben wir zusammen gemacht, uns die Treue geschworen, aber heiraten musste sie meinen Bruder!«, sagte er traurig.

Dann sprudelte es aus ihm heraus.

»Schuld daran war mein Vater, er wollte diese Hochzeit. Er hat meinen Bruder immer vorgezogen und emporgehoben. Bei einem Kolodziej der Milzener lernte mein Bruder das Zimmerer- und Stellmacherhandwerk. Von da an war er in den Augen des Vaters der Krösus in der Familie. Paulinas Vater und er waren befreundet – nun könnt ihr euch ausrechnen, wer diese Hochzeit noch so gewollt hat! Ich wurde immer nur mitleidig belächelt und Paulina wurde von ihrem Vater gar nicht erst gefragt«.

Jörg von Breitenbach wurde still.

»Die Geschichte wiederholt sich tatsächlich!«, sagte Pater Erasmus, der hinzugekommen war. »Das gab es schon einmal vor vielen Jahren bei denen von Schubarth, genauso wie jetzt hat es sich damals zugetragen. Die Geschichte wiederholt sich nach so vielen Jahren wie nach einer Mustervorlage. Sie gleicht sich wie ein Ei dem anderen. Ihr wisst doch wer die von Schubarth waren? Pater Clemens hat das in der Chronik sorgfältig niedergeschrieben.

Ich habe das gelesen!«, bemerkte Erasmus und schüttelte den Kopf.

Auch Pater Franziskus nickte.

»Lasst es genug sein Patres, ich habe schon viel zu viel über meine Gefühle zu ihr geschwatzt!«, meinte Jörg von Breitenbach. Pater Hyronimus und Paulina kamen zu ihnen. Mechthild lag bei ihrem Wolf unter der Weide, sie war vor Erschöpfung eingeschlafen.

»Ich weiß nicht, ob es klug ist, die Wache über den Strolch einem Wolf anzuvertrauen, aber das müsst ihr entscheiden!«, sagte Hyronimus. Jörg von Breitenbach wurde ob des Einwandes des Paters nachdenklich! »Wir warten auf das Eintreffen des Inquisitors aus Meißen und dann sehen wir weiter. Er wird wohl den Aussagen von Mönchen mehr Glauben schenken als diesem Verbrecher!«, entschied Jörg von Breitenbach. Pater Hyronimus nahm Paulinas Hände in die seinen. Er hatte die letzten Sätze Jörgs verstanden.

»Es tut mir leid Tochter, dass wir zu spät davon erfahren haben und wir dir das Leid nicht ersparen konnten.

Das Kloster hat deiner Familie, deinem Mann und dir viel zu verdanken! So geht mit Gott! Der Herr wird seine schützende Hand über euch halten! Wir sorgen dafür, dass der Hartwig in Gewahrsam genommen wird!«

Aber es kam doch alles anders. Ihre Aufmerksamkeit richtete sich auf die beiden Reiter, die sich über den Markt näherten.

Hyronimus schaute gespannt auf sie und erkannte in dem vorderen Reiter den Bürgermeister Berwich des Calen.

»Nun wird es doch noch offiziell!«, sagte der Abt zu Jörg und grinste dabei.

Die Reiter saßen ab und der Bürgermeister erfasste sofort die Situation. Der Parlierer auf der Stadtmauer hatte ihn ja gut informiert. Er winkte der Stadtwache, die sich in unmittelbarer Nähe aufhielt.

Ohne Worte wies er auf den liegenden Hartwig und machte entsprechende Handbewegungen vor dem Gesicht, die wie ein vergittertes Fenster aussahen. Der herbeigeeilte Stadtbüttel und ein Stadtwächter rissen den sich heftig sträubenden Hartwig hoch und nahmen ihn in die Mitte. Sie schafften ihn zum Ratsgebäude, unter dem sich der Kerker mit einem Verlies befand. Ein anderer Stadtsoldat informierte den Bürgermeister, dass sie auf einen Inquisitor warten, den der Stadtpfarrer benachrichtigt hatte.

Dem Bürgermeister schoss, nach dieser Mitteilung, plötzlich das Blut ins Gesicht. »Was?«, brüllte er laut und sprang auf die Rampe, auf der der Schandpfahl stand.

»Wir brauchen keinen Inquisitor!«, brüllte er erneut lautstark, so dass es alle hören konnten und suchte wütend nach dem Stadtpfarrer. Aber der war verschwunden.

Der Bürgermeister war außer sich.

»Dem werde ich es zeigen! Das hier ist eine weltliche Angelegenheit und keine kirchliche. Über den Kopf des Bürgermeisters, der Ratmannen und der Schöppen hinweg so eine Entscheidung zu treffen, das ist schon mehr als eine Anmaßung!«, schrie er laut.

Er winkte einen Stadtsoldaten zu sich und befahl ihm: »Sucht mir nach diesem aufsässigen Stadtpfarrer und bringt ihn ins Rathaus, koste es was es wolle, lasst euch nicht abwimmeln, es eilt!«

Der Stadtsoldat trollte sich eilig als er in das wütende Gesicht seines Bürgermeisters sah.

Der Bürgermeister erinnerte sich an ein Gespräch mit dem Meißener Bischof. «Das Hauptaugenmerk der Inquisition ist nicht auf Hexen, sondern auf die wirklichen Häretiker, also auf Ketzer gerichtet». Diese Priorität wurde schon deutlich in der Anweisung Papst Alexanders des IV. vor fast fünfzig Jahren an die Inquisitoren. Das fragte der Bürgermeister auch den Abt des Klosters und der bestätigte ihm das mit fast genau den gleichen Worten, die er damals vom Bischof gehört hatte.

»Was nimmt sich dieser Dominikaner-Pfaffe bloß heraus«, stöhnte er laut. Berwich sah aus, als würde ihn gleich der Schlag treffen. »Sie denken, weil sie dem «Heiligen Vater» direkt unterstellt sind, können sie sich alles erlauben!«, krächzte er mühsam nach Luft ringend.

»Beruhigt euch Bürgermeister«, sagte der Stadtschreiber, der auch sichtlich erregt war und legte ihm die Hand auf den Arm, aber Berwich war nicht zu beruhigen. Diese unerhörte Amtsanmaßung des Stadtpfarrers machte ihn wütend.

Er holte mehrmals tief Luft, um sich zu beruhigen, was ihm fast gelang.

»Kommt im Anschluss, wenn ihr hier alles geregelt habt, zu uns ins Rathaus«, wandte sich der Bürgermeister, nun sichtlich ruhiger aber immer noch schwer atmend, an Jörg von Breitenbach. »Und ihr auch Frau Paulina«, nickte er ihr zu.

Jörg steckte ihm ein mehrfach gefaltetes Pergament zu.

»Das ist der Brief, den mir mein Bruder vor meiner Reise geschrieben hat!« Der Bürgermeister überflog das Pergament. »Endlich haben wir einen Anhaltspunkt. Wir werden untersuchen, inwieweit dieser Strolch am Tode eures Bruders Mitschuld trägt! Wir wussten ja nichts von diesem Brief eures Bruders. Ich würde euch dazu bitten Pater Hyronimus. Schließlich ist euer Orden ja irgendwie mit denen von Breitenbach verbunden!«, sagte der Bürgermeister und verließ die Rampe.

Der Stadtschreiber und der Bürgermeister gingen zum Ratsgebäude. Die Stadtwache folgte ihnen mit ihren Pferden. Die Patres und die von Breitenbach sahen ihnen nach.

»Ich möchte jetzt nicht in der Haut des Pfarrers stecken«, grinste Pater Franziskus.

»Warten wir es ab, welches Ergebnis nach der Befragung des Strolches vorliegt«, sagte Pater Hyronimus.

Jörg von Breitenbach zog den Pater zur Seite.

»Pater Hyronimus, wenn alles schnell geht, werden wir übermorgen Görlitz verlassen. Bis dahin wohnen wir im Haus meines Bruders in Kunstinsdorf. Dort findet ihr uns, bis wir alles erledigt haben!«, sagte Jörg von Breitenbach.

Pater Franziskus kam von der schlafenden Mechthild und «Lupus» zu ihnen herüber.

Jörg bat Franziskus: »Pater, würdet ihr bitte auf Mechthild achten, während wir im Rathaus sind? Es

dauert bestimmt nicht so lange! Außerdem habt ihr
«Lupus» als Unterstützung dabei!« Franziskus nickte
zum Einverständnis.

Wenig später gingen sie zum Rathaus.

Im Rathaus angekommen führte sie der Stadtschreiber
gleich in den Kerker. Dort fanden sie den
Bürgermeister nebst Scharfrichter vor. Der
Scharfrichter öffnete das Verlies in dem Hartwig
angekettet war. Der Kopf war ihm auf die Brust
gesunken.

Er sah fürchterlich aus. Das Gesicht war durch den
Nasenbeinbruch geschwollen und glänzte in allen
Farben.

Auf dem Tisch vor ihm hatte der Scharfrichter seine
Instrumente liegen.

»Ich musste nicht Hand an ihn legen!«, sagte der
Scharfrichter mit einem schiefen Grinsen und nahm
einen Bogen Pergament in die Hand auf dem er einige
Notizen gemacht hatte.

»Er hat vor lauter Angst, als er das hier sah, alles
ausgeplaudert, wirklich alles, was ich wissen wollte«.
Der Scharfrichter wies, während er redete, auf die
Instrumente auf dem Tisch.

»Ich kann euch vermelden, Hartwig hat euren Bruder
tatsächlich nicht getötet, aber er war dabei Herr von
Breitenbach.

Alles spricht dafür, dass ihn der «Schwarze Heinrich»,
ermordet hat. Der ist der gefürchtetste Bandenführer
einer Räuberbande in der Oberlausitz und ein Mörder
dazu! Er hat das wirklich glaubhaft ausgesagt und
versichert«.

Der Scharfrichter schaute auf das Pergament.

»Hartwig aber ist ein Verräter, er hat dieser Bande die
Schlupflöcher gezeigt, durch welche sie ungesehen in
die Stadt gelangen konnten, und er hat sie in der
betreffenden Nacht, am Kloster vorbei durch die
Mauerlücken, hereingeführt. Dafür wird er sich
verantworten müssen! Außerdem wusste er von den
vielen Gulden, die der Kaufmann aus Fulda mit sich

führte. Der war wohl sehr unvorsichtig im Kretscham, so dass Hartwig davon Kenntnis bekam. Der Raub galt also nur dem Kaufmann. Euer Bruder kam zufällig vorbei und wollte dem Kaufmann nur helfen. Die Bande brauchte aber keine Mitwisser und deshalb brachte Heinrich euren Bruder um! Diesen Mord nahm Hartwig billigend in Kauf!«

Jörg von Breitenbach fragte:»Warum stellte Hartwig meiner Schwägerin nach, er wusste doch wie schwer sie es nach dem Tode ihres Mannes hatte!

Habt ihr auch darauf eine Antwort?« Der Scharfrichter sah auf das Papier in seiner Hand.

»Habt ihr nicht verstanden, ich sagte «billigend»!

»Erschließt sich euch das nicht?«, fragte er.

»Ich wiederhole, Hartwig nahm den Mord billigend in Kauf. In seinem Hirn entstand nach dem Mord sofort ein Plan. Hartwig war scharf auf die Hinterlassenschaft eures Bruders und die ist ja nicht ohne! Das geltende Gesetz sagt, «Der Anzeigende ist anteilsmäßig am zu verteilenden Besitz einer Zauberin beteiligt». In diesem Falle ist eine Hexe die Erbin des Nachlasses eures Bruders. Der Pfarrer und Hartwig kannten dieses Gesetz. Er hat mir das genau geschildert. Die Witwe stand ihm bei seinem Vorhaben im Wege. Um die Schwierigkeiten zu beseitigen, stellte er ihr nach und als sie ihn immer wieder abwies, machte er sie zur Hexe! Bei seinen Saufgelagen im Kretscham hatte er ja Zuhörer genug die das weiterverbreiten konnten! Das hätte ja auch beinahe geklappt! Wäre sie auf das Blutgerüst gekommen, hätte Hartwig sein Ziel erreicht!«

Der Scharfrichter ließ das Pergament sinken und holte tief Luft, dabei schaute er auf den Bürgermeister.»Soll ich ihnen den Rest auch noch vermitteln?« Der Bürgermeister nickte.

Der Scharfrichter las weiter.

»Also, angestiftet zu diesem weiteren kruden Handeln hat ihn eigentlich der Stadtpfarrer, dessen Beichtkind Hartwig ist. Hartwig hat dem Stadtpfarrer in der

Beichte von den Heiler- und Kräutersammlungen
Paulinas erzählt und dass es ihm irgendwie komisch
vorkam, dass sie alles aus einem sogenannten
«Zauberbuch» herausgelesen hat, alles in einer
fremden Sprache. Der Stadtpfarrer machte sie
daraufhin zur exorbitanten Zauberin, indem er Hartwig
aus dem Buch Mose, aus dem «Exodus», Kapitel 22
vorlas. «Maleficos non patieris vivere», das ist Latein
und bedeutet übersetzt, «Zauberinnen sollst du nicht
leben lassen!» Das war wie ein Mordauftrag! Hartwig
machte also aus der Zauberin eine Hexe. Das Buch
nebenbei heißt «Physica» und ist ein Werk der
Hildegard von Bingen und die fremde Sprache ist
Latein! Mit Zauberei hat das Buch überhaupt nichts zu
tun.
Der Pfarrer hat das gewusst und stillschweigend
geduldet, obwohl die Anweisung Papst Alexanders IV.
vor fast fünfzig Jahren den Inquisitoren vorschrieb ...«
»Und er hat wissentlich das Beichtgeheimnis verletzt«,
ächzte der Abt und wurde aber vom Bürgermeister in
der weiteren Rede unterbrochen. Der wandte sich an
den Scharfrichter: »Danke Meister Quent, das reicht
erst einmal«, sagte der Bürgermeister dem
Scharfrichter.
»Ein ordentliches Gericht wird das noch genauer
aufarbeiten und darüber entscheiden, was mit ihm
geschieht. So lange bleibt er hier eingesperrt!«, legte
Berwich energisch fest und winkte seinen Gästen, den
Kerker zu verlassen.
Paulina war fix und fertig. Das alles, was sie hier
erleben musste und hörte, hat sie körperlich und
seelisch stark mitgenommen, sie sah aus wie ein
Häufchen Unglück.
»Ich werde euch über den weiteren Verlauf der
Untersuchung Nachricht zukommen lassen!«, sagte
Berwich zum Abschied und deutete mit dem Daumen
nach hinten zum Kerker hin.
Jörg bedankte sich beim Bürgermeister, der
antwortete:

»Nebenbei gesagt, das Generalkapitel der Dominikaner hat gerade das Verhalten des Pfaffen missbilligt und ihn in klösterliche Verwahrung genommen, hat man mir soeben mitteilen lassen«, sagte der Bürgermeister.

»Dabei ist herausgekommen, dass die von ihnen immer wieder erzählte «Sage» vom sogenannten «Klötzelmönch» eine Erfindung der Dominikaner ist, um den allseits beliebten Franziskanerorden bei den Menschen zu verleumden. Die erzeugten bei ihnen Angst, die Klosterkirche zu besuchen, in der sie einen eingemauerten Verbrecher vermuteten, dessen Geist jetzt umhergeht«, fügte er noch hinzu.

Jörg schüttelte entsetzt den Kopf. »Das ist doch nicht möglich!«, murmelte er, »das ist doch schon Blasphemie!«

Er setzte Paulina und die vor Erschöpfung noch immer schlafende Mechthild auf sein Pferd.

Dann nahm er die Zügel in die Hand und verabschiedete sich von den Patres.

»Soweit lassen es die Dominikaner also kommen, dazu müssen sie solch eine unsaubere Geschichte in Form einer Sage erfinden, wie sie im «Klötzelmönch» erzählt wird, um ihr Ansehen bei den Menschen in der Stadt ins rechte Licht zu setzen«, stellte Jörg fest.

»Ihr seid Beide in Kunstinsdorf willkommen!« bekräftigte er seine Einladung noch einmal.

Die wenigen Schritte bis Kunstinsdorf führte er das Pferd am Zügel, um Mechthild nicht zu wecken.

Lupus trabte, noch immer leicht hinkend, hinterher.

Bürgermeister Berwich des Calen und der Stadtschreiber aber ritten nach Zittau zu ihrem Amtskollegen Andreas Arnold, um gemeinsam Maßnahmen zu ergreifen, die dem Treiben der Bande des «Schwarzen Heinrich» ein Ende bereiten sollen.

Die Bande trieb sich im Oberland herum und hatte ihre Verstecke und Zufluchtsorte anscheinend im Zittauer Gebirge.

Sieben Jahre später

Zwei Reiter durchquerten den Wald von Markersdorf, um auf einen kürzeren Weg nach Gerhardisdorff zu gelangen. Die Sonne brannte im Frühherbst noch unerbittlich vom Himmel und schon das war ein Grund, im Schatten der Bäume zu reiten. Abseits vom Waldweg, auf dem sie ritten, sah Paulina plötzlich eine Reiterin am Waldrand neben ihrem Pferd stehen.

Beim näher hinsehen stellte sie fest, dass der Schimmel kein Schimmel war, sondern ein weißes Einhorn. Paulina wollte Jörg darauf aufmerksam machen und sah erstaunt, dass er wissend lächelte.

Jörg hatte bereits das Einhorn und die Reiterin erkannt. Auch die Reiterin lächelte. Es waren Buran, das sprechende Einhorn und die Blumenelfe Letitia, die Boten der Königin Titania aus dem Asenreich.

Jörg hatte beide in Jerusalem beim Bruder Augostino kennengelernt. Sie saßen ab und Jörg ging auf die Elfe zu.

Er legte die Hand aufs Herz und begrüßte sie formvollendet nach Elfenart.

»Sei gegrüßt Letitia, Botin unserer Herrin. Was führt dich in unsere Gefilde!«

Letitia machte eine einladende Geste zum Sitzen.

»Seid gegrüßt! Ich habe eine Botschaft unserer Herrin zu überbringen, die ihr gemeinsam hören solltet, bevor ihr bei Gamet zu Gast seid«, antwortete sie und setzte sich auf den Waldboden. Nachdem sie sich alle niedergelassen hatten begann Letitia zu erzählen.

»Die Herrin möchte, dass ihr nicht unvorbereitet zu Gamet kommt.
Deshalb hat sie mich geschickt.
Du weißt ja Jörg, Gamet ist ein Elfling, also ein Halbelf mit einem langen Lebensfaden. Seine Mutter ist die Fürstin Xenia von Reichenau. Sie ist schon vor langer Zeit verstorben. Der Vater Gamets ist der zweite Schwertmeister des Asenreiches, dessen Namen ich hier nicht nenne. Wusstet ihr das?«
Paulina von Breitenbach schüttelte wortlos den Kopf, während Jörg zustimmend nickte.
»Also erzähle ich euch die ganze Geschichte, sodass Paulina auch alles versteht«, sagte Letitia und wandte sich insbesondere an Paulina.
»Gamet hat mit Beendigung der Ausbildung der beiden Mädchen die Herrin über das sehr gute Ergebnis ins Bild gesetzt.
Gamet hatte während der Ausbildung herausgefunden, dass Mechthild eine besondere Gabe ererbt hat, die auf das Vorhandensein eines sogenannten «Alter Ego» schließt.
Was das bedeutet und wie sich das auswirkt, wird euch Gamet noch genau erläutern. Es wäre sonst sehr zeitaufwändig das hier zu tun.
Und noch etwas Wichtiges!
Mechthild hat seit sechs Jahren eine Freundin, Leonie von Gersdorff. Sie ist eine Enkelin des Christian von Gersdorff aus Gerhardisdorff. Leonie weist die gleichen Merkmale der besonderen Gabe auf, die auch Mechthild hat und der Zufall will es, sie sind nicht nur gleichaltrig, sie haben auch noch beide am selben Tag Geburtstag.
Sie sind jetzt beide achzehn Jahre alt.
Gamet, der beide Mädchen ausbildete, hat nicht nur ihr Allgemeinwissen auf Höchststand gebracht, sondern er hat ihnen auch den Umgang mit der Waffe gelehrt.
Beide beherrschen den Schwerttanz der Elfen bis zur Perfektion. Sie sind damit vollwertige Kriegerinnen, wenn ihr wisst, was das bedeutet!«

Beide von Breitenbach schüttelten den Kopf.

»Mit dieser Eigenschaft und der Magie in den Waffen können sie das Böse besiegen, und zwar siegreich. Der Elf Pandor hat ihnen im Auftrage der Königin, die extra für die beiden Mädchen auf Fairies angefertigten Wehrgehänge gebracht. Die Waffen sind aus bestem Sternenstahl geschmiedet und in der Handhabung jeweils dem Ego der Mädchen angepasst, das bedeutet, die Klingen der Waffen sind magisch«, fuhr Letitia fort.

»Die beiden Mädchen sind inzwischen unzertrennlich geworden. Sie zu trennen wäre unverantwortlich, meint die Königin! Ihr solltet das bei weiteren Entscheidungen berücksichtigen. Die Herrin möchte die Beiden für etwa zwei oder drei Monate im Asenreich haben, um deren Ausbildung zu perfektionieren und zu vervollständigen! Die Königin muss die in ihnen schlummerten Energien wecken, um sie wirksam werden zu lassen. Das kann Gamet nicht.

Vor allen Dingen, beide Mädchen müssen lernen, mit ihrer Gabe richtig umzugehen. Unter dem Schirm der Herrscherin wird das gelingen.

Sie bittet um eure Zustimmung Mechthild betreffend, für Leonie ist das bereits erfolgt!«

Paulina begann plötzlich zu weinen und schluchzte:

»Nach so vielen Jahren, jetzt soll ich meine Tochter ...«

Sie konnte den Satz nicht mehr beenden, denn aus dem Wald trabte Buran heran und stubbste die Elfe mit seinen weichen Nüstern an die Schulter.

Mit leiser Stimme ließ er vernehmen:

»Die Herrin ruft nach uns!« Letitia stand auf und strich Paulina beruhigend über den Kopf.

»Paulina, es wird sich ein Weg finden. Aber das muss die Herrin entscheiden!«, sagte Letitia noch und sprang mit einem Satz auf den Rücken des ungesattelten Einhorns. Sie winkte ihnen noch einmal zu und verschwand mit Buran in die Dichte des Markersdorfer Waldes.

Auch Paulina und Jörg machten sich auf den Weg nach Gerhardisdorff zu Gamet.

Als sie den Wald verließen, sahen sie in der noch heißen Nachmittagssonne das Schloss derer von Gersdorff vor sich liegen. »Wir müssen rechts am Schloss vorbei und dann sehen wir den Hof von

Gamet!«, sagte Jörg und wies auf das Portal des Schlosses. Sie ritten auf dem breiten Weg zum Schloss und bogen dann unmittelbar rechts ab. Nach ungefähr einer viertel Meile bemerkten sie ein Gehöft, von einer hohen Mauer umgeben, das zu der Beschreibung passte, die Jörg von Gamet bekommen hatte.

Der Hof gehörte offensichtlich noch zum Rittergut derer von Gersdorff.

Ein doppelflügliches Holztor versperrte den Zugang zum Hof. Jörg betätigte den großen Bronzeklopfer.

Die Klopftöne dröhnten über den Innenhof. Wie von Geisterhand betätigt, schwangen die großen Torflügel nach innen und gaben den Weg in den Hof frei. Paulina und Jörg ritten in den Hof und saßen ab. Eine breite Freitreppe führte zu einer Terrasse, an die sich der Eingang zum Haus anschloss. Jörg stellte die Pferde an den dafür vorgesehenen Haltebalken und machte sie fest. In dem Trog am Haltebalken war frisches Wasser, es musste erst kürzlich eingefüllt worden sein. Das bezeugten die nassen Flecke auf dem Boden. Auch die Raufe über dem Haltebalken war mit frischem Heu versehen. Ihre Tiere waren also gut versorgt.

Das deutete alles daraufhin, dass sie erwartet wurden.

Auf der Terrasse saß ein kleiner ergrauter Mann an einem großen Tisch und blätterte in einem dicken Buch.

Es war Gamet der Elfling. Er stand auf und ging ihnen einige Schritte entgegen.

»Meine Herrin hat euer Kommen angekündigt!«, sagte er.

Gamet und Jörg kannten sich aus früheren Begegnungen, nur Paulina kannte den Elfling nicht. Jörg stellte Gamet vor. Nach der Begrüßung sah Gamet, dass sich Paulina suchend umblickte. Gamet wusste den suchenden Blick Paulinas zu deuten und sagte:

»Die beiden Mädchen und «Lupus» sind im Schloss derer von Gersdorff. Eigentlich müssten sie schon zurück sein!«

Mit einer Handbewegung lud er die von Breitenbachs zum Sitzen ein. Aus einer bauchigen rauen Tonflasche, die in einem flachen Wasserbad stand, goss er ihnen einen gut gekühlten Most in die bereitstehenden Humpen. Paulina staunte über das kühle Getränk, das kannte sie nicht. »Wie bekommst du den Most so gekühlt?«, fragte sie Gamet und trank von dem wohlschmeckenden Getränk.

»Ich nutze die Verdunstung des Wassers. Die raue Oberfläche der Flasche saugt sich mit Wasser voll und das verdunstet in der Wärme der Luft und erzeugt dabei Kälte«, antwortete Gamet und lächelte Paulina an.

»Das ist die pure Anwendung der Natur, man muss es nur wissen!«.

Nach einigem Schweigen sagte Gamet. »Es ist vielleicht ganz gut, dass die Beiden noch nicht zurück sind, so kann ich euch über ihre Ausbildung kurz berichten!«, sagte der Elfling.

Gamet holte einige dicht beschriebene Blätter aus einer Mappe, legte sie vor sich hin und berichtete den beiden von Breitenbachs von der Ausbildung der Mädchen im Schreiben, Lesen und Rechnen sowie im allgemeinen Wissen über die Menschen und über die Natur. Zum Schluss fügte er hinzu:

»Auf Anraten der Königin habe ich beide Mädchen an der Waffe ausgebildet. Der Schwerttanz der Elfen, den sie erlernten, ist nicht nur Ausdruck der effektivsten

Kampfform im Asenreich, er ist auch die präziseste Form des Schwertkampfes überhaupt. Beide Mädchen beherrschen ihn gleichermaßen perfekt. Damit können sie sich sicher verteidigen und das wird für ihre Zukunft nötig sein.

Die Herrin hat ihnen als Anerkennung für die bestandene Prüfung die entsprechenden Waffen in Fairies anfertigen lassen und geschickt«, beendete Gamet den nun doch etwas längeren Bericht. Ihr kennt die Bedeutung des Schwerttanzes?«, fragte Gamet.

»Wir haben auf dem Ritt hierher die Botin der Königin getroffen, die uns sagte, du würdest uns etwas von der besonderen Gabe erzählen, die du bei den Mädchen während der Ausbildung festgestellt hast!«, fragte Jörg und Gamet lächelte versonnen und nickte dazu.

»Beide Mädchen verfügen über eine besondere Gabe, sie können unvorhergesehene Ereignisse voraussehen. Oder einfacher gesagt, sie verfügen über ein zweites inneres «ich», dass wir im Asenreich «Alter Ego» nennen. Das bedeutet, dass es in ihren Ahnengeschichten mindestens einen Elf oder eine Elfe gegeben haben muss, denn von denen haben sie diese Gabe ererbt.

In ihnen schlummern aber noch Kräfte, die erst geweckt werden müssen.

Nur die Königin kann, die in ihnen noch tiefer schlummernden Energien wecken, um sie wirksam werden zu lassen. Das kann ich nicht!«

Paulina und Jörg sahen sich ratlos an.

»Was ist das Gamet. Kannst du uns das wenigstens andeuten?«, fragte Paulina.

»Sie werden dann mithilfe der «weißen Magie» in der Lage sein, Kräfte der Natur zu erkennen und zu nutzen, Menschen zu heilen, Gefahren abzuwenden und noch vieles mehr. Das aber kann nur die Herrin festlegen!«

»Sie können dann zaubern?«, fragte Paulina entsetzt und plumpste zurück auf ihren Stuhl, angstvoll entfuhr ihr ...

»Werden die Mädchen dann auch als Ketzerinnen ...«

Gamet unterbrach sie und lachte.

»Nein Paulina, sie können nicht zaubern, ihre Seelen nutzen nur die Energien der übersinnlichen Kräfte aus der Natur, die dem normalen Menschen verborgen bleiben. Es ist keine Zauberei, so mit Hokuspokus! Im Asenreich ist die weiße Magie eine bedeutende Wissenschaft, die viel weiterentwickelter ist als die Wissenschaft hier in der alten Welt. Im Asenreich heißt die weiße Magie «Isothona». Das ist die Wissenschaft des Inneren, also der Seele und der übernatürlichen Kräfte des Universums. Magie ist ein Name, der hier im alten Land von den Menschen erfunden und geprägt wurde. Ich weiß nicht, ob ihr das so schnell versteht. Aber ich versuche es euch zu erklären, was die Wissenschaftler der Elfen über die Menschen herausgefunden haben: In der «Isothona» heißt es zur Erforschung der Seele: «Die menschliche Seele ist der einzige Punkt im Universum, an dem sich Geist und Materie treffen können. Diese Eigenschaft, diese Kraft, die daraus entsteht und die nur in auserwählten Menschen wirkt, die diese Gabe in sich tragen, nennen wir hier in der alten Welt «weiße Magie. Ich habe euch gefragt, ob ihr die Bedeutung des «Schwerttanzes» kennt! Nun. Die beiden Mädchen sind ab sofort vollwertige Kriegerinnen!

Eine Frage noch:

Ist euch noch nie der Gedanke gekommen, wieso gerade ihr die Gedankensprache beherrscht?«

Gamet hob die Hand.

»Still, ich glaube jetzt kommen sie!«

Vor dem Tor war helles Mädchengelächter zu hören und das überlaute Gekläff eines Hundes. Als sich die Torflügel öffneten, schoss ein weißgrauer Blitz die Freitreppe hinauf und warf sich auf Paulina.

»Lupus, mein Junge!«, schluchzte Paulina gerührt und drückte den Kopf des großen Wolfes an sich.

Lupus gebärdete sich vor Freude wie ein Tanzbär. Immer wieder sprang er Paulina an.

Vor der Freitreppe standen drei junge Menschen, zwei wunderschöne junge Mädchen und ein junger Mann. Sie starrten sprachlos auf den sich wie wild gebärdeten Wolf. Paulina lief die Freitreppe hinunter und schloss ihre Tochter in die Arme. Beide weinten vor Freude.

Mechthild löste sich aus den Armen ihrer Mutter und zog das andere Mädchen heran.

»Das ist Leonie Mutter, meine Freundin. Paulina drückte auch Leonie an sich und schaute über deren Schulter auf den jungen Mann, der eine verblüffende Ähnlichkeit mit Leonie aufwies. »Das ist mein Bruder Peter!«, sagte Leonie, die den Blick Paulinas bemerkte.

Sie gingen gemeinsam die Freitreppe hoch und setzten sich zu Gamet an den großen Tisch. Sie bekamen von Gamet den gut gekühlten Trunk gereicht.

Jörg von Breitenbach ergriff das Wort:

»Liebe Mechthild! Gleich zu Beginn auf das keine Missverständnisse entstehen:

Paulina ... also deine Mutter und ich haben vor drei Jahren in Görlitz heimlich geheiratet. Pater Hyronimus hat uns im Kloster getraut. Ich bin also nun nicht mehr der Oheim, sondern wenn du es willst, dein Stiefvater!«

Mechthild war aufgesprungen und sah ihre Mutter an, deren Gesicht im schönsten rot erstrahlte. Dann drehte sie sich zu Jörg um. Auch der hatte Farbe im Gesicht und schaute Mechthild erwartungsvoll an. Er wartete auf Mechthilds Reaktion und die kam prompt. »Das «Stief» vor dem Wort «Vater» lässt du gefälligst weg, Jörg von Breitenbach, vormals mein Oheim«. Mechthild grinste als sie das verdutzte Gesicht ihres Oheims sah. Sie sagte das aber mit einem solch energischen Klang in ihrer Stimme, also mit einer Stimme, die keinen Widerspruch duldete und fuhr dann fort:

»Vor allen Anwesenden hier erkläre ich ernsthaft, dass du mein rechtmäßiger Vater bist ... Vater und nicht

Stiefvater«, wiederholte Mechthild. »Ich lasse nicht zu, dass das jemals anders wird! Das Unrecht, das euch eure Väter antaten, habt ihr mit eurer Hochzeit getilgt! Ich hoffe nur, dass mir das einmal erspart bleibt«
Paulina und Jörg sprangen auf und umarmten sich.
Mit einer derartig klaren Reaktion der Tochter hatten sie nicht im Mindesten gerechnet.
Gamet hob die Hand und bat um Ruhe.
Dann lehnte er sich zurück und schloss die Augen. Man sah, dass es hinter seiner Stirn angestrengt arbeitete.
Die Gedankensprache.
Nach einer kleinen Weile schlug er die Augen auf und sah die am Tisch sitzenden Menschen an.
»Die Königin hat mich gerade beauftragt, Mechthild und Leonie für die Dauer von zwei Monaten über den Asenpfad an der Obermühle ins Asenreich zu begleiten. Nepomuk der Elfling in der Obermühle wird alles vorbereiten.
Dann wird sie zur gegebenen Zeit den Asenstern öffnen. Die Herrin wünscht aber, dass Lupus zu eurem Schutz hierbleibt. Sie hat Gründe anzunehmen, dass insbesondere Paulina unter Lupus Schutz zu stellen ist. Genaueres dazu wird sie uns in Kürze noch mitteilen«.

Mechthild hatte plötzlich Tränen in den Augen. Ihr tränenumflorter Blick suchte Peter, den Bruder Leonies. Das war nicht unbeobachtet geblieben. Paulina sah Jörg an und machte ein unmissverständliches Zeichen mit der Hand.
Peter von Gersdorff saß zusammengesunken auf seinem Stuhl. Mechthild stand plötzlich auf und sagte mit harter Stimme an Gamet gewandt:
»Ich gehe nicht ins Asenreich ... ohne meinen Peter gehe ich nicht ins Asenreich. Gamet, würdest du das bitte der Königin übermitteln!«, sagte sie und ging zu dem jungen Mann. »Wie du weißt Gamet, haben wir einander die Treue geschworen und wir haben geschworen, dass wir uns niemals trennen und ich

gedenke nicht, diesen Schwur zu brechen oder brechen zu lassen!«

Der junge Mann sah auf und auch in seinen Augen glitzerten einige Tränen.

Gamet machte nicht erst den Versuch, Mechthild von der Notwendigkeit der Reise ins Asenreich zu überzeugen.

Er kannte das Mädchen und er hatte den eisernen Willen Mechthilds während der Ausbildung nur zu gut kennen und schätzen gelernt. Gamet nickte zustimmend, er nahm den Entschluss Mechthilds ohne Widerrede zur Kenntnis.

Paulina und Jörg von Breitenbach waren sprachlos. Ihre Tochter hatte sie vor vollendete Tatsachen gestellt, sie hatte einen Freund und wie es schien, war sie auch nicht umzustimmen. Paulina hat das geahnt, gleich mit der ersten Begegnung, als sie Peter von Gersdorff gesehen hatte, war ihr klar geworden, dass seine Anwesenheit etwas mit Mechthild zu tun hatte. Mütter haben eben einen sechsten Sinn für so etwas. Paulina wunderte sich nur über Gamets Schweigen.

Der hat, wie es sich nun herausstellte, alles gewusst.

Gamet zog sich ins Haus zurück.

Nach geraumer Weile kehrte er zurück und setzte sich still an den Tisch. Alle sahen ihn an und warteten auf eine Antwort Gamets. Er räusperte sich.

»Die Herrin erlaubt, dass Peter von Gersdorff seine Schwester und Mechthild begleitet. Näheres dazu wird uns Pandor erzählen. Den schickt die Herrin zur Unterstützung der Bürgermeister von Görlitz und Zittau, um dem «Schwarzen Heinrich» endgültig den Garaus zu machen und um euch sicher über den Pfad zu geleiten!«.

Die Burg Sternenlicht

Vier Tage später traf Pandor in Gerhardisdorff ein. Der Elf und der Elfling waren ja bestens miteinander bekannt, hatten sie doch gemeinsam schon einiges im Auftrage der Königin durchgestanden. Gamet stellte den hochgewachsenen Elf den Anwesenden vor.

»Das ist Pandor, der erste Schwertmeister des Asenreiches, also zu eurem besseren Verständnis. «Schwertmeister» ist der Titel für den Anführer des Elfenheeres und er ist gleichzeitig der Berater unserer Herrin in militärischen Dingen.

Pandor wird euch mit dem weiteren Verlauf vertraut machen und er wird auf den gefährlichen Weg durch das «NICHTS», das heißt durch die «Zwischenwelt» aufmerksam machen. Das ist die Zwischenwelt, die unsere alte Welt vom Asenreich trennt. Er wird uns die Gefahren verdeutlichen, die aus dem Nichtbefolgen von Anweisungen der Königin, den Pfad betreffend, auf uns zukommen. Nehmt das bitte nicht auf die leichte Schulter«. Er übergab dem Elf das Wort

»Bitte Pandor!« Der Elf räusperte sich und sah die drei jungen Leute an. »Zuerst einmal die Frage, ihr geht zum ersten Mal den Weg über einen Asenstern?

Euer Nicken bestätigt mir das. Die Asensterne sind die kürzeste Verbindung zwischen der alten Welt und dem Asenreich, aber deren Pfade führen durch das «NICHTS».

Die Pfade und die Asensterne werden von unserer Herrin ständig streng kontrolliert und überwacht.

Aber das «NICHTS» ist auch der Aufenthalt der «Wesenlosen», also der Verbannten, der Seelenfresser. Als die Asen das Land verließen, töteten sie alle Jöthar und verbannten ihre Seelen in das «NICHTS».

«Ymir» aber als deren Oberhaupt und Vater der schwarzen Magie, verbannten sie, nachdem Thor ihn im Ban-Gebirge getötet hatte, in das Universum der zerbrochenen Welt, aus dem es keine Wiederkehr gibt. Der Allmächtige ließ aber nicht zu, ihre Seelen zu vernichten, er machte sie nur wesenlos, das heißt zu Schattenwesen. Die Jöthar sind, ohne Ausnahme, die Inkarnation des Bösen in der Welt. Das ist auch der Grund, weshalb die Asen die noch vorhandenen Pfade zwischen den Welten mit einem wirkungsvollen magischen Schutz versehen haben, der alle schützt, die in guter Absicht ins Asenreich kommen und verhindert zugleich, dass die Wesenlosen aus der Verbannung entkommen können. Ihr werdet es sehen und hören, sobald ihr den Pfad betretet. Die Wesenlosen werden versuchen, euch aus dem Schutz des Asenpfades herauszulocken, denn sie sind an dem, wer du bist, was du träumst und was du denkst, interessiert – also an deiner Seele. Die Essenz einer Seele zieht sie magisch an, denn damit, wenn sie sie besitzen, besitzen sie auch deinen Körper und können damit der Verbannung entfliehen.

Aber ich sehe Ungläubigkeit in euren Gesichtern! Ich versuche es zu erklären«.

Pandor machte es sich bequem.

»Nach dem letzten Überfall der Ordensritter des «Blauen Kreuzes» blieb der Königin als letztes Mittel nur die Trennung des Asenreiches von der «Alten Welt». Einige wenige Asensterne blieben in der «Alten

Welt» erhalten, aber sie wurden und werden von der Herrin streng überwacht.

Die Verbindung zu den Menschen hielt die Königin nur noch über den Bruder Augostino, dem Guardian des Heiligen Grabes und den Weisen von Jerusalem. Die Weisen von Jerusalem sind die Hüter der weißen Magie, also der Isothona im Asenreich. Die Weisen bemühen sich, alle Philosophien, alle Theologien und alle Weisheiten der Völker miteinander in Einklang zu bringen.

Das ist auch die Philosophie unserer Herrin!«.

Paulina wandte sich angstvoll an den Schwertmeister und klammerte sich dabei an Jörgs Arm.

»Dann ist der Übergang ins Asenreich für die Kinder wohl lebensgefährlich?« fragte sie und Pandor antwortete ihr beruhigend. »Ja und Nein! Sie dürfen nur nicht auf die Einflüsterungen und Versprechungen der Wesenlosen reagieren und den Pfad verlassen! Diesen Schutz der Asen können die Wesenlosen nie überwinden und so versuchen sie mit kruden Versprechungen die Reisenden vom Pfad zu locken. Außerdem, ich kann sie hart bestrafen!« Pandor holte einen kleinen in Gold gefassten Edelstein unter seinem Hemd hervor, der eher wie ein Amethyst aussah.

»Das ist ein Splitter aus dem großen Asensteins, den die Asen bei ihrem Abschied bewusst durch Thor zerstören ließen. Thor zerschlug mit seinem Hammer «Mjölnir» den großen Asenstein im großen Tal der Sonne im Ban-Gebirge, um zu verhindern, dass diese Macht des Steines in die falschen Hände gerät. Meine Herrin ließ die Splitter einsammeln und verteilte sie unter die Völker des Reiches. In den Splittern hat sich ein großer Teil der gewaltigen magischen Macht des großen Asensteins erhalten«.

»Nach Abschluss eurer Ausbildung wird euch der Zeremonienmeister der Königin, Alvarez, zu Arbentus führen. Arbentus ist der beseelte Baum des Asenreiches, eigentlich auch dessen Gewissen. Er verwaltet die Geschichte der Asen.

Dort werdet ihr das noch einmal zu Gehör bekommen. Arbentus verstärkt das von der Königin bewirkte Aufwecken eurer Gabe, verfestigt sie und er führt euch tiefer in die Geschichte des Asenreiches ein. Von ihm erhaltet ihr die Gabe des Heilens.

Der Abschluss wird dann auf dem Turnierplatz vor der Burg Sternenlicht sein. Dort wird die Herrin eure Wehrgehänge, also die Waffen, magisch aufwerten.

Ich bin im Auftrage meiner Herrin hier, euch darauf vorzubereiten!«.

Kurz danach begaben sie sich auf den gefahrvollen Weg durch das «NICHTS». Paulina und Jörg von Breitenbach begleiteten sie noch bis zum Steinkreis an der Obermühle. Das Lichttor öffnete sich und sie betraten den goldenen Pfad, der sie ins Asenreich führte.

Paulina, Jörg und Lupus blieben traurig zurück und das Lichttor schloss sich.

Die Wanderer auf dem Pfad betraten die Burg durch das Lichttor des großen Asensterns und wurden von der Königin empfangen. Sie geleitete die Ankömmlinge zu einer gemütlichen Sitzecke auf deren Tisch Obst und Getränke standen. Die Königin unterhielt sich sofort mit den beiden Mädchen und wandte sich als erste an Mechthild.

»Mechthild, dein Oheim hat eine gediegene Unterweisung in die Grundlagen der Mystik zur Magie vom Guardian des Heiligen Grabes in Jerusalem erhalten. Er ist bestens in der Lage, euch zur Seite zu stehen. Der Guardian hat die Tiefen seiner Seele aufgebrochen und der ruhenden Energie zum Durchbruch verholfen.

Du hast Recht getan, ihn zu deinem Vater zu erwählen, denn er trägt dieselben Eigenschaften in sich und kann dir und Leonie immer hilfreich zur Seite stehen.

Ihr Beide habt Veranlagungen geerbt, von denen ihr nur einen kleinen Teil nutzt, weil ihr den Rest überhaupt nicht kennt und deshalb auch keine Ahnung habt, was ihr damit alles tun könnt. Ich helfe euch dabei, eure Unvollkommenheit in der «Isothona» oder

Magie, wie ihr sie bezeichnet, in aller Kürze zu überwinden. Euch wird ein langer Lebensfaden beschieden sein. Das wird nicht einfach und viel Energie eurerseits bedürfen, dass alles in sich aufzunehmen und es wird einige Zeit dauern. Außerdem werdet ihr, durch eure Begabung, Heilerinnen werden, die es vordem in der «Alten Welt» noch nicht gab.

Ich stelle euch Letitia zur Seite, sie ist eine meiner Hohemagierin, die trotz ihrer Jugend alle Mysterien der «Isothona» beherrscht. Sie wird eine eurer Lehrmeister sein. In zwei Mondzyklen ist alles geschafft«.

Sie nahm die junge Elfe an der Hand und zog sie zu Mechthild und Leonie hin. Die Königin lächelte und wenn sie lächelte entfaltete sich ihre ganze Schönheit.

Nichts war vollkommener als dieses Lächeln.

Mit diesem Lächeln betörte sie alle in ihrer Umgebung.

»Wollt ihr?«, fragte sie.

Mechthild sah fragend zu Leonie. Die aber zuckte nur mit den Schultern. Die Königin sah das und ahnte, was in Mechthild vorging. »Keine Sorge Mechthild! Peter wird nicht von dir getrennt. In dieser Zeit wird er von meinem Kriegsmeister zum einen in die Grundlagen der Heeresführung und zum anderen in die Geheimnisse der Kriegskunst eingeführt.

Mehr ist in dieser kurzen Zeit nicht möglich. In der «Alten Welt» hat kein Menschensohn diese Art der Ausbildung genossen, die Peter erhält. Leider kann ich ihm nicht das alles geben, was ihr durch eure Begabung erhaltet. Dazu bräuchte es viel mehr Zeit«. Die Königin sah Peter an. Der wirkte etwas niedergeschlagen.

»Keine Sorge Peter, es wird alles gut!«, sagte sie.

»Anschließend könnt ihr, wenn ihr möchtet, gemeinsam mit Gamet zurück in eure Welt gehen. Pandor wird euch auf dem Pfad begleiten! Noch etwas zu den Wehrgehängen, die ich euch geschickt habe. Diese Schwerter und die dazugehörigen Dolche sind von nun an magische Waffen. Sie hören nur auf einen Befehl, den ihnen ihre Träger mittels eines magischen Wortes übermitteln. Elfen, die diese Art von Waffen tragen sind in der Regel unbesiegbar! Jetzt gehört auch ihr zu diesen Trägern, Mechthild und Leonie!

Abschließend werdet ihr, auch du Peter, mit Alvarez ins Ban-Gebirge gehen. Im großen Tal der Sonne steht Yggdrasil, der Baum des Lebens.

Am Fuße Yggdrasils liegt der Urdbrunnen, an dem die drei Nornen Urd, Verdandi und Skuld ihren Sitz haben, die das Schicksal der Menschen in der «alten Welt» bestimmen.

Als die Asen das Asenreich verließen und nach Asgard zogen, habe sie festgelegt, dass Yggdrasils und der Urdbrunnen im Ban-Gebirge verbleiben und die Königin des Asenreiches als Verweserin der Asen fungiert.

»Die Nornen werden euch, auf meine Veranlassung hin, einen langen Lebensfaden weben«.

Sie winkte Letitia. »Und nun geht!«

Nach dem Studium

Alvarez führte Mechthild und Leonie zu dem herrlichen See und ließ sie unter einem mächtigen Ginkgo Baum hinsetzen. Der alte Baum aber war Arbentus, der beseelte Ginkgo am See.

»Arbentus wird euch auf alle eure Fragen in der Gedankensprache eine Antwort geben und vor allem wird er euer Wissen in der Herstellung von Medizin vertiefen!«, sagte Alvarez.

»Arbentus ist älter als das Asenreich und er ist sehr weise! Dass er mit euch redet ist eine große Ausnahme. Die Königin persönlich hat Arbentus darum gebeten, das zu tun!«.

Über ihnen rauschte plötzlich die mächtige Krone des Ginkgo, als bestätigte er ihnen die Zustimmung zu den Worten Alvarez.

Damit verließ Alvarez die ungläubig schauenden Menschenkinder.

Ein angenehmer Schauer lief ihnen über den Rücken als sie sich unter den weit ausgelegten Ästen des Ginkgo ausstreckten.

Sie warteten hier auf die Rückkehr von Alvarez und wanderten Hand in Hand gemeinsam in die Traumsichten des Arbentus.

Arbentus breitete sein Traumnetz über die jungen Leute aus und entführte sie in die Geschichte des Asenreiches. In den Traumsichten lernten sie die Steppen der Albenmark kennen auf der sich merkwürdige Wesen, halb Pferd und halb Mensch, tummelten. Sie sahen die Mangrovenwälder am «Warmen Meer» mit den Wald- und Blumenelfen. Sie wanderten durch das Reich der Dunkelelfen, die in der alten Welt Zwerge hießen und wandelten in einer Traumsicht durch den Garten des Lebens der Königin. Hier zeigte ihnen Arbentus die Herstellung von Decocta aus verschiedenen Pflanzen und Pilzarten und sie wanderten in das mächtige Ban-Gebirge, die Heimat der Asenwölfe also auch die Heimat von ihrem «Lupus» und sie sahen den Baum des Lebens «Yggdrasil», den Urbrunnen und die drei Nornen, die das Schicksal der Menschen bestimmen.

Unter dem Baum warteten bereits Gamet und Peter auf sie. Die Norne Verdani wob den drei Menschenkindern einen langen Lebensfaden.

Dann kam die letzte und schwerste magische Prüfung für Mechthild und Leonie, die sie bei Arbentus in einer Traumsicht ablegten.

Der beseelte Ginkgo lehrte sie, die Besonderheiten der menschlichen Seelen zu verstehen. Damit verbunden bekamen Mechthild und Leonie alle Grundlagen für die Anwendung der «Isothona», das heißt, sie bekamen nicht nur die theoretischen, sondern auch die praktischen Tätigkeiten eines Heilers vermittelt. Er lehrte sie auch Gut und Böse nach bestimmten

Merkmalen folgerichtig zu beurteilen und danach Entscheidungen zu treffen. Außerdem lehrte Arbentus sie, die Kraft ihrer Heilkunst auf die Metamorphose anzuwenden und Umwandlungen zu erkennen. Die Mädchen lernten auch, wie sie die charakterlichen Eigenschaften von Menschen und Tieren mithilfe der «Isothona» beeinflussen konnten. Sie waren auch in der Lage, besondere Heilkünste aus der «Isothona» anzuwenden. Diese Prüfungen bestanden sie mit einer bestätigten Fähigkeit eines Magiers der weißen Zunft.

Als sie aus der Traumsicht zurückkehrten, stand Alvarez schon vor ihnen und holte sie in den Palast.

Peter und Gamet waren bereits anwesend und schauten gespannt auf Mechthild und Leonie, die mit einem Lächeln bestätigten, dass sie alles gut überstanden hatten.

Das Tor zum Thronsaal stand wieder weit offen. Der runde Saal hatte ja keine Decke, jedenfalls konnte man keine sehen, aber man sah Wolken, dunkle Wolken zogen dahin.

Zum ersten Mal fiel Mechthild bewusst der Boden des Palastes auf, der mit einem bunten Mosaik ausgelegt war, welches die Baumeister der Dunkelalben geschaffen haben. Deutlich spürten sie die Magie, die dem Saal innewohnte und die anscheinend durch den merkwürdigen Mosaikfußboden noch verstärkt wurde. Auch Leonie war beeindruckt. Die Abbildungen der sieben Schlangen im Mosaik wirkten lebendig und sie veränderten sich und drehten ihre Köpfe, wenn man den Standort änderte. Man hatte immer das Gefühl, von allen Bildern des Mosaiks angeschaut zu werden. Es schien, als sei ihre Abreise besser vorbereitet als sie annahmen. Sie sah Peter an, der die Ruhe selbst war.

Sie wussten plötzlich, dass sie inmitten eines riesigen Asensterns standen, einer magischen Pforte, die Reisen von Hunderten Meilen auf wenige Schritte verkürzen konnte.

Mechthild und Leonie sahen die Königin an ihrer Wahrheitsschale stehen und sie schien angestrengt über etwas nachzudenken. Ein Teil ihres Hofstaates ist gekommen, um die Menschenkinder zu verabschieden. Die Mädchen warteten nur noch auf Pandor und Gamet, die im Moment noch mit der Königin sprachen.

Die Königin ging die wenigen Schritte zum Zentrum des Mosaiks, wo Mechthild, Leonie und Peter standen. Die drei Menschenkinder hatten bereits ihre wärmenden Reitumhänge angelegt. Hinter ihr kamen Pandor und Gamet.

»Pandor wird euch bis in die «Alte Welt» begleiten und euch auf dem Pfad Schutz gewähren«, sagte die Königin.

Sie hob die geöffneten Hände zum Himmel und ihre Lippen bewegten sich lautlos. Während sie die uralten Worte der Elfen sprach, öffnete sich das Lichttor des Asensterns. Die sieben Schlangen im Mosaik öffneten ihre Mäuler zum Lichttor hin, als wollten sie den Asenstern vor fremden Eindringlingen schützen.

Die drei Menschenkinder hatten den unbedingten Eindruck, dass sie das auch tun würden.

Die Königin drückte die beiden Mädchen an sich und schob sie zu Gamet. Die gleiche Zeremonie vollzog sie an Peter. Auch der ließ es widerstandslos geschehen.

Die Drei nahmen sich an den Händen und die Königin schloss hinter ihnen das Lichttor.

Die Kälte und die plötzliche Finsternis dahinter legten sich wie ein alles erstickender Mantel um sie.

Zielgerichtet suchte Pandor den richtigen Pfad aus dem Gewirr der Pfade des großen Asensterns, der sie sicher nach Hause führte. Er sprach einige Worte der Macht und der gewirkte Zauber zeigte den richtigen Pfad in die «Alte Welt». Nur ein schmaler, goldener Pfad leuchtete jetzt zu ihren Füßen.

Die Wesenlosen hatten bemerkt, dass das Netz wieder belebt war und sie kamen dicht an den magischen Kokon heran. Die geballte Macht einer fremden Magie hämmerte mit kruden Versprechungen auf das Bewusstsein der drei Menschenkinder ein. Leonie und Mechthild hielten sich verzweifelt die Ohren zu. Pandor sah es und holte wortlos den Asensteinsplitter hervor. Er hielt ihn gegen das Schutzgewirk, murmelte in der alten Sprache das magische Wort der Macht «Ljósálfar». Blaue Blitze zuckten aus dem Splitter, setzten eine gewaltige Menge Energie frei und diese fuhren lautlos durch das Schutzgewirk und schleuderte die Wesenlosen weit zurück. Schmerzhafte Schreie aus der Ferne zeugten von der Wirksamkeit des magischen Schlages. Nur noch zehn Schritte, dann öffnete sich vor ihnen das Lichttor und sie befanden sich wieder im Steinkreis des Asensterns an der Obermühle.

Vor dem Steinkreis warteten Nepomuk und die Pferde, die er vorsorglich schon gesattelt hatte. Die Königin hatte ihn in der Obermühle mittels der Gedankensprache über die Rückreise der Menschenkinder informiert. Nepomuk teilte ihnen mit, dass die Eltern Mechthilds in Kunstinsdorf das Grundstück noch nicht verkauft haben und noch dort wohnten, um auf die Rückkehr von Mechthild, Leonie und Peter zu warten. Sie verabschiedeten sich herzlich von Pandor, der das Lichttor wieder schloss, um in die «Burg Sternenlicht» zurückzukehren. Mechthild wollte unbedingt zu ihrer Mutter. Leonie und Peter aber ritten nach Görlitz in das Stadthaus derer von Gersdorff. Sie verabredeten, dass Mechthild in zwei Tagen nach Görlitz kommt, Leonie und Peter abzuholen, um gemeinsam nach Gerhardisdorff zu reiten.

Gamet machte sich somit allein auf den Weg nach Gerhardisdorff.

Wieder in Görlitz

Es war schon sehr spät als Mechthild das Reichenbacher Tor in Görlitz erreichte. Lupus musste, sehr zu seinem und ihrem Leidwesen, bei den Eltern bleiben. Die Warnung der Königin war mehr als berechtigt. Solange der «Schwarze Heinrich» nicht gefasst ist, besteht Gefahr für Paulina. Genaueres hatte die Königin nicht verlauten lassen. Daraufhin hatte sie sich bei den Eltern verspätet, weil sie noch lange miteinander geredet hatten.

Mechthild stellte ihr Pferd mithilfe des Stallknechtes in die Stallungen des neuen Gasthofes »Zu den drei Krebsen« ein, der sich außerhalb der Stadtmauer befand. Sie legte den Gersdorffschen Reitumhang an, sodass das zierliche Wehrgehänge verdeckt war. Der junge Wirt gab ihr eine Handlaterne, ohne die keine Person abends auf den Görlitzer Gassen sein durfte. Dann begleitete er sie zum geschlossenen Stadttor und klopfte an der kleinen Pforte. Mechthild hatte vordem ihre Satteltasche vom Pferd genommen und trug sie an einem Riemen über der Schulter.

Ein älterer Stadtsoldat öffnete die kleine Luke in der Tür und erkannte den Wirt des neuen Gasthofes. Er schloss die Luke und öffnete die Pforte. »Was führt euch denn zu so später Stunde in die Stadt?« fragte er und betrachtete interessiert die hinter dem Wirt stehende Mechthild.

»Ich bringe nur einen Gast. Das gnädige Fräulein möchte in die Webergasse zum Stadthaus derer von Gersdorff. Sie hat sich etwas verspätet!«, antwortete der Wirt. Erst jetzt sah der Stadtsoldat das Wappen derer von Gersdorff auf dem Reitumhang Mechthilds und ließ sie passieren.

»Seid vorsichtig Jungfer!« sagte der alte Stadtsoldat zu ihr. Er benutzte noch die alte, nicht mehr gebräuchliche

Anrede «Jungfer». Zurzeit treibt sich allerhand fremdes Gesindel in der Stadt herum. Die sind anscheinend unerkannt mit einem der Wagenzüge in die Stadt gekommen und machen uns zurzeit ganz schönen Ärger!«

Mechthild bedankte sich für die Warnung und machte sich auf den Weg zur Webergasse. Es waren wirklich keine Menschen auf den Gassen zu sehen, nur die Fenster der Häuser waren spärlich erleuchtet. Sie bog in die Steingasse ein, um von dort zur Webergasse zu gelangen. Ihre kleine Handlaterne verbreitete nur schwaches Licht auf dem Weg.

Zwei dunkle Gestalten kamen Mechthild entgegen, ohne die übliche Laterne. Mechthild dachte sofort an die Warnung des alten Stadtsoldaten. Aus einem der Fenster in der Steingasse auf der anderen Seite fiel ein starker Lichtschein, sodass nicht nur Umrisse der Gestalten zu sehen waren, sondern auch deren Gesichter.

Der Große, mit einem wüsten, ungepflegten schwarzen Bart blieb vor ihr stehen, der Kleinere bewegte sich seitwärts, als wolle er in ihren Rücken gelangen.

Ihre Absichten waren klar zu erkennen.

»Ho! Ho!«, sagte der, welcher vor ihr stand, aber nicht allzu laut.

»Das ist ja ein Weibsbild und ein hübsches noch dazu! Das wird noch ein Spaß für uns Bruder!

Also Weib, her mit der Satteltasche und dann werden wir unseren Spaß mit dir haben!«

»Geht zur Seite Mann!«, herrschte Mechthild energisch den Kerl an und versetzte ihm mit der ausgestreckten Faust einen schmerzhaften Stoß vor die Brust. Dieser traf wohlgezielt mit den Faustknöcheln genau die Herzgrube des Unholds. Dieser wich, überrascht von der Stärke des Fauststoßes, einige Schritte zurück und krümmte sich nach Luft schnappend. »Ihr seid doch wohl nicht ganz bei Troste!«, fauchte Mechthild und legte die Schwerthand auf den Griff ihres Elfenschwertes, das sie unter ihrem Umhang trug.

 Die vor ihr stehende Gestalt grunzte benommen und drang mit schmerzverzerrtem Gesicht, immer noch nach Luft schnappend, auf sie ein. Der Fauststoß Mechthilds auf die Herzgrube zeigte bei ihm nachhaltig Wirkung. Übelriechender Atem schlug ihr entgegen.

Doch bevor Mechthild ihr Schwert ziehen konnte, hielten die beiden Ganoven bereits ihre Kurzschwerter in den Händen, deren Spitzen bedrohlich nahe auf ihren Hals zielten. Ein sicheres Zeichen dafür, dass die beiden Strolche ausgezeichnet mit dem Schwert umgehen konnten.

»Her mit der Satteltasche Weib!«, grunzte erneut der vor ihr stehende Kerl.

Bevor die Angreifer richtig reagieren konnten, drehte sich Mechthild mit rasender Geschwindigkeit aus dem Bereich der Kurzschwerter von ihnen weg. Sie murmelte das Wort der Macht und riss während der Drehung das Elfenschwert heraus, schwang es nach oben und mit einer elegant aussehenden Rückhandbewegung glitt ihr Schwert an der Klinge des seitwärts stehenden Schurken herab, ohne die Wucht des Schlages zu mindern.

Ein kurzes Zucken im Handgelenk und die Parierstange an dessen Schwert war überwunden. Wie ein blonder Racheengel schwang sie das Elfenschwert zu einer Finte nach oben, täuschte den Angreifer und ließ die Elfenklinge herabsausen.

Diese Finte hatte Mechthild von Gamet gelernt. Der starke Hieb trennte dem Schurken den Schwertarm unterhalb des Ellenbogens, genau vor dem Handgelenk ab. Das war vollendeter Elfentanz, ausgeführt mit höchster Akkuratesse.

Der Bandit fiel vor Schmerz brüllend auf die Knie. Dann rappelte er sich hoch und rannte, den Armstumpf an sich pressend, blutend davon.

Ohne fremde Hilfe würde er mit der schweren Verletzung nicht weit kommen.

Bevor der erste Angreifer, ein Hüne von einem Mann, überhaupt begriff was geschehen ist und reagieren konnte, umtanzte Mechthild ihn und mit einer vollendeten Parade wehrte sie seine schwache Riposte ab. Sie schlug eine Volte und erwischte den vor ihr stehenden Schnapphahn mit einem Stich unterhalb der Achsel seiner Schwerthand.

Der Stich war absolut tödlich.

Die scharfe Klinge des Elfenschwertes drang tief in den Körper des Mannes ein. Er stöhnte kurz auf, kippte vornüber und blieb zuckend liegen. Der Räuber streckte sich noch einmal und mit einem letzten Atemzug hauchte er seine Räuberseele aus. Das Elfenschwert leuchtete blau auf und verblasste, als Mechthild es aus dem Korpus des Angreifers zog.

Das alles war nur in wenigen Augenblicken geschehen. Sie wischte die Klinge an dessen Umhang ab und wollte sie gerade wegstecken. Da hörte Mechthild schwere Schritte aus der Brüdergasse kommend, Waffengeklirr und harte Stimmen waren zu vernehmen. Noch mehr nächtliches Raubzeug?

Sie machte sich auf eine weitere Auseinandersetzung gefasst und versteckte das blanke Schwert in einer Falte ihres Umhanges.

Aber die, die eilig um die nächste Ecke bogen, waren keine Strauchdiebe, sondern drei Männer der Stadtwache. Sie waren bewaffnet; zwei trugen Fackeln. Sie hatten anscheinend den Kampflärm vernommen.

»Was ist geschehen?«, fragte der eine von ihnen.

Im Fackelschein sah Mechthild, dass er einen Brustpanzer mit dem Görlitzer Wappen trug. Mechthild atmete auf.

Das war Gott sei Dank kein Raubgesindel.

»Sie haben mich überfallen und wollten mich berauben!«, antwortete Mechthild und barg das Schwert endgültig unter ihrem Umhang. Der Harnischträger hatte die Fackel des anderen übernommen und betrachtete interessiert Mechthilds Schwert, sagte aber nichts.

Der andere, der sich bückte, um den Toten auf den Rücken zu drehen, stieß einen Pfiff aus.

»Der Schwarze Heinrich!«, keuchte er überrascht.

»Der gefürchtetste Bandenführer der Strauchdiebe in der Oberlausitz und ein Mörder dazu! Den suchen drei Städte seit Jahren, um ihn an den Galgen zu bringen! Immer wieder konnte er mit seiner Bande erfolgreich entwischen und sich im Zittauer Gebirge verstecken. Jetzt ist er endlich erledigt!«, stellte der Harnischträger mit einer tiefen Befriedigung in der Stimme fest.

»Wer seid ihr?«, fragte er Mechthild, er bemerkte erst jetzt, dass eine junge Frau vor ihm stand, denn Mechthild hatte ihre Kappe abgenommen und ihr langes, blondes Haar flutete in Wellen über den Reitumhang.

»Donnerlüttchen!«, entfuhr es ihm, »ihr seid ja eine Frau!«

Ungläubig schauten sich die Stadtsoldaten an.

Eine bewaffnete Frau war doch schon recht ungewöhnlich in Görlitz, aber dass eine junge und noch dazu eine hübsche Frau den größten Räuber der Oberlausitz zur Strecke gebracht hat, war noch viel ungewöhnlicher.

»Ich bin Mechthild von Breitenbach, die Verlobte Peter von Gersdorffs. Ich habe gerade meinen Hengst im Gasthof «Zu den drei Krebsen» eingestellt und war auf dem Weg zur Webergasse, als die beiden Kerle mich angriffen!«, antwortete Mechthild auf den erstaunten Ausruf des Geharnischten. »Ist das nicht zu gefährlich für eine junge Frau, nachts und dann noch allein?«, fragte der Geharnischte, der sich nun als Unterführer der Stadtwache vorstellte.

Er sah sich sichernd um.

»Ihr sprecht immer von zwei Männern! Wo ist der zweite Mann?«, fragte er.

»Der kommt nicht weit, wenn er keine Hilfe bekommt, wird er irgendwo verbluten. Ich habe ihm den Schwertarm abgeschlagen. Leuchtet dahin!«, sagte sie und deutete auf einen Unrathaufen aus dem die Schwertspitze eines Kurzschwertes ragte.

Der Unterführer nahm die Fackel und leuchtete hinter den Haufen. Dort lag ein Stück abgeschlagener Unterarm, dessen Hand noch den Schwertgriff umklammerte. Fassungslos kehrte er zurück.

»Wir haben es offenbar mit einer furchtlosen Schwertkämpferin zu tun!«, sagte der Unterführer an die beiden anderen gewandt.

»Den «Schwarzen Heinrich» erledigt und der andere Strolch tödlich verletzt auf der Flucht! Dabei ist der «Schwarze Heinrich» als schonungsloser und schneller Schwertkämpfer verschrien. Alle Welt hat Schiss, ihm mit der Waffe in der Hand gegenüberzustehen und das ist wahrlich kein Witz.

Alle Ehre, die Dame!«, fetzte es aus ihm heraus.

»Ihr seht also, ich kann mich ganz gut selbst verteidigen!«, grinste Mechthild und wollte gehen.

»Halt wartet, tut mir leid, wir müssen das erst zu Protokoll bringen, sonst gibt es Ärger mit der Stadt ... für euch!«, bemerkte der Unterführer ziemlich schroff und erntete dafür einen ernsten Blick von Mechthild

»Wohnt ihr hier?«, fragte der Unterführer.

»Nicht weit von hier in der Webergasse!« Mechthild zeigte auf das Gersdorffsche Anwesen, das man der hellen Fassade wegen gerade noch so in der Dunkelheit ausmachen konnte. Einer der Fackelträger blieb bei der Leiche, der andere ging vor Mechthild und dem Unterführer her.

Es dauerte eine Weile, bis auf Klopfen und Rufen geöffnet wurde. Peter von Gersdorff machte ein erstauntes Gesicht als er Mechthild in Begleitung der Stadtwache sah. Noch bevor Mechthild etwas sagen konnte, stellte sich der Unterführer vor.

»Ich bin Reimar von Stockborn, Unterführer der Stadtwache. Wir müssen ein Protokoll aufnehmen. Es gab einen Zwischenfall, an der Ecke Steingasse, an dem eure Verlobte beteiligt war!«

Der sprachlose Peter trat zur Seite und ließ Mechthild und den Unterführer eintreten. Der Unterführer bat um Papier und Tinte. Eine Mamsell brachte das verlangte Papier nebst Tinte und Sandstreuer und der Unterführer verfasste ein kurzes Protokoll aus dem hervorging, dass Mechthild von Breitenbach den berüchtigten «Schwarzen Heinrich» getötet hatte.

Der Unterführer ließ Mechthild unterschreiben, trocknete die Tinte mit dem Sandstreuer und steckte das Protokoll in den Ärmelaufschlag seiner Uniform.

»Wir kümmern uns um alles Weitere! Es kann aber sein, dass daraufhin der Bürgermeister euch zu sprechen wünscht», sagte er und deutete auf den Ärmelaufschlag und verabschiedete sich. Mit einer Bemerkung an den Hausherrn: »Die Gassen in der Stadt sind unsicher Herr von Gersdorff. Es ist dann schon nicht schlecht, sich einigermaßen wehren zu können! Eure Verlobte hat das hervorragend bewiesen!«

Mechthild lachte ob der Bemerkung des Unterführers.

»Wer bekleidet denn jetzt das Amt des Bürgermeisters, wir waren lange nicht hier?« fragte sie den Unterführer, bevor dieser den Raum verließ.

»Das ist der ehrenwerte Herr Nikolaus von Königshain!« antwortete der Unterführer und wandte sich zum Gehen.

Der immer noch sprachlose Peter brachte den Unterführer zur Tür, vor der der andere Fackelträger auf ihn wartete.

Aus dem Nachbarzimmer kamen Leonie von Gersdorff mit ihrem Oheim Christoph und begrüßten Mechthild.

Sie hatten im Nachbarzimmer die gesamte Unterhaltung mit dem Unterführer der Stadtwache atemlos verfolgt.

Der Oheim war völlig konfus.

»Weißt du überhaupt, wen du da zur Strecke gebracht hast Mechthild?«, fragte Christoph von Gersdorff. Mechthild schüttelte mit dem Kopf und machte eine abwehrende Handbewegung, als wollte sie das nicht wissen. Aber der Oheim ließ sich nicht abwimmeln. »Der «Schwarze Heinrich» ist, oder besser gesagt war, der Mörder deines leiblichen Vaters Mädchen. Das ist doch mehr als gerecht! Du hast deinen Vater unbewusst gerächt Mechthild! Du kennst doch die Geschichte, wie dein Vater ums Leben kam? Deine Eltern können stolz auf dich sein!« Mechthild nickte nur und nahm das Lob Christoph von Gersdorffs gelassen hin. Am anderen Morgen kam tatsächlich ein Bote aus dem Rathaus und bat Mechthild in die Amtsstube des Bürgermeisters.

Im Görlitzer Rathaus

Sie gingen zu dritt. Peter von Gersdorff begleitete seine Schwester und seine Verlobte zum Bürgermeister.
Der Ratsdiener meldete den Anwesenden in der Ratsstube die Ankunft der drei jungen Leute.
Der Bürgermeister begrüßte sie mit Handschlag, was äußerst unüblich war und bot ihnen Platz an. Er hielt den Ratsdiener zurück und hieß ihm, den Unterführer der Stadtwache Reimar von Stockborn zu holen.
Dann wandte er sich wieder seinen Gästen zu.
»Zuerst herzlichen Dank für eure Tat mein Fräulein!« sagte er zu Mechthild. »Reimar von Stockborn hat schon Boten in die Nachbarstädte geschickt, die die Räte vom Tode des Räubers informieren. Nochmals herzlichen Dank!«
Am Tisch des Bürgermeisters saßen drei Männer und der Bürgermeister stellte sie vor.
»Das sind Handwerksmeister Bronner, Ältestenrat der Ratmannen und die Schöppen Geißler und Bachmann.

Sie sind hier, um euch über das Urteil des Schöppen Gerichtes gegen den damaligen Delinquenten «Hartwig Haubold» zu informieren, der ja maßgeblich an der Ermordung eures Vaters beteiligt war. Unseren Gast kennt ihr ja bereits, es ist der Abt des Franziskanerklosters Pater Hyronimus«.

Der Bürgermeister erteilte dem Schöppen Geißler das Wort. Der machte nicht viel Federlesen und erläuterte in kurzen Sätzen das Urteil über den Verbrecher «Hartwig». »Mein Fräulein, das Schöppen Gericht hat vollumfänglich die Schuld des Hartwig Haubold vor sechs Jahren festgestellt und nachgewiesen. Daraufhin hat das Gericht ihn zum Tode durch den Strang verurteilt. Hartwig wurde vor sechs Jahren durch den Scharfrichter, Meister Quent, auf dem Galgenberg hingerichtet! Der Pfarrer aber, der Hartwig dazu inspiriert hatte, wurde mit einem rechtskräftigen Urteil der Stadt verwiesen und in die Acht gesetzt«, beendete der Schöppe Geißler seinen Bericht. »Damit wurde auch sein Verbrechen an eurer Mutter gesühnt!«, ergänzte der Schöppe Bachmann und sah Mechthild an. »Uns ist wichtig, dass ihr von uns erfahrt, dass wir die Sühne zu den sogenannten Hexenprozessen sehr ernst nehmen und die Schuldigen bestraft haben«.

Der Ältestenrat Bronner machte sich bemerkbar und bat ums Wort. Der Bürgermeister nickte zustimmend, ohne zu ahnen, was jetzt passierte.

Ziemlich unwirsch begann Bronner die beiden Mädchen mit kruden Worten und sehr respektlos zu belegen.

»Wieso lauft ihr bis an die Zähne bewaffnet in unserer Stadt umher? Es ist bei uns nicht üblich, dass Weiber hochgerüstet, wie Krieger das Stadtbild bevölkern! Wo sind wir denn hingekommen, wenn weibliche Rotznasen öffentlich im Stadtbild Schwerter tragen und ...«

Der Bürgermeister wurde rot vor Ärger und unterbrach ziemlich unwirsch die Rede des Ältestenrates: Auch der Abt war aufgesprungen.

»Haltet euren Mund Bronner. Was fällt euch ein!

Das war eine nicht wiedergutzumachende Beleidigung!«, herrschte er den Ältestenrat an. »Wir kennen eure Einstellung zum weiblichen Geschlecht, aber es geht nicht an, dass ihr die beleidigt, die Gutes für unsere Stadt und die Oberlausitz geleistet haben! Habe ich mich da klar ausgedrückt?«

Mechthild und Leonie waren während dieser Rede Bronners mit hochrotem Kopf aufgestanden. Man sah ihnen an, wie tief sie diese Beleidigung getroffen hatte. Vor allem die Bezeichnung «weibliche Rotznasen» ging ihnen gegen den Strich. Auch Peter von Gersdorff hatte sich erhoben und starrte den Ältestenrat mit bösen Augen an.

Aber dann trat Leonie einen halben Schritt vor, sie sah wie ein blonder Racheengel aus und sagte mit klirrender Stimme:

»Wenn ihr nicht so alt wäret, würde ich euch für diese beleidigenden Worte vor meine Klinge holen, Herr Bronner! Überlegt euch in Zukunft, wen ihr beleidigt! Wir sind für euch nicht der letzte Dreck!«

Die Worte Leonies hatten den Ältestenrat tief getroffen und als sie die Worte «*Herr Bronner*» besonders betonte, machte sie damit nicht nur ihrer inneren Wut Luft, sondern traf den Ältestenrat an seiner wundesten Stelle.

Der Ältestenrat Bronner sprang auf und wollte wütend, aber wortlos die Amtsstube des Bürgermeisters verlassen. Vielleicht hatte er begriffen, dass er mit seinen Bemerkungen weit über die normalen Anstandsregeln hinausgeschossen war. Aber von einem Weib «vor die Klinge» gerufen zu werden, war doch mehr als eine Beleidigung seines männlichen Stolzes.

Der Ausruf des Abtes ließ ihn auf der Stelle erstarren.

»Bronner, ihr seid als Innungsmeister einer der einflussreichsten Männer der Stadt. Ich hätte euch mehr Fingerspitzengefühl zugetraut. Der Jungfer Leonie traue ich schon zu, dass sie euch für diese

Beleidigung mit dem Schwert an der Leber kitzeln kann. Wollt ihr das?
Ich denke, es ist an der Zeit, dass ihr euch für diese Taktlosigkeit bei ihr entschuldigt!«
Bronner drehte sich wortlos um, fast wäre er mit dem Unterführer der Stadtwache zusammengestoßen, der in diesem Moment die Amtsstube betrat. Bronner nahm ihm die Tür aus der Hand und schlug sie wortlos hinter sich mit einem lauten Knall zu.
Der Bürgermeister ist aufgestanden und machte eine entsprechende Handbewegung vor seinem Gesicht.
»Ich muss mich für Bronner im Namen meiner Stadt bei euch entschuldigen. Er hatte wohl nicht alle Sinne beisammen. Bronner ist ein guter Handwerksmeister und auch ein guter Ratmann, aber das, was er gesagt hat, ist nicht zu entschuldigen! Bitte verzeiht ihm und uns die Beleidigungen, die ihr durch ihn erleiden musstet!
Ich würde sie gerne ungeschehen machen!«
»Lasst das Bürgermeister, ihr könnt nichts dafür!«, sagte Leonie zu ihm und lächelte dem sympathischen Unterführer der Stadtwache zu.
Leonie hatte nur noch Augen für diesen sympathischen Mann. Mechthild lächelte.
»Hat es dich endlich auch einmal erwischt?« flüsterte sie Leonie ins Ohr und die wurde vor Verlegenheit rot.
Reimar von Stockborn berichtete dem Bürgermeister, dass alle Boten zurück seien und dass die Rathäuser der Städte über den Tod des «Schwarzen Heinrich» informiert sind.
Sie haben die Suche eingestellt und die Suchtrupps zurückbeordert.
Der Bürgermeister ging daraufhin zu den beiden Schöppen redete mit ihnen.
Der Unterführer aber drehte sich um und schüttelte Mechthild herzlich die Hand. »Geht es bald los?« fragte er leise und Mechthild antwortete ihm ebenso leise.
»Wir holen jetzt meine Eltern aus Kunstinsdorf und

reiten gemeinsam nach Gerhardisdorff, dann sehen wir weiter!«.

»Mein Oheim hat uns erzählt, dass sich in Gerhardisdorff ein Arzt niedergelassen hat, der in Italien, an der Universität in Bologna studiert hat. Dort sollen auch Frauen zum Medizinstudium zugelassen sein, was hier bei uns leider nicht möglich ist«, schaltete sich Leonie leise in das Gespräch ein und sah den jungen Unterführer an.

»Wir beide wollen Medizin studieren, das haben wir uns fest vorgenommen!«, sagte Mechthild zu dem jungen Unterführer. »Wir werden den «Doktor Hartmann», so heißt er wohl, danach befragen und dann entscheiden, wie es weitergeht!«, mischte sich Peter von Gersdorff im Flüsterton in die Unterhaltung ein. »Vielleicht bekommen wir von Doktor Hartmann auch eine Empfehlung für die Universität in Bologna!«, warf Mechthild ein, »wäre doch sehr hilfreich!«.

Der Bürgermeister kam zu ihnen, um sie zu verabschieden.

»Nochmals meinen Dank für eure Tat mein Fräulein!«, sagte er zu Mechthild und verabschiedete die jungen Leute wieder mit Handschlag.

»Eine Frage habe ich aber dennoch mein Fräulein! Wo habt ihr das Fechten gelernt? Es ist doch nicht üblich, dass Frauen so gut mit Waffen umgehen können!«

Mechthild und Leonie lächelten. Schon lange haben sie auf diese Frage gewartet. Vorsichtig antwortete Mechthild dem Bürgermeister in Anbetracht des Eides, den sie der Königin gegeben haben.

»Wir haben zu Hause einen Waffenmeister und der hat uns auf Anraten der Eltern gründlich und lange an der Waffe ausgebildet! Das ist nicht nur Tradition, das ist eine Notwendigkeit. Denn da, wo wir geboren sind, herrscht das Böse! Mehr kann und darf ich euch dazu nicht sagen!«, erwiderte Mechthild auf die Frage des Bürgermeisters.

Der schien sich mit der Antwort zufriedenzugeben.

Der Unterführer der Stadtwache verließ mit ihnen die Amtsstube des Bürgermeisters.

»Darf ich euch ein Stück begleiten, ich glaube wir haben fast den gleichen Weg!«, fragte er die jungen Leute.

Leonie war sofort an seiner Seite, was dem Unterführer anscheinend nicht unangenehm war. Mechthild nahm ihren Peter am Arm und mit einem Augenaufschlag deutete sie auf Leonie. Peter lächelte, er hatte das schon bemerkt, schließlich kannte er seine Schwester.

Am Reichenbacher Tor wollten sie sich von dem sympathischen Unterführer verabschieden. Leonie sprach ihm spontan eine Einladung ins Schloss derer von Gersdorff aus, die Reimar von Stockborn gern annahm. Er lud sie daraufhin zu einem späten Frühstück in den Gasthof «Zu den drei Krebsen» ein.

Als sie am Tisch platzgenommen hatten, kam wenig später ein Stadtsoldat herein und suchte nach dem Unterführer. Der Wirt verwies ihn auf die Nische, in der der Tisch mit dem Unterführer und seinen Gästen stand.

Reimar von Stockborn stand auf und ging mit dem Stadtsoldaten einige Schritte zur Seite. Dort redete dieser aufgeregt auf den Unterführer ein. Der Disput dauerte eine ganze Weile. Dann kehrte Reimar von Stockborn an den Tisch zurück. Er war blass.

»Im Moment könnt ihr nicht nach Gerhardisdorff! Um es kurz zu machen.

Ich habe soeben die Nachricht bekommen, dass sich der Rest der Bande des «Schwarzen Heinrich» zusammengerottet hat und nach euch und eurer Mutter sucht!«, sagte er mit Blick auf Mechthild.

»In der Stadt gab es leider einen «Maulwurf», der die Bande über jeden Schritt und den Tod ihres Anführers informiert hat. Sie wollen Rache nehmen und ihnen ist jedes Mittel recht, das auszuführen! Der «Maulwurf» wurde gefasst! Von ihm wissen wir von den Absichten der Bande!

Sie wissen, dass ihr nach Gerhardisdorff wollt!«

Mechthild lehnte sich zurück.
»Ich muss unbedingt nach Kunstinsdorf zu meinen Eltern und ich brauche Lupus. Er kann sich mit der Herrin in Verbindung setzen!«, sagte Mechthild leise mit Blick auf ihren Peter. Der nickte verstehend.
Der Unterführer erzählte ihnen zu ihrer Beruhigung.
»Kunstinsdorf steht unter Bedeckung der Stadtwache, der Mühle im Neißetal wegen. Aber allein solltet ihr trotzdem nicht reiten!«, erwiderte Reimar von Stockborn. »Ich reite mit ihr, gemeinsam ist das in kürzester Zeit zu schaffen! Leonie, du gehst in die Webergasse zurück und informierst den Oheim!
Wenn alles geklärt ist, holen wir euch ab!«, sagte Peter von Gersdorff.
Die jungen Leute holten ihre Pferde aus den Stallungen des Gasthofes und ritten nach Kunstinsdorf zu den Eltern Mechthilds.
Reimar von Stockborn brachte Leonie in die Webergasse zum Stadthaus derer von Gersdorff.

In Kunstinsdorf spielte Lupus verrückt. Er gebärdete sich wie ein Berserker, vollkommen außer Rand und Band. Jörg von Breitenbach beobachtete den Wolf und rief nach Paulina.
»Ich denke, wir bekommen Besuch. Es ist bestimmt Mechthild. Schau dir Lupus an. Er hat sie bereits gewittert!«
Nach einiger Zeit ritten zwei Reiter in das Grundstück ein, es waren Mechthild und Peter von Gersdorff. Als Jörg die Tür öffnete, schoss Lupus wie ein Pfeil auf Mechthild zu.
»Lupus, mein Junge!«, rief Mechthild und nahm den Kopf des großen Tieres in die Arme. Lupus schniefte voller Freude und leckte an ihren Händen. Er ließ Mechthild nicht einmal die Zeit, ihre Eltern richtig zu begrüßen. «Ich habe eine Nachricht von der Herrin an dich!», erklang es in ihrem Kopf.

Mechthild nahm den Wolf am Halsband und ging zu der Gartenbank vor dem Haus, setzte sich und legte ihm die Hand auf den Kopf.

«In der Reihe der Bande befindet sich ein Magier der schwarzen Zunft. Die Herrin fragt an, ob du nicht das Leuchten deines Schwertes bemerkt hast, als du den Schwarzen Heinrich getötet hast. Du hast doch gelernt, dass das Leuchten nur dann auftritt, wenn es auf schwarze Magie stößt. Heinrich hatte zwar die Gabe der schwarzen Magie in sich, allerdings war sie nicht ausgebildet! Insofern hattest du Glück!»

Mechthild erinnerte sich, dass ihr Schwert kurz aufgeleuchtet hatte, als sie es aus dessen Körper zog. Sie schenkte dem aber keine Beachtung ... ein Fehler, wie es sich jetzt herausstellte.

«Die Herrin läßt dir ausrichten, der schwarze Magier kann nur von Menschenkindern getötet werden und wenn ihr kämpft, solltest du nur gemeinsam mit Leonie den Kampf mit ihm führen, nicht allein! Haltet Peter aus dem Kampf mit dem Magier heraus, ihm fehlt die Gabe, die ihr beide innehabt. Der Magier ist zu gefährlich, ihr solltet achtsamer sein!»

Lupus legte sich zu ihren Füßen nieder und schaute sie aus seinen klugen Augen an. Seine Aufgabe hat Lupus erfüllt.

Mechthild wirkte sehr nachdenklich. Erst jetzt konnte Mechthild ihre Eltern begrüßen, was sie auch ausgiebig tat.

Peter und Mechthild vereinbarten mit den Eltern, am nächsten Morgen nach Görlitz zu reiten, um dann gemeinsam mit denen von Gersdorff den Weg nach Gerhardisdorff anzutreten.

Mechthild wollte unbedingt noch einmal mit Reimar von Stockborn sprechen, vielleicht ließe sich von seiner Seite, der Sicherheit wegen, etwas tun.

Lupus sprang plötzlich auf und stand starr auf der Stelle, die Augen geschlossen. Mechthild wusste, dass er in der Gedankensprache mit jemanden sprach, das war ein typisches Verhalten von Lupus.

Sie legte die Hand auf den Kopf des Wolfes.
«Im Wald von Markersdorf warten sie auf euch!»
erklang Lupus Stimme in ihrem Kopf.
«Die Herrin lässt dir noch einmal ausrichten, du sollst
nur gemeinsam mit Leonie den Kampf gegen den
Magier führen, nicht allein! Du wirst ihn an seinem
magischen Schutzschirm erkennen Mechthild!»

Auf dem Weg nach Gerhardisdorf

Am anderen Morgen ritten sie nach Görlitz in die
Webergasse zu denen von Gersdorff, um sie
abzuholen. Christoph von Gersdorff hatte
veranlasst, dass die Dienerschaft ein Packpferd beladen
hatte, mit den Sachen von Leonie und Peter, die sie hier
in Görlitz nicht mehr benötigten.
Als die Kunstinsdorfer eintrafen, machten sie sich
gleich auf den Weg zum Reichenbacher Tor. Dort
wurden sie vom Unterführer der Stadtwache bereits
erwartet.
Reimar von Stockborn hat eine Eskorte aus sechs gut
gerüsteten Stadtsoldaten zusammengestellt, die für die
Sicherheit der Reisenden bis nach Gerhardisdorff zu
sorgen hatten. Außerdem führte der Unterführer extra
einen vergitterten Karren im Tross mit.
Auf den fragenden Blick des Christoph von Gersdorff
kam eine trockene kurze Antwort vom Unterführer:
»Für die Gefangenen!«
Leonie und Mechthild baten Reimar von Stockborn mit
ihnen einige Schritte zu gehen. Lupus folgte ihnen.
Mechthild eröffnete dem Unterführer, dass sich unter
den Räubern ein Magier der schwarzen Zunft befand.
Der Unterführer war ja inzwischen einiges von den
beiden Mädchen gewöhnt, aber das, was sie ihm jetzt
eröffneten, machte ihn etwas nervös und sprachlos.

»Wir und nur wir haben die Aufgabe, ihn zu töten!«, sagte Mechthild mit harter Stimme und deutete dabei auf Leonie. »Näheres zu den Umständen später! Ihr müsst dafür Sorge tragen, dass sich keiner, wirklich keiner von unseren Leuten in den Bannkreis seiner schwarzen Magie begibt! Er ist gefährlich.
Lupus wird meine Eltern schützen, er hat dazu einen Auftrag erhalten!« Lupus schniefte zustimmend.
»Wir werden euch den Zeitpunkt sagen, wenn wir den Magier rausgefunden haben. Er wird sich selbst verraten, dann müsst ihr aber schnell handeln und ... ihr werdet euch nicht in den Kampf mit ihm einmischen Reimar«, sagte Mechthild, »dass müsst ihr uns versprechen!«, forderte sie und sprach dabei den Unterführer mit dem Vornamen an.
»Wenn er beseitigt ist, könnt ihr den Rest der Bande mit euren Männern bekämpfen!«, ergänzte Leonie.
Widerwillig gab der Unterführer sein Versprechen ab, sich nicht in den Kampf einzumischen. Anders war es mit Peter von Gersdorff. Er wollte partout an der Seite von Mechthild kämpfen. Leonie hatte große Mühe, ihren Bruder davon abzubringen, was ihr schließlich mit Verweis auf die Königin gelang. Peter von Gersdorff war traurig! Lupus drängte sich an ihn und er legte die Hand auf den mächtigen Schädel des Wolfes.
Das Gedankengespräch mit Lupus gab schließlich den Ausschlag, dass er sich fügte.
Sie begaben sich zurück zu den anderen.
Lupus ging von nun an Paulina nicht mehr von der Seite.

Der Unterführer machte sich bemerkbar und ergriff die notwendig gewordenen, erläuternden Worte zu ihrem bevorstehenden Ritt.
»Von Markersdorf reiten wir etwa zwei Meilen durch den dichten Wald am Schöps entlang bis Gerhardisdorff, das ist der kürzeste Weg. Es ist nur ein schmaler Pfad, der am Schöps entlang führt. An irgendeiner Stelle werden sie uns erwarten.

An der Spitze werden Leonie und Mechthild reiten, die anderen bitte mit einem kleinen Abstand dahinter. Sobald die Mädchen herausgefunden haben, wer der Magier ist, bitte sofort zurückfallen lassen, sie geben uns ein unmissverständliches Zeichen, bitte, das gilt für alle«.

Er wandte sich an den Oheim Leonies und an Jörg.

»Herr von Gersdorff und Herr von Breitenbach nehmen die Mutter Mechthilds in ihre Mitte. Peter von Gersdorf, ihr deckt ihnen den Rücken.

Meine Leute und ich werden der Bande eine Falle stellen, aus der es für sie kein Entkommen gibt!«

Lupus machte sich noch einmal bemerkbar und drängte sich an Mechthild heran Die legte die Hand auf den Kopf des Wolfes.

«Ihr müsst euere Wehrgehänge bedecken, sodass der Magier nicht in der Lage ist, sie mit seiner suchenden Magie zu erkennen! Der Reitumhang genügt. Das hat mir soeben die Herrin übermittelt! Am Schloss warten dann Gamet und Pandor auf euch!»

Mechthild teilte das Gedankengespräch Leonie und Peter mit, denn auch Peter hatte ein elfisches Wehrgehänge aus dem Asenreich bekommen.

Dann ritten sie in der festgelegten Formation los.

Sie hatten etwa die Hälfte des Weges zurückgelegt als Leonies Hengst störrisch wurde. Ein ungewöhnliches Gebaren des wohlerzogenen Tieres.

Plötzlich spürte es auch Mechthild.

Es war eine «suchende fremde Magie» die aus dem Walde auf sie traf und die tastend über die Menschen strich, auf sie hatte Leonies Hengst reagiert.

Der Uferwald wich hier vom Ufer des Schöps zurück und gab eine winzig kleine Lichtung frei auf der fünf wüst aussehende Gestalten auf die Reiter zustürmten.

Die zweite Gestalt von rechts lief etwa zwei Schritte vor den anderen, seine Augen funkelten gelblich als er die beiden Mädchen erblickte. Er machte eine Handbewegung und alle seine Kumpanen hatten urplötzlich ihre Kurzschwerter in den Händen, einer von ihnen eine kleinere Armbrust, mit der er auf die in den Wald verschwindenden Stadtsoldaten schoss. Ein blecherner Ton zeigte an, dass einer der Bolzen getroffen und wahrscheinlich aufgrund der Kürze der Entfernung, den Brustpanzer eines Stadtsoldaten durchschlagen hatte.

Reimar von Stockborn zog den getroffenen Stadtsoldaten in die Deckung des Unterholzes und versuchte ihm zu helfen. Aber er musste weiter und konnte nicht viel tun. Leonie hatte aus den Augenwinkeln gesehen, was der Unterführer getan hatte. Das machte sie ihm mit Handzeichen deutlich.

Mechthild und Leonie hatten die Elfenschwerter gezogen und drangen auf den Gelbäugigen ein.

Im Unterholz hockend sah der Unterführer der Stadtwache einen Schwertkampf der beiden Mädchen, den er wohl sein Lebtag nicht vergessen würde. Leonie tanzte nach rechts und setzte den dort stehenden Banditen mit einer gewählt geschlagenen Volte außer Gefecht. Sie schlug ihm mit einer elegant aussehenden Rückhand die Schwerthand ab. Mechthild hielt inzwischen den Magier in Schach. Mit einer Riposte wehrte sie seine schwache Parade ab und zwang ihn, rückwärts auszuweichen. Mechthild geriet jedoch in Bedrängnis, als der Gelbäugige eine starke Parade nachzog und versuchte zu seinen Leuten durchzubrechen.

Als Leonie das sah, rief sie:

»Mechthild Achtung!« Sie zog ihren Dolch und schleuderte ihn zielsicher und mit aller Kraft auf den Magier. Das hatte Gamet mit ihr immer wieder trainiert.

Und der Dolch traf dessen rechtes Auge und durchschlug das Jochbein. Dann rannte sie los.

Brüllend fiel der Magier auf die Knie und versuchte mit den Händen den blau schimmernden Dolch herauszureißen. Dazu musste er sein Schwert aus den Händen legen. Es gelang ihm aber nicht den Dolch aus dem Auge zu reißen. Auch nicht mithilfe der schwarzen

Magie konnte er den Dolch aus dem Auge entfernen. Inzwischen war Leonie bei Mechthild angelangt. Sie riefen beide das alte Wort der Macht «Ljósálfar» und, beide stießen ihre Schwerter gleichzeitig in seine Brust. Die Schwerter strahlten plötzlich blau. Er sank mit einem grässlichen Fluch zu Boden und das Feuer seiner gelben Augen verlosch.

Aus dem rückwärtigen Uferwald stießen die Stadtsoldaten mit Peter von Gersdorff hervor und überwältigten den Rest der Bande.

Peter von Gersdorff sprang mit gezogenem Schwert herbei und schlug dem Magier mit seinem Schwert den Kopf ab.

Auch seine Klinge strahlte blau auf. Gelbe Nebelschwaden stiegen aus dem enthaupteten Torso gen Himmel und zeugten vom Vorhandensein der schwarzen Magie in dessen Körper.

Der Kampf mit dem Magier hatte nur wenige Augenblicke gedauert! Der blaue Schein ihrer Schwerter erlosch.

Die Stadtsoldaten hatten die restlichen vier Strolche überwältigt und gebunden. Jetzt warteten sie auf den vergitterten Karren, um die Gefangenen abzutransportieren. Der Räuber, dem Leonie die Schwerthand abgeschlagen hatte, war anscheinend schon des Blutverlustes wegen vor Ort verstorben. Die beiden Mädchen aber eilten zu dem Stadtsoldaten, auf den mit der Armbrust geschossen wurde. Leonie wusste ja, wo er lag. Er war bewusstlos. Der Bolzen hatte aufgrund der geringen Entfernung den Brustpanzer des Stadtsoldaten tatsächlich durchschlagen und ihn verwundet. Der Stadtsoldat hatte viel Blut verloren, damit war seine Bewusstlosigkeit zu erklären. Die Verletzung war aber nicht lebensgefährlich. Mechthild zog den Bolzen heraus und nahm dem Stadtsoldaten den Brustpanzer ab. Dann versorgten die beiden Mädchen die Wunde. Leonie legte ihm ihre Hände an die Schläfen und ließ einen starken Heilstrom aus der «Isothona» in ihn einfließen. Der weitere Blutfluss wurde durch den Heilstrom gestoppt und die Wunde schloss sich langsam. Mechthild legte eine besondere Kräuterpaste auf die Einschussstelle, um Entzündungen zu verhindern. Dann legten sie gemeinsam dem Stadtsoldaten einen festen Verband an. Reimar von Stockborn hatte sprachlos zugeschaut und er war von den Handlungen der beiden Mädchen, als Schwertkämpferinnen und auch jetzt als Heilerinnen, total beeindruckt. Die Mädchen setzten den verwundeten Stadtsoldaten auf sein Pferd und schnallten ihm zur Sicherheit die Beine fest an den Sattelgurt, sodass er nicht vom Pferd fallen konnte. Dann übergab der Unterführer das Kommando dem dienstältesten Stadtsoldaten und ließ sie mit den Gefangenen und dem Verwundeten nach Görlitz abrücken. »Was wird aus denen?«, fragte Leonie und zeigte auf den Karren. Reimar machte die Gebärde des Aufknüpfens. »Das legt das Görlitzer Gericht fest, aber es läuft darauf hinaus! Sie kommen gewiss an den Galgen!«

Der Oheim Christian von Gersdorff versammelte seine Schäflein um sich und lud sie, nach dem Schrecken der Kämpfe, in das Schloss nach Gersdorf ein. Ausdrücklich lud er den Unterführer der Görlitzer Stadtwache ein. Leonie war selig, der Oheim hat ihr mit der Einladung des Unterführers einen Herzenswunsch erfüllt. Mechthild und Peter konnten sich des Grinsens nicht erwehren. Nur Reimar machte ein trauriges Gesicht. Im Schloss Gersdorf teilte er der Familie mit, dass sein Vater in Absprache mit dem Rat der Stadt ihn zum Studium der Jurisprudenz nach Prag schickte.

Er und Leonie würden sich also lange Zeit nicht sehen können. Die Freude Leonies schlug lange Zeit in Traurigkeit um.

GERHARDISDORF

98

Im Schloss derer von Gersdorff

L eonie ritt, begleitet von Lupus, nach Markersdorf. Dort traf sie den Arzt Doktor Hartmann, mit dem sie verabredet war, in seinen Behandlungsräumen an. Sie lud den Doktor im Namen des Oheims auf das Schloss Gersdorff ein, um mit ihm und Mechthild über ein Medizinstudium an der Universität in Bologna zu sprechen.

Doktor Hartmann machte ein bedenkliches Gesicht, als er vom Ansinnen der beiden Mädchen in Kenntnis gesetzt wurde. Aber er sagte zu und sie vereinbarten, dass der Doktor in nächster Zeit das Schloss derer von Gersdorff aufsuchen würde.

Am Freitag kam der Doktor ins Schloss und wurde von Christian von Gersdorff dem Schlossherrn empfangen. Dieser führte ihn in die schlosseigene Bibliothek, wo Mechthild, Leonie und Peter schon warteten. Die Mamsell servierte ihnen einen starken Tee.

Christian von Gersdorff ging ins Vestibül und holte die Eltern Mechthilds, die sich bei seiner Gattin aufhielten. Als sie alle beisammen waren, eröffnete Christian von Gersdorff das Zusammentreffen mit folgenden Worten.

»Verehrter Herr Doktor! Wir haben sie hergebeten, um unseren Mädchen zu erläutern, welcher Weg für sie zu einem ordentlichen Medizinstudium führen könnte. In Deutschland sind ja diesbezüglich die Universitäten für weibliche Studenten nicht zugänglich. Die Mädchen haben in Erfahrung gebracht, dass sie in Bologna studiert haben und dass an dieser Universität weibliche Studenten zugelassen sind!«

Alle schauten gespannt auf den Arzt und harrten auf dessen Antwort.

»Verehrter Herr von Gersdorff!

Zunächst einmal herzlichen Dank für die Einladung. Auch ihnen gilt mein Dank!«, wandte er sich an die anwesenden Gäste.

»Ich bin nunmehr fast zwei Jahre hier in Gerhardisdorff ansässig und fühle mich hier wohl. Sie, lieber Herr von Gersdorff sind seit dieser Zeit mein Patient und sie wissen, dass ich kein Mann großer Worte bin.

Erlauben sie mir bitte zwei Fragen an die jungen Damen?«

Christian von Gersdorff grinste und nickte.

»Die erste Frage lautet: sprechen sie italienisch? Die zweite Frage, sprechen sie Latein, und zwar in Wort und Schrift?«

Leonie und Mechthild verfärbten sich und schüttelten die Köpfe.

»Das ist aber eine Grundvoraussetzung zum Eintritt in eine italienische Universität, um Medizin zu studieren!«, sagte der Arzt.

»Dann kommen noch einige Unabdingbarkeiten dazu.

Die Universität Bologna trennt Studierende per Geschlecht in zwei Gruppen auf und verlagert weibliche Wissenschaft in die Nonnenklöster. Soviel mir bekannt wurde, bezieht sich das auf eine Weisung aus Rom über das christliche Bildungswesen. Damit gibt es eine deutliche Herabsetzung der Studienwerte in der Medizin, die sich gegen das weibliche Geschlecht richten.

Der Nachteil: Frauen werden vermutlich nur von Ärzten zu Gehilfinnen ausgebildet und auch eingesetzt, deshalb die Nonnenklöster. Wenn sie jemals frei praktizieren wollen, müssen sie in Deutschland allerdings damit rechnen vor Gericht zu landen, da sie ohne Zulassung bzw. universitäre Ausbildung selbstständig als Mediziner tätig sind. Das sind derzeit die Tatsachen für weibliche Mediziner. Es gibt hier natürlich noch die typischen Kräuterfrauen und Heilerinnen, die vor allem von den kleinen Leuten aufgesucht werden.

Die sind davon ausgenommen.

Ihr Wissen kann es in einigen Bereichen durchaus mit der Schulmedizin aufnehmen. Allerdings wurden gerade sie im Laufe der Zeit zunehmend Opfer verleumderischer Anzeigen wegen Hexerei.

Die einzige Ausnahme in Italien ist in der Universität Salerno zu finden, zu der ich leider keine Verbindung habe. Hier können sich Frauen nicht nur ausbilden lassen, sondern durften auch selbst unterrichten. Sie werden dort gemeinhin als «Magistrae medicinae» bezeichnet. Der Weg dahin ist aber steinig und mit vielen Hindernissen gepflastert. Der Titel «Magistrae medicinae» existiert in Deutschland aber nicht, die Bezeichnung ist hier also nicht zulässig! Ich persönlich sehe für ein Studium an einer italienischen Universität im Moment keine Möglichkeiten«

Die Mädchen hielten die Köpfe gesenkt und die Tränen tropften lautlos aus ihren schönen Augen. Der Arzt fasste sich ein Herz als er die Tränen sah und wandte sich damit auch an die Eltern von Mechthild.

»Verehrte Herrschaften, ich möchte ihnen einen Vorschlag unterbreiten, der natürlich nur mit Zustimmung der Vormundschaften für beide Mädchen erfüllt werden kann!« Alle sahen gespannt auf den Doktor, der sich jetzt von seinem Platz erhob und auf die beiden Mädchen zuging.

»Ich biete euch folgendes an!«, sagte er. »Ihr bekommt bei mir in den nächsten zwei oder auch drei Jahren eine praktische Ausbildung, na sagen wir, zum «Arzthelfer», ähnlich der universitären Ausbildung in Bologna. Ihr beide lernt aber in diesen Jahren neben der Ausbildung die lateinische Sprache in Wort und Schrift. Ich weiß von Kollegen, dass es in Erfurt Bestrebungen gibt, die jetzige medizinische Ausbildungsstätte in den Rang einer Universität zu heben«.

Vielleicht besteht da eine Möglichkeit eines universitären Abschlusses ... woran ich aber nicht glaube! Der Doktor setzte sich und die Stimmung bei den Anwesenden blieb gedrückt. Letztendlich stimmten die beiden Mädchen dem Angebot des Arztes zu.

Das orientalische Fieber

Der Doktor hatte die ärztliche Ausbildung seiner beiden Schützlinge nach drei Jahren erfolgreich abgeschlossen. Die Mädchen beherrschten nun Latein in Wort und Schrift und konnten jetzt auch in verschiedenen medizinischen Schriften lesen und nachschlagen. An medizinischen Schriften fehlte es nicht. In der Bibliothek des Arztes waren sie ausreichend vorhanden. Doktor Hartmann war mit dem Ergebnis der Ausbildung sehr zufrieden.

Aber jetzt plötzlich war Eile geboten. Das Können der beiden Mädchen wurde erstmalig auf eine harte Probe gestellt.

In den Behandlungsräumen von Doktor Hartmann drängten sich kranke Menschen. Ganz plötzlich grassiert seit einiger Zeit ein böses Fieber in Görlitz und ist nun auf Markersdorf und Gersdorff übergesprungen. Es wurde wahrscheinlich von den Fernhändlern, die aus dem «Vorderen Orient» nach Görlitz gekommen sind, eingeschleppt.

Doktor Hartmann hat eine Mitteilung seines Kollegen aus Görlitz gelesen, die das bestätigte. Doktor Hedluff war ein Mediziner der alten Schule und schon in die Jahre gekommen. Aber bei ihm zählten die jahrzehntelangen Erfahrungen als Arzt. Doktor Hartmann war im Augenblick heilfroh, über solche Helfer wie seine Mädels zu verfügen.

»Jetzt kommt auf euch eine echte Bewährungsprobe hinzu, die zeigt, ob die Ausbildung die richtigen Früchte trägt!«, brummte der Arzt mehr vor sich hin als für die Mädchen gedacht. Die hatten den Doktor aber wohl verstanden und grinsten ein wenig.

»Wie kann man Fieber ohne körperliche Krankheitsanzeichen bekommen?«, fragte Leonie den

Arzt. »Als mögliche Ursachen sind Ansteckungen durch Kontakte mit bereits Erkrankten oder Bisse von Flöhen oder Läusen zu sehen. Die Ungeziefer sind in den meisten Fällen die Überträger von Krankheiten, es könnten aber auch Mücken sein!«, antwortete der Doktor und wies Leonie bei einem Erkrankten auf solche Stellen hin. »Darüber müssen wir später noch einmal reden, wenn wir das richtig untersucht haben!«, sagte der Arzt.

Der Doktor und Leonie gaben jedem erkrankten Menschen, nach der Untersuchung, eine winzige Prise eines weißgrauen Pulvers und einen großen Löffel eines Decoctum aus einer der Tonfläschchen. Die Auswahl des Decoctum traf Leonie für Kinder anders als bei Erwachsenen. »Morgen Nachmittag sehen wir uns zur Nachkontrolle wieder!«, sagte der Arzt eindringlich zu den Erkrankten, bevor er sie nach Hause schickte.

Als alle den Behandlungsraum verlassen hatten, sprach Leonie mit Doktor Hartmann über diese unbekannte Art von Fieber.

»Es gibt im Asenreich und auch hier in der «Alten Welt» einen weit verbreiteten Bodenpilz, wir nennen ihn «Pinselschimmel», der, wenn man ihn richtig erntet, einen Stoff ausscheidet, aus dem ein wirksames Mittel gegen bestimmte Krankheiten gewonnen wird. Das hier ist eine kleine Menge dieses Pulvers, das uns Letitia, die Botin der Königin, mitgebracht hat.

Die Gelehrten in der Hauptstadt «Elfenlicht» haben die Substanz des Pilzes abgesondert und in dieses Pulver gewandelt. Eine winzige Menge davon eingenommen, zerstört das Pulver alle Krankheitserreger im Körper eines Erkrankten. Die Gelehrten in Elfenlicht haben vordem die Wirkung des Medikaments an erkrankten kleinen Säugetieren untersucht und Erfolge festgestellt. Bei fast allen trat der Heilungsprozess sofort ein.

Gegen das normal auftretende Fieber bei Erkältungen haben wir Decocta aus Weidenrinde, Kamelie, Lindenblüten oder Holunderblüten, Arnika, Basilikum,

Bibernelle und Bilsenkraut separiert und auch Teile davon zu Pulver gewandelt. Das sind inzwischen alles fiebersenkende Arzneien geworden. Aber das grassierende orientalische Fieber scheint andere Ursachen zu haben.

All diese Ergebnisse werden später zu noch wirksameren Medikamenten zusammengestellt. Das hat uns Arbentus im Asenreich gelehrt«, sagte Leonie.

»Mechthild und Gamet separieren gerade im Schloss Gersdorff den «Pinselschimmel» Pilz. Der Oheim hat ihnen im Keller einen sogenannten «Medikamentenraum» einrichten lassen, in dem sie das ungestört herstellen können. Der Raum hat auch einen eigenen Brunnen, der immer sauberes und kühles Wasser liefert. Oheim Christian stattete den Raum nach den Vorstellungen Gamets, der die Ausstattung in »Elfenlicht« gesehen hatte, zu einer Forschungsstätte für Medikamente aus.

»Die Königin hat, auf Bitten Gamets, die Botin mit einem großen Korb voller Pilze zu uns geschickt, weil er bei uns noch nicht geerntet werden kann. Bis dieses Pulver verfügbar ist, müssen wir auf verschiedene Decocta zurückgreifen!« sagte Gamet.

Der Doktor war ja von seinen Schützlingen in den beiden Jahren einiges gewöhnt, das ihn davon abhielt, Fragen zu bestimmten Details zu stellen. Sie würden es ihm schon noch nach und nach erklären, dessen war er sich sicher. Er schmunzelte bei dem Gedanke wie sie es wohl anstellen würden, ihm alles zu erklären.

Sicher werden sie Gamet aus dem Rittergut dazu holen. Leonie wies auf das Regal, in dem verschieden große Tonfläschchen standen, die jeweils ein hochkonzentriertes Decoctum gegen Fieber enthielten. Unter jedem Fläschchen lag ein Zettel mit der genauen Zusammensetzung des Inhaltes. Der Doktor war richtig stolz auf die medizinischen Kenntnisse seiner beiden Schützlinge.

»Die Ausbildung zum ärztlichen Helfer hat sich also gelohnt«, konstatierte er.

Der Arzt beschloss, gemeinsam mit Leonie nach Gersdorf zu reiten, um die Herstellung der Medizin mit eigenen Augen zu sehen.

Der Medikamentenraum im Schloss Gersdorf

Als sie die Tür öffneten roch es durchdringend und stechend nach Schwefel. Mechthild und Gamet hatten Mund und Nase mit einem in Essig angefeuchteten Leinentuch bedeckt, um den stechenden Geruch in der Nase wenigstens etwas abzumildern. Vor ihnen brodelte in einem Kupfergefäß, das auf einem Gitter über dem Holzkohlefeuer stand, eine undefinierbare braune Flüssigkeit.

Das Feuer brannte in einer eisernen Feuerschale im Kamin, sodass der Rauch und ein Teil der Dämpfe ungehindert abziehen konnten. Gamet zündete gerade auf einem merkwürdig aussehenden tönernen Teller gelben Schwefel an und versenkte den Teller mit dem brennenden Schwefel in dem Kupfertopf. Der Tonteller hatte außen vier Füße und einen ungewöhnlich hohen Rand. Der hohe Rand und die Füße des Tellers verhinderten, dass die kochende Flüssigkeit den Schwefel löschte, sondern dass sie unter ihm ungehindert weiter brodeln konnte.

Gamet legte den Deckel auf. Neben der Feuerstelle standen schon vier solche Kupfertöpfe mit Deckel. Aus einigen Töpfen stieg noch dieser beißende Dampf auf. Der größte Teil des unangenehm riechenden Dampfes wurde aber durch den Kamin abgezogen. Nach einer Weile zog Gamet auch diesen Topf vom Feuer und stellte ihn daneben.

»Das muss jetzt auskühlen, mehr schaffen wir heute nicht«, sagte der Elfling.

Atemlos hatte der Doktor zugesehen und wartete nun auf Erklärungen der beiden.

»Wenn alles richtig gelaufen ist, erhalten wir aus jedem Topf ungefähr zwei Lot Medizin.

Das sind vierundsechzig Quäntchen je Topf, die wir zu wirkungsvollen Portionen zu je einem halben Quäntchen teilen und somit gegen das unbekannte Fieber für etwa einhundertdreißig Kranke einsetzen können«, sagte Gamet.

Der Elfling zog einen erkalteten Topf heran und öffnete den Deckel. Dann nahm er den tönernen Teller heraus und zeigte auf den noch heißen Boden des Topfes. Dort sahen Leonie und der Doktor einen grauweißen Belag auf dem Topfboden, der sich dort nach dem Verdampfen abgesetzt hatte. »Den müssen wir vorsichtig abschaben und sichern!«, sagte Gamet.

»Bis dahin war es ein weiter Weg Doktor. Aus den «Pinselschimmel» mussten wir erst ein Decoctum herstellen, dann die Reste des zerkleinerten und gekochten «Pinselschimmel» durch ein Tuch gießen und alles abseihen und auspressen, wie gesehen ... und dann die verbliebene Flüssigkeit eindampfen. Der Schwefelrauch wird dazu genutzt, die Bitterstoffe zu binden und die giftige braune Farbe aus dem Decoctum zu entfernen, die wird nämlich durch den Schwefelrauch gebunden«, erläuterte Gamet.

»Das hier ist das Ergebnis, alles wird genau nach dem Rezept der Gelehrten aus der Hauptstadt «Elfenlicht» hergestellt, die haben das akribisch erforscht«, sagte Gamet.

Mechthild lächelte den Doktor an.

»Wir müssen also Pilze sammeln, denn unser Vorrat ist aufgebraucht, er reicht gerade noch für etwa sechshundertfünfzig Menschen, die an dem unbekannten Fieber erkrankt sind!«

Der Doktor zog die Luft durch die Zähne und machte wegen der genannten Zahl ein bedenkliches Gesicht.

»Ich werde mit der Herrin reden, vielleicht kann sie uns noch einmal helfen!«, sagte der Elfling zu den Anwesenden.

Zwei Tage später brachten Mechthild und Gamet die Ausbeute ihrer Medizinherstellung zu Doktor Hartmann in die Behandlungsräume, wo sie schon sehnlichst erwartet wurden.

»Es sind genau sechshundertfünfundfünfzig Anteile Medizin geworden, mehr war aus dem letzten Absud nicht herauszuholen«, sagte Mechthild und übergab die Ausbeute dem Arzt.

Doktor Hartmann war dennoch zufrieden. Die vorhergehenden, damit behandelten zweiundvierzig Personen waren allesamt fieberfrei, also von dem unbekannten Fieber geheilt. »Das Medikament ist sehr wirkungsvoll und sehr heilkräftig!«, sagte der Arzt dem Elfling.

»Anfangs war ich etwas misstrauisch, aber das Ergebnis der Nachuntersuchungen der Behandelten mit diesem Medikament hat mich überzeugt!«

Gamet teilte ihm mit, dass die Königin des Asenreiches weitere Hilfen zugesagt hat, die in Kürze eintreffen werden. »Ich werde der Königin den Erfolg übermitteln!«, sagte der Elfling dem Arzt. Der Arzt und die beiden Mädchen begaben sich ins Behandlungszimmer, wo bereits neunzehn neue Kranke aus Markersdorf und Umgebung auf sie warteten. Auch einige Görlitzer waren darunter. Sie wurden sofort versorgt und wiedernach Hause geschickt! Der Görlitzer Arzt, Doktor Hedluff, hatte klug gehandelt und die fiebergeschwächten Menschen mittels einer Kutsche herfahren lassen.

Danach wandte sich der Arzt an Leonie.

»Leonie, du musst deinen Oheim bitten, uns noch einmal zu empfangen. In unserem Ort Markersdorf selbst hat Herr von Gersdorff das Sagen und wir brauchen jetzt seine Hilfe, auch für den Ort Gersdorf. Wenn wir das Fieber richtig bekämpfen wollen, müssen wir gegen das Ungeziefer vorgehen und das gelingt uns nur gemeinsam!«

Der Arzt sah den Elfling an und meinte, »Gamet, um aus meiner Erfahrung zur Bekämpfung beizutragen, ist es notwendig aus Arnika eine Tinktur zu entwickeln, mit der wir die Bissstellen von Flöhen und Läusen behandeln können, sie dürfen sich nicht entzünden. Bekommst du das hin?«

Gamet war erschrocken. Mit solch einer Forderung hatte er nicht gerechnet. Der Arzt beeilte sich, diese Forderung in die richtige Form zu bringen.

»Wir sollten eine Tinktur entwickeln, die das kann. Die Arnikapflanze enthält diese natürlichen Elemente, die wir dazu brauchen!«. Der Arzt wanderte im Raum umher.

»Mir schwebt folgendes vor«, dozierte er.

»Mechthild und Leonie stellen ein Decoctum aus Arnika her. Wenn der Oheim, Christian von Gersdorff mitspielt, extrahieren wir, vorläufig aus Wein, eine starke Substanz, die dem Arnikakonzentrat beigemischt wird. Wir brauchen ja nicht viel davon, aber damit erhalten wir eine Tinktur, mit der wir die Bissstellen des Ungeziefers entkeimen können! Dazu bräuchten wir aber eine Brennblase. In der Brennblase können sich nach dem Erhitzen des Weines die Dämpfe, die wir brauchen noch effektiver sammeln. Die müssen dann nur noch heruntergekühlt werden, dann sind sie wieder flüssig und werden dem Decoctum beigemischt! Traust du dir das zu?«

Der Elfling nickte und sagte zum Arzt. »Wenn ihr mir die beiden Mädchen zu Seite stellt, gelingt das!

Die Brennblase wird uns bestimmt «Elfenlicht» schicken. Ich werde das sofort hinterfragen!«

Zwei Tage später kamen zwei Kobolde aus Fairies und brachten eine Brennblase für den Kamingrill des Schlosses und weitere Gerätschaften für die Medikamentenherstellung.

Gamet und die beiden Mädchen begannen mit der Herstellung der benötigten Tinktur.

»Das ist alles geklärt und der Oheim hat zugestimmt, jetzt sollten wir die Görlitzer nicht vergessen und sie zu der Beratung einladen!«, sagte der Doktor.

Zurück im Gersdorfer Schloss

Eine illustre Gesellschaft hatte sich auf Einladung des Oheims Christian von Gersdorff, in der Schlossbibliothek versammelt. Der Görlitzer Bürgermeister hatte, neben dem Arzt Doktor Hedluff, seinen Stadtschreiber geschickt. Doktor Hedluff hatte seinen Sohn mitgebracht, der einmal die Stelle des Vaters übernehmen soll. Aus den umliegenden Gemeinden sind aus den meisten Adelshäusern deren Vorstände gekommen. Aus Kunstinsdorf waren auch Paulina und Jörg von Breitenbach gekommen und mit ihnen natürlich Lupus der Wolf.

Doktor Hartmann eröffnete die Zusammenkunft mit einem eindringlichen Appell zur Unterstützung der Maßnahmen zur Eindämmung von Ansteckungen mit dem «orientalischen Fieber», durch Unsauberkeiten und dem eingeschleppten Ungeziefer.

»Meine Herrschaften, der Ernst der Lage zwingt uns, Maßnahmen zu ergreifen, um dieses höllische Fieber einzudämmen und auszumerzen. Eingeschleppt wurde es nachweislich durch Händlerzüge, die aus dem Nahen Osten zu uns gekommen sind. Was wir bisher festgestellt haben, das Fieber wird in der Hauptsache durch ebenfalls eingeschlepptes Ungeziefer übertragen.

Wo festgestellt wird, das Ungeziefer, wie Läuse und Flöhe vorhanden sind, muss dagegen rigoros vorgegangen werden! Das Wichtigste aber ist die persönliche Sauberkeit und das muss mit allen Mitteln durchgesetzt werden ... in der Stadt wie auch hier auf dem Lande«.

Doktor Hartmann wandte sich an den Stadtschreiber.

»Übermittelt dem Bürgermeister folgende Bitte:

Die Büttner der Stadt möchten eine größere Anzahl von Waschzubern herstellen und diese den Leuten zur Verfügung stellen. Die persönliche Sauberkeit ist die wichtigste Maßnahme, das Ungeziefer vom Körper fernzuhalten. Befallene Räume müssen ausgeschwefelt werden, ebenso die vom Ungeziefer befallenen Kleidungsstücke. Doktor Hedluff erhält von uns eine Tinktur, mit der er die Bissstellen erfolgreich behandeln und entkeimen kann.

»Auch auf den Verdacht hin, dass ich mich wiederhole: Das Wichtigste ist, die persönliche Sauberkeit der Menschen in unserer Stadt«.

Der Arzt räusperte sich und fuhr fort:

»Bürgermeister möchte überlegen, ob es angebracht ist, Badestuben aufzubauen, die vielleicht bei den Badern der Stadt einzurichten und durch sie auch zu betreuen sind. Für die Lieferung entsprechender Medizin an die Bader sind dann wir zuständig! Dank der Unterstützung von Herrn Christian von Gersdorff konnte hier im Schloss ein Medikamentenraum eingerichtet werden, in dem eine wirksame Medizin hergestellt wird, die wir gegen das Fieber einsetzen können.

Aber alles andere muss jetzt schneller gehen, um die weitere Ausbreitung des orientalischen Fiebers einzudämmen!«

Unruhe machte sich unter den Anwesenden breit.

Es war ihnen bewusst, dass sie jetzt unverzüglich handeln mussten.

Doktor Hartmann beendete die Zusammenkunft der wichtigsten Leute im Umkreis der betroffenen Gebiete.

Einige Tage später stellte sich heraus, dass die Stadt Görlitz schnell handelte und ihre Vorsorge erwies sich als richtig!

Die Badestuben wurden umfänglich und zügig eingerichtet, auch in den umliegenden Orten.

Doktor Hartmann hatte die Zusammenkunft mit seinem eindringlichen Appell zur Unterstützung der

Maßnahmen zur Eindämmung der Ansteckungen durch das Ungeziefer eröffnet und der Appell wurde überall erhört. Die Bitte, die Büttner der Stadt mögen die Waschzuber möglichst schnell herstellen und diese den Leuten zur Verfügung stellen wurde erhört und die Büttner lieferten.

Die Stadt handelte wirklich schnell.

Die befallenen Räume wurden ausgeschwefelt, ebenso die vom Ungeziefer befallenen Kleidungsstücke.

Doktor Hedluff und die Bader würden eine Tinktur erhalten, mit der sie die Bissstellen erfolgreich behandeln und entkeimen können. Das Wichtigste aber ist, die persönliche Sauberkeit der Menschen.

Doktor Hartmann regte an. Der Bürgermeister möchte überlegen, ob es angebracht ist, die Badestuben öffentlich und für immer zu betreiben, sie vielleicht bei den Badern der Stadt als festen Bestandteil einzurichten. »Für die Herstellung und Lieferung der entsprechenden Medizin sind wir dann zuständig! Dank der Unterstützung von Herrn Christian von Gersdorff

konnten wir hier im Schloss eine wirksame Medizin herstellen, die wir benötigen! Aber alles andere muss jetzt noch flotter gehen, um die weitere Verbreitung des Fiebers einzudämmen!«, sagte der Arzt. Die Bewegung unter den Anwesenden zeigte, dass sie das verstanden hatten. Es war ihnen bewusst, dass sie jetzt unverzüglich handeln mussten.

Doktor Hartmann beendete die Zusammenkunft der wichtigsten Leute im Umkreis der betroffenen Gebiete. Der Rat der Stadt Görlitz handelte sehr schnell und die Vorsorge erwies sich als richtig!

Die Badestuben wurden umfänglich und überall wirksam eingerichtet.

Im Gasthof

«Zu den drei Krebsen»

Die drei Reiter und der große Wolf standen vor dem Reichenbacher Tor. Sie bewunderten die Bastionen der Görlitzer Stadtbefestigung. Sie wollten im Gasthof «Zu den drei Krebsen» eine kurze Rast machen und dann weiter zum Stadthaus derer von Gersdorff gehen, aber der große Wolf benahm sich merkwürdig, immer strebte er in Richtung Gasthof. Mechthild saß ab und legte die Hand auf den großen Kopf des Wolfes. Sie vernahm erstaunt, warum Lupus so reagierte.

»Der Guardian des Heiligen Grabes Pater Augostino ist hier!«, vernahm Mechthild in der Gedankensprache die Mitteilung des Wolfes.

»Du weißt schon, dass ich dein Taufgeschenk von ihm bin?«, fragte Lupus die junge Frau.

Mechthild wurde blass und antwortete dem Wolf ebenfalls in der Gedankensprache.

»Er wird dich doch mir nicht wegnehmen wollen oder warum ist er hier?« Der Wolf schaute sie aus seinen klugen Augen an.

»Er wird einen Grund haben, denn er erwartet uns!«, erwiderte Lupus, ohne auf ihre Frage näher einzugehen.

Sie übergaben ihre Reittiere dem wartenden Stallknecht und begaben sich in den Gastraum.

«Lupus» schoss wie ein Pfeil auf den grauhaarigen alten Mann zu, der an einem Tisch in der Fensternische saß. Mit freudigem Schniefen legte er ihm die Vorderpfoten auf den Schoß und genoss sichtlich die Streicheleinheiten des alten Mannes, danach legte er sich zufrieden zu seinen Füßen nieder. »Lupus! Mein Junge!«, kam es über die Lippen des Alten.

Der alte Mann erhob sich und ging die wenigen Schritte auf die Ankömmlinge zu.

»Es ist gut, dass euch eure Schritte in den Gasthof geführt haben, ansonsten wäre ich zu euch gekommen«, sagte er und wies auf die freien Plätze an seinem Tisch. Auf sein Handzeichen hin brachte der Wirt noch einen großen Krug Wein und vier Becher.

»Ich erwarte noch den neu ernannten Görlitzer Stadthauptmann Reimar von Stockborn!«, sagte er auf die fragenden Blicke seiner Gäste zum vierten Becher.

Aufgrund dieser Bemerkung des Paters rutschte Leonie von Gersdorff unruhig auf ihrem Stuhl hin und her.

Mechthild und Peter grinsten, als sie das bemerkten.

»Aber ich kann euch im Vorab erklären, warum ich euch erwartet habe. Königin Titania hat mich um die Ausführung einer Mission gebeten. Das ist eigentlich nicht üblich, aber sie selbst oder auch ihre Berater können das Asenreich nicht verlassen und die Gedankensprache als Übermittlung galt ihr zu unsicher. Das Asenreich führt zurzeit einen Abwehrkampf gegen fremde Eindringlinge und da wird jede Hand gebraucht! Ein Troll aus der alten Welt, aus dem hohen Norden, aus dem Eisland, hat den Eindringlingen ein großes Lichttor im warmen Meer geöffnet, durch das «Ritter vom Blauen Kreuz» mit zwei Korvetten eingefahren sind, mit dem Ziel, die Hauptstadt des Asenreiches «Elfenlicht» zu zerstören. Der Hafen von Fairies und die Hauptstadt des Asenreiches sind in Gefahr, von ihnen überrannt zu werden! Die sogenannten «Ritter des Blauen Kreuzes» sind Wesen, die mit schwarzer Magie behaftet sind, es sind Jöthar oder deren Abkömmlinge, die einst von den Asen in das «NICHTS», in die Zwischenwelt verbannt wurden.

Mehr weiß ich im Moment auch nicht, aber ich erwarte stündlich eine Nachricht von der Königin!«

Die Gaststättentür öffnete sich und Reimar von Stockborn betrat den Gastraum. Eine strahlende Leonie fiel ihm um den Hals. Immerhin hatten sie sich, durch das Studium Reimars, lange Zeit nicht gesehen. Pater Augostino wies auf einen freien Platz am Tisch.

»Machen wir es kurz!«, sagte Bruder Augostino und stand auf.

»Die Königin hat ausnahmsweise mich geschickt, sie hat mich gebeten, euch vor den Nachkommen des «Schwarzen Heinrich» zu warnen. Seine beiden Söhne suchen Mechthild, um für den Tod des Vaters Rache zu nehmen und ihnen ist jedes Mittel recht, das Ziel zu erreichen. Von ihnen geht eine große Gefahr aus, weil sie der schwarzen Magie mächtig sind. Wenn sie bekämpft werden, dann nur von Leonie und Mechthild gemeinsam, alle anderen würden großen Schaden erleiden. Die Königin hat das eindringlich ...»

Bruder Augostino wurde unterbrochen, weil Lupus aufgesprungen ist und in seiner unnachahmlichen Haltung ein Gedankengespräch entgegen nahm. Dann drängte er sich an den Bruder Augostino. Der legte die Hand auf den großen Kopf des Tieres und schloss die Augen. Nach einigen Augenblicken sagte er mit geschlossenen Augen:

»Die erwartete Nachricht von der Königin. Die Gefahr im Asenreich ist gebannt. Der Waffenmeister der Königin, Gild, hat die beiden feindlichen Korvetten samt Besatzungen vor der Insel Fairies versenkt. Der Troll aus Island, der das Lichttor geöffnet hat, wurde dabei eliminiert«. Bruder Augostino öffnete die Augen und sah die beiden Mädchen an.

»Die Königin mahnt noch einmal: Sollte es zum Kampf mit den Söhnen des «Schwarzen Heinrich» kommen, dürfen nur Mechthild und Leonie fechten. Sie sind die Einzigen, die einen Schutz gegen die schwarze Magie in sich tragen. In den nächsten Tagen werden Boten der Königin eintreffen und euch dabei zur Seite stehen. Die Königin hat sich demnächst selbst angekündigt.

Es besteht Gefahr für Paulina, aber das werden euch die Boten übermitteln. Mehr hat sie mir nicht gesagt Ich muss leider bald zurück nach Jerusalem!«

In der Jonsdorfer Felsenstadt

Zwei Tage später traf Pandor, der Schwertmeister des Asenreiches im alten Land ein. In seiner Begleitung hatte er die Hohemagierin der Königin, Letitia und er hatte Nachrichten über die Söhne des «Schwarzen Heinrich» im Gepäck. Sie trafen sich im Schloss derer von Gersdorff in der Schlossbibliothek. Letitia machte die Anwesenden im Auftrage der Königin mit der Geschichte der «Blaukreuzer» und deren Absichten vertraut.

Es wird ein wenig länger dauern, aber die Herrin legt Wert darauf, dass ihr die ganze Wahrheit erfahrt, denn wir werden auf Ableger der «Blaukreuzer» oder die Söhne des «Schwarzen Heinrich» in der Felsenstadt Jonsdorf treffen.

Die «Blaukreuzer» haben sich im hohen Norden in Island in der Ordensburg Ymir eingenistet. Die Burg, benannt nach dem Riesen Ymir, der einst die Jöthen anführte und als Vater der schwarzen Magie gilt, ist ihr Domizil. Diese Ordensburg ist derzeit unerreichbar, weil sie ein starker, undurchdringlicher, magischer Schutz des Orakel vom Ymir umgibt. In der Ordensburg bilden sie ihre Ableger aus, immer mit dem Ziel, die Vernichtung des Asenreiches und seiner Bewohner voranzutreiben. Die Asen konnten sie nur in die Verbannung schicken, weil der Allmächtige nicht zulässt, ihre Seelen zu vernichten, sondern nur ihre Körper. Irgendwie sind sie wieder aus der Verbannung der «Zwischenwelt», dem Aufenthalt der «Wesenlosen», also der Verbannten oder der Seelenfresser, wie wir sie nennen entwischt und haben sich unschuldiger menschlicher Seelen bedient, um an deren Körper zu kommen.

Die Seele des Riesen Ymir aber ist von den Asen in die zerbrochene Welt des Universums verbannt worden, aus der es keine Rückkehr gibt, aber er führt Ortrag, den sogenannten Komtur der Ordensburg mithilfe seines Orakels. Diese Eigenschaft hat ihm der Allmächtige nicht genommen.

»Die Söhne des «Schwarzen Heinrich» sind Prüflinge der Ordensburg und hierher zurückgekehrt, um das Vermächtnis ihres Vaters zu erfüllen. Dabei haben sie von «Ortrag», dem geistigen Vater und Komtur der Ordensburg, eine höchst persönliche Ausbildung genossen, die sie befähigt, Elflinge in der alten Welt aufzuspüren, deren inneren Werte nicht geweckt wurden und sie auf ihre Seite zu ziehen und wenn das nicht gelingt, sind sie zu eliminieren!«

Lupus der Wolf lag die ganze Zeit aufmerksam zu Füßen Mechthilds. Als Pandor den Bericht Letitias fortsetzte, verfolgte er aufmerksam jedes Wort des Schwertmeisters.

»Alles, was die Blaukreuzer antreibt, ist der Hass auf das Asenreich, auf die Elfen und Kobolde, auf die Dunkelalben, also auf alle Bewohner des Asenreiches. Mit der Verbannung der Jöthar und der Tötung Ymirs durch Thor, begann dieser nun schon jahrhundertlang währende Kampf gegen das Unrecht, gegen die Inkarnation des Bösen. Immer wieder neu organisieren sie von der Ordensburg aus den Kampf gegen das Asenreich. Das war auch durch den Überfall der beiden Korvetten aus der alten Welt im warmen Meer der Fall. Hier stand die Vernichtung der Hauptstadt «Elfenlicht» des Asenreiches im Vordergrund.

Der Komtur, oder Ortrag wie er wirklich heißt, hat vor, mithilfe des Orakels des Ymir die Macht über das

Asenreich zurückzugewinnen. Dazu braucht er ein Blutopfer! Er hat sich Paulina von Breitenbach, die Witwe des brutal ermordeten Zimmerermeisters Bernhard von Breitenbach ausgesucht und er wird alles daran setzen, sie zu entführen!

Der Waffenmeister der Königin, der Kobold Gild, hat beide Korvetten, mithilfe der neuen Erfindung, mit Mann und Maus auf den Grund des Meeres geschickt.

Der Troll «Bergamon», der als Maulwurf galt, wurde getötet und seine Seele in das zerbrochene Land verbannt, aus dem es keine Wiederkehr gibt.

Die Söhne des «Schwarzen Heinrich» sind also gefährliche Spezies der Ordensburg, oder besser gesagt ihres oberen Priesters, eines Abkömmlings des Ymir.

Sie sind mit allem vertraut, was die schwarze Magie zu bieten hat. Das Orakel des Ymir hat sie damit ausgestattet! Sie wenden das auch in der Alten Welt an, bemüht, ausreichend Menschen und bevorzugt Elflinge zu finden, die sie für ihre Ziele einsetzen können«. Der Wolf kam zu ihm und schaute ihn aus seinen klugen Augen an.

Pandor beugte sich vor und strich über den riesigen Kopf des Wolfes. »Ihm kommt eine besondere Aufgabe zu ... aber davon später!«, sagte er mit Blick auf den Wolf, der schniefte zustimmend.

Die Herrin hat neue Erkenntnisse!«, vernahm Pandor plötzlich in der Gedankensprache die Stimme des Wolfes in seinem Kopf.

»Gut , ich rufe sie selbst!«, antwortete Pandor dem Wolf und der legte sich wieder bequem vor Mechthilds Füße.

Pandor ging die wenigen Schritte in den kleinen Nebenraum der Bibliothek und legte sich auf die Sitzbank. Er schloss die Augen und eine Traumsicht nahm ihn sofort auf.

Sie entführte seinen Geist in die Burg «Sternenlicht» zur Königin Titania.

Die Königin stand vor der Wahrheitsschale im Kristallpalast und erwartete ihn schon.

Nach einer kurzen, aber herzlichen Begrüßung bat ihn die Königin zur Wahrheitsschale.

»Pandor, es bahnen sich schreckliche Ereignisse in der «Alten Welt» an. Ortrag sammelt ein Heer hoch im Norden der «Alten Welt» ...«

»Sagt nichts weiter Herrin. Ich weiß, wo er sammelt...«

»Warte Pandor, es kommt noch viel schlimmer!«, antwortete die Königin. »Ortrag bereitet mit seinen Söhnen eine neue Anrufung des Orakels des Ymir vor. Dazu braucht er Blutopfer. Ausgesucht hat er sich Paulina. Das bedeutet, sie ist in großer Gefahr! Ich habe einen Gewährsmann im Führungskreis des Komtur, der mich vor dieser Gefahr gewarnt hat! Ihr solltet also bei all euren Unternehmungen auf die Sicherheit Paulinas achten!«

Pandor schaute betroffen auf die Königin. Mit einer solchen Nachricht hatte er wahrlich nicht gerechnet.

»Die Trolle sind, vertreten durch ihre Schamanin Skrupina nicht gerade erpicht darauf, das Asenreich zu vernichten. Es ist deshalb so unverständlich, dass gerade die Trolle den Ordensrittern dienen. Mit irgendwelchen Versprechen hat er deren Schamanin überzeugt, das Asenreich zu vernichten. Eigentlich gehören sie doch ins Asenreich, oder? Der Komtur sammelt sie hoch im Norden in der isländischen Trollhochburg und besetzt die Führungsstellen des künftigen Heeres mit Rittern aus der Ordensburg Ymir. Sie werden versuchen über die Asenpfade zu kommen! Die Söhne des «Schwarzen Heinrich» sind durch das Orakel in der Ordensburg ausgebildet, die Asenpfade zu finden und sie für ihre Zwecke umzuwidmen. Sie befinden sich wahrscheinlich schon mit einer Anzahl von Blaukreuzern in der Jonsdorfer Felsenstadt«. Die Königin sah in ihrer Wahrheitsschale das Troll Heer, alle bekleidet mit einem Brust- und Rückenpanzer aus doppeltem Büffelleder und bewaffnet mit den gefährlichen Stachelkeulen der Trolle und einem Wehrgehänge mit eigenartig aussehenden Kurzschwertern und riesigen Streithämmern.

»Schau sie dir an Pandor«, sagte sie und drehte die Wahrheitsschale, so das Pandor das Bild sehen konnte. Die Königin wirkte nachdenklich.

Sie ahnte, wenn sie jetzt keine bindende Entscheidung traf, würde es ein unbeschreibliches Blutbad im Asenreich geben. Auch Pandor wirkte nachdenklich. »Herrin, wir müssen etwas zur Abwehr tun. Ich schlage vor, dass ihr den Waffenmeister Gild damit beauftragt, an den Übergängen der Asenpfade zum Asenreich seine Leute mit seiner neuen Erfindung zu positionieren und gegen alle Eindringlinge, die den Pfad verlassen wollen, diese neue Waffe einzusetzen. Deren Vernichtung ist die einzig richtige Methode, das Asenreich vor ihnen zu schützen. Die Waffenschmiede auf der Insel Fairies hat ausreichend Nachschub produziert. Anschließend müsst ihr diese Pfade versiegeln oder bei Notwendigkeit sogar zerstören., so wie ihr das am «Warmen Meer» getan habt. Außerdem solltet ihr einige Elfenritter zu einer Elfenjagd zusammenstellen und sie mit der großen Magie ausstatten, damit sie das Übel gleich mit den Wurzeln ausreißen können! Die «Ordensburg Ymir der Blaukreuzer» muss vernichtet werden und das ist schwer genug. Ich vermute, dass auch die Trolle mit ihrer Schamanin Skrupina ins Feld ziehen und die, die ist ja eine unversöhnliche Feindin von euch und dem Asenreich! Skrupina verfügt außerdem über außerordentliche magische Kenntnisse!«

Titania schüttelte abweisend den Kopf und antwortete ihm.

»Gerade damit habe ich ein Problem Pandor. Das ist eine lange Geschichte mit Skrupina Pandor. Unversöhnliche Feindschaft würde ich das nicht nennen«, antwortete ihm Titania. »Der Streit reicht weit in die Geschichte des Asenreiches zurück. Die Trolle gehörten einmal zur Völkergemeinschaft des Asenreiches. Aber im Ergebnis eines Streites mit den Asen sind die Trolle unter Führung ihrer Schamanin mit Groll, hoch in den Norden der alten Welt gezogen! Sie haben sich im «Eisland» niedergelassen, so hieß Island damals! Aber zu dieser Zeit war ich noch keine Königin. Skrupina ist intelligent, sie wird hoffentlich recht bald bemerken, dass die Trolle vom Komtur der Ordensburg Ymir schamlos mithilfe seiner Magie ausgenutzt werden.

Hoffentlich ist es dann nicht zu spät für eine Umkehr! Ich denke, ein Gespräch mit dem Herzog Bobra vom Nordstern wäre hilfreich, einen Konflikt mit den Trollen und uns abzuwenden. Sie gehören doch eigentlich hierher ins Asenreich!«

Der Schwertmeister staunte über die Antwort seiner Königin. Zeichnete sie doch ein völlig anderes Bild von den Trollen, wie er es kannte. »Befrag Arbentus zu dieser Sachlage Pandor – ich habe es auch getan! Nur er kennt die Geschichte der Asen bis ins Kleinste«.

Die Königin bestätigte die Anliegen ihres Schwertmeisters mit den Worten: »Wir handeln nach deinen Vorschlägen Pandor! Bitte achte auf Paulina von Breitenbach!

Irgendetwas hat Ortrag mit dem Orakel im Sinn. Wir können nicht zulassen, dass Mechthild auch noch ihre Mutter verliert. Ich forsche das noch aus!«

»Gebt mir bitte Nemor zur Unterstützung mit Herrin!«, erwiderte der Schwertmeister und die Königin sagte zu, sie würde Nemor über den Asenpfad an der Obermühle schicken und ihm einen äußerst wirksamen Asensteinsplitter mitgeben, den Pandor zu verwenden hatte.

»Dieser Asensteinsplitter ist einer aus dem Kern des großen Asensteins den Thor damals zerschlagen hat und er birgt eine große Macht an magischer Energie in sich.

Wenn es schlimm wird, blendest du damit die Söhne des «Schwarzen Heinrich», sie sind dann blind und Handlungsunfähig. Sie werden danach alles vergessen, alle Erinnerungen werden in ihren Hirnen gelöscht. Kommt es aber vorher zum Schwertkampf, müssen das die beiden Mädchen übernehmen, ganz gleich wie es ausgeht!«

Als Pandor aus der Traumsicht erwachte und in die Bibliothek zurückkam, besprachen sie die Einzelheiten des künftigen Ritts in die Jonsdorfer Felsenstadt.
Der Schwertmeister berichtete ihnen vom Gespräch mit der Königin und er ließ nichts aus, vor allem, was eine Begegnung mit den Söhnen des «Schwarzen Heinrich» betraf. Er berichtete ihnen von den Sorgen der Königin, die einen Angriff der «Blaukreuzer» in Verbindung mit den Trollen befürchtet, zumindest aber mit einer Einheit, die nur aus Trollen besteht.
»Die Herrin hat uns noch einmal ans Herz gelegt: Einen Kampf mit den Söhnen des «Schwarzen Heinrich» dürfen nur Menschenkinder ausführen, die die innere Gabe der geweckten weißen Magie besitzen und das sind bei uns nur Leonie und Mechthild! Ich unterstütze nur aus dem Hintergrund! Zu vermuten ist, dass sie über den Asenstern an der Felsenstadt ins Asenreich gelangen wollen, denn diesem Ausgang gegenüber liegt «Elfenlicht», die Hauptstadt des Asenreiches, das Ziel ihrer Begierde. Wir warten nur noch die Ankunft Nemors ab, dann machen wir uns auf den Weg!«
Am anderen Morgen traf der Stellvertreter des Schwertmeisters in Gersdorf ein. Nemor machte ein sorgenvolles Gesicht.
»Was ist los?«, fragte Pandor. »So kenne ich dich gar nicht, Bruder!«, sagte er zu ihm.
»Die Herrin und der Kronrat machen sich Sorgen zu dem ausstehenden Konflikt mit dem «Blaukreuzer Orden», weil deren Komtur das Volk der Trolle mit in den Konflikt, also in den Abgrund, hineinziehen will. Irgendwie hat er die Schamanin Skrupina mit kruden Versprechungen auf seine Seite gezogen. Die Trolle sind aber ein Volk der Asen, sie wurden von ihnen geschaffen, sie sind nicht unsere Feinde! Aus diesem Grund erwarte ich vom Waffenmeister Gild und seinem Stellvertreter Wotan, dass sie als Vermittler der Herrin

beim Herzog der Trolle wirken sollen. Sie kennen beide den Herzog und haben eigentlich auch ein gutes Verhältnis zu ihm. Aber ob das auch sein Verhältnis zu den «Blaukreuzer» ändert, bleibt abzuwarten. Immerhin gibt es noch die Schamanin Skrupina mit ihrem engen Verhältnis zum Komtur der «Blaukreuzer».

Begründet ist unser gutes Verhältnis zum Herzog mit der Waffenschmiede von Fairies, die auch die Trolle, trotz aller Widrigkeiten, noch immer mit Waffen versorgt haben und das ehrlich, ohne Hintertürchen.

Der Herzog der Trolle Bobra vom Nordstern befindet sich schon in der Felsenstadt! Gild hat die entsprechenden Instruktionen von der Herrin persönlich erhalten!«

Der Wolf Lupus machte sich bemerkbar und schniefte.

»Ach ja!«, sagte Nemor. »Das hätte ich fast vergessen! Lupus wird uns zum Aufenthaltsort des Herzog Bobra führen. Er hat den Geruch der Trolle in seiner Nase gespeichert, denn die riechen nicht besonders gut.

Also, sobald Gild und Wotan eingetroffen sind, machen wir uns auf den Weg zum Gut von Gamet. Dort besprechen wir noch einmal die Lage und von dort aus reiten wir ins Gebirge«, legte Nemor fest. Pandor bestätigte die Festlegungen Nemors.

Am späten Nachmittag trafen Gild und Wotan in Gersdorf ein. Die gesamte Gruppe ritt sofort zum Gutshaus derer von Gersdorff in dem Gamet residierte und bereitete sich auf den Ritt in die Felsenstadt vor.

Die Ponys der Kobolde waren für eine lange Reise gut ausgestattet. An Gilds Pony hing eine zierliche kleine Armbrust. Gild hatte einen Köcher umhängen, in dem einige merkwürdig aussehende Armbrustpfeile steckten. Statt einer Pfeilspitze aus Metall zierten die Pfeile merkwürdig geformte, runde Keramikköpfe. Wotan grinste als er die fragenden Blicke der anderen sah. Gild beeilte sich, die Gesellschaft darüber aufzuklären, was es mit diesen merkwürdigen Pfeilen auf sich hatte.

Er nahm einen Pfeil aus dem Köcher und hielt ihn hoch. »Das ist eine Waffe, die auf Fairies entwickelt wurde und die eine ungeheure Wirkung entfaltet, wenn sie denn abgeschossen wird. Im Keramikkopf ist eine Verzögerung eingebaut, die erst mit dem Abschuss gelöst wird. Aber diese hier sind zum Vorzeigen gedacht und haben nur eine kleine Wirkung, aber ich denke, dass das ausreicht ihre wirkliche Kraft aufzuzeigen. Herzog Bobra vom Nordstern wird sich reiflich überlegen, sein Volk der Vernichtung preiszugeben, wenn er das sieht! Wichtig ist er begreift, dass die Trolle, vom Komtur der «Blaukreuzer» nur ausgenutzt und betrogen werden. Die Königin hat den Asenstern in der Felsenstadt dazu auserkoren, dem Herzog die Macht der Waffen des Asenreiches aufzuzeigen. Das soll keine Erpressung sein, sondern eine Warnung, sich in den Dienst der «Blaukreuzler» zu stellen.
Der Asenstern ist danach für die Nachwelt für immer unbrauchbar«. Gild steckte den Pfeil wieder zurück in den Köcher.
Pandor nahm das Wort.
»Meine Gefährten«, begann er seine Rede und erhob sich von seinem Platz. »Bis zur Felsenstadt sind es von hier aus etwa sechsundzwanzig Meilen. Für diese Strecke sollten wir mit sechs bis acht Stunden rechnen. Wir müssen schon auf die Ponys von Gild und Wotan Rücksicht nehmen. Ich schlage vor, dass wir morgen Früh neun Uhr aufbrechen, dann wären wir, wenn alles richtig gelingt, nachmittags gegen drei Uhr in der Felsenstadt. Da haben wir noch Tageslicht zum Suchen und Lupus wird und dabei unterstützen!«
Der Wolf schniefte zustimmend und kuschelte sich an Mechthild. Dann wurden Rang und Reihenfolge des Reiterkonvois festgelegt unter Beachtung eines eventuellen Treffens auf die Söhne des «Schwarzen Heinrich». Pandor machte noch einmal auf die Gefahr der schwarzen Magie aufmerksam, die von den Söhnen des «Schwarzen Heinrich» ausging.

«Der Herzog der Trolle»

Pünktlich neun Uhr ritten sie in der folgenden Formation los. An der Spitze ritten Mechthild und Leonie, flankiert von Reimar von Stockborn und Peter von Gersdorff. Ganz vorn lief natürlich Lupus. Die zweite Reihe bildeten Gild und Wotan mit ihren Ponys und den Schluss sicherten der Schwertmeister und sein Stellvertreter. Der Ritt ging durch die dichten Wälder der Oberlausitz und des Zittauer Gebirges und recht bald sahen sie die Felszinnen der Felsenstadt über den Wipfeln der Bäume schimmern.

Lupus schniefte und stand still.

Unweit der Jonsdorfer Felsenstadt war Feuerschein am schwarzen Loch zu sehen.

Ein riesiger Troll schleppte einen entasteten Baum zum Feuer und richtete eine Art Sitz ein. Gild schaute noch einmal hin und sagte zu Wotan:

»Er ist es. Es ist der Herzog Bobra vom Nordstern, wir sind am Ziel!«

Die beiden Kobolde ritten zum Feuer. Der Herzog warf den Stamm hin und setze sich darauf.

»Nanu!«, staunte er.

»Der Waffenmeister des Asenreiches und sein Stellvertreter hier in der alten Welt?«, fragte er verwundert und seine Stimme klang wie eine rollende Steinlawine aus der Tiefe seiner Brust.

Die beiden Kobolde nahmen sich in seiner Nähe klein und verloren aus. Der Herzog deutete auf die provisorischen Sitzgelegenheiten am Feuer und ließ sie platznehmen.

Das war schon ein gutes Zeichen für die Gefährten, die das aus der Ferne beobachteten.

Gild ergriff das Wort und ging sofort auf die Wichtigkeit ihrer Anwesenheit ein. Er übermittelte die Grüße der Königin, die der Herzog nur mit einem Kopfnicken zur Kenntnis nahm.

»Herzog, ihr seid seit Jahrhunderten Nutzer der Waffenschmiede von Fairies. Habt ihr euch nie gefragt, wie das trotz aller Widrigkeiten, die ihr mit dem Asenreich habt, möglich ist?«

Der Herzog schwieg die Antwort schien ihm peinlich zu sein und Gild legte die Finger in die offene Wunde.

»Und ich sage euch, ohne die wohlwollende Duldung der Königin wäre nicht eine Lieferung an euer Volk erfolgt. Titania sieht euch immer noch als Bestandteil der Völkerfamilie des Asenreiches«.

Der Herzog sah zweifelnd auf.

»Sie hat die Hoffnung nie aufgegeben und sie wartet noch immer auf eine Antwort eurer Schamanin zu diesem jahrhundertlangen Streit eures Volkes mit den Asen, um ihn endlich beizulegen.

Die Asen sind inzwischen Geschichte aber der von ihnen ausgelöste Streit schwelt noch immer zwischen uns. Ist es nicht an der Zeit, das alles zu beenden?«.

Der Herzog schwieg noch immer.

Komischer war die Situation am Feuer gar nicht darzustellen. Auf der einen Seite die beiden winzigen Kobolde und auf der anderen Seite des Feuers der Herzog, groß wie ein Fels, etwa acht oder neun Fuß hoch. Wie Felsgestein war auch die Haut, gesprenkelt wie Granit dazu noch ein hässliches Gesicht. Das Spiel seiner dunklen Augen aber verrieten, dass ihr Besitzer klug ist und die Situation durchaus einzuschätzen wusste. Trotzdem war ihm irgendwie unwohl.

»Herzog, um das alles zu erhärten, was bisher hier gesagt wurde, haben wir Unterstützung mitgebracht, um die Glaubwürdigkeit der Botschaft euch gegenüber darzustellen. Es ist nicht nur irgendein Geschwätz. Mit uns sind der Schwertmeister des Asenreiches Pandor und sein Stellvertreter Nemor gekommen. Ihr wisst, dass Pandor der engste Berater der Königin ist. Ihr könnt sie gern zu diesem Thema befragen!«

Gild winkte nach hinten und die beiden Elfen schritten zum Feuer.

Pandor begrüßte den Herzog und überbrachte noch einmal die Grüße der Königin des Asenreiches.

»Herzog, wir wissen von «Bergamon», dass die Blaukreuzer einen Angriff auf das Asenreich planen und dass sie das Volk der Trolle opfern wollen, um ihre Ziele zu erreichen!«

Der Herzog wollte aufbegehren, aber Nemor unterbrach ihn. »Bitte Herzog, hört erst einmal zu und dann redet«, er bedeutete Pandor, mit seinen Ausführungen fortzufahren.

»Wir wissen inzwischen, dass der Komtur der Blaukreuzer eurer Schamanin die Hauptstadt und die Burg des Asenreiches als «Kriegsbeute» versprochen hat. Doch das wird niemals geschehen, denn wir haben Vorsorge getroffen, diesen Umstand auszuschließen. Ihr wisst von dem Versuch der Blaukreuzer, mit zwei Korvetten über das «Warme Meer» ins Asenreich einzudringen? Kennt ihr das Ergebnis?«

Der Herzog nickte, sein hässliches Gesicht verzog sich.

»Gild wird euch gleich vorführen was passiert, wenn ihr dennoch dem Komtur Glauben schenkt und auf den Pfad geht. Danach reden wir weiter! Schaut genau hin Herzog!«

Pandor öffnete den Asenstern im «Schwarzen Loch» und Gild schoss in Windeseile mit der kleinen Armbrust einen der Pfeile in den Himmel. Der Pfeil taumelte kurz, drehte sich und fiel senkrecht mit dem Keramikkopf nach unten in das «Schwarze Loch»

Die Anwesenden wussten ja, was passiert, und hatten sich in Sicherheit gebracht, nicht aber der Troll.

Als der Keramikkopf wie mit einem Donnerschlag detonierte, raste eine Druckwelle über den Rand des schwarzen Loches und traf den Troll mit der Wucht einer vollen Breitseite auf die Brust.

Der Herzog wurde umgeworfen.

Umherfliegende Steinsplitter und abgerissene Äste machten das Chaos perfekt. Er wurde zum Glück aber nicht verletzt. Sie hatten bewusst das «Schwarze Loch» ausgewählt, weil dessen runde Felswände die Druckwelle erheblich abminderten. Sie kamen aus ihrer Deckung und warfen einen Blick in den Kessel. Sie sahen, dass die Pfade im Asenstern völlig zerstört waren und nicht mehr zu gebrauchen sind. Der Asenstern der Felsenstadt ist für Jedermann unbrauchbar, und zwar für alle Zeiten. Gild hängte zufrieden die kleine Armbrust in den Gürtel.

»Was war das denn?«, fragte völlig konsterniert der Herzog und erhob sich aus seiner misslichen Lage.

»Das war ein Koboldfurz!«, ließ sich Wotan vernehmen.

Gild gluckste und unterdrückte den Lacher.

»Entschuldigt Herzog, er hat einen Witz gemacht«, sagte Gild zum Herzog und boxte Wotan in die Rippen, dabei grinste er anzüglich.

Dem Herzog war aber nicht nach Witzen zumute, das sah man ihm auch an.

Pandor ergriff das Wort und machte dem Herzog einiges klar.

»Herzog Bobra vom Nordstern, das war wirklich nur eine Kostprobe in abgeschwächter Form von dem, was euch erwartet, solltet ihr euch gemeinsam mit den «Blaukreuzern» auf den Pfad begeben und das Asenreich angreifen!«

Pandor schob den riesigen Troll vor sich her und zeigte auf den zerstörten Asenstern im schwarzen Loch der Felsenstadt.

»An allen Übergängen, die aus der alten Welt kommen, stehen im Asenreich Verteidiger mit diesen Waffen.

Sie sind bereit, jeden Angriff wirksam abzuwehren! Diese Waffen dort sind bis zu zehnmal stärker als die Waffe, die euch hier vorgeführt wurde. Das ist kein Witz Herzog! Ihr kennt den Waffenmeister seit langer Zeit, damit macht er keine Späße. Gild wird euch das noch einmal bestätigen!«

Nemor stand auf und übermittelte dem Herzog noch eine Botschaft der Königin.

»Herzog vom Nordstern! Das Volk der Trolle mag friedlich zurückkehren in die Völkerfamilie des Asenreiches, um seine angestammten Gebiete wieder in Besitz zu nehmen. Die Völker im Asenreich haben kein Interesse daran, das Volk der Trolle zu vernichten. Der Jahrhunderte während Streit, sei damit für immer begraben. Das ist auch ein Beschluss vom Kronrat des Asenreiches! Ihr solltet das der Schamanin Skrupina übermitteln und euch ernsthaft von den «Blaukreuzern» trennen«.

Der Herzog setzte sich sehr nachdenklich geworden auf den Baumstamm und sah Nemor an.

»Übermittelt Skrupina die Botschaft der Königin und sagt ihr, sie ist jederzeit im Asenreich willkommen!«, beendete Nemor seine Rede zur Botschaft der Königin.

»Eine letzte Frage, Herzog, wir suchen die Söhne des «Schwarzen Heinrich», könnt ihr da behilflich sein?«, fragte Nemor zum Schluss.

Der Herzog nickte.

»Der Komtur nennt sie hochtrabend «Junker des Ordens vom Blauen Kreuz», antwortete der Herzog auf Nemors Frage.

»Das sind Hulk und Milo, arrogante und überhebliche Wesen in einem menschlichen Körper. Der Komtur hat sie so erzogen. Sie sind seit einiger Zeit immer, mit vier bewaffneten Gehilfen, zwischen Zittau, Jonsdorf und Görlitz unterwegs. Angeblich suchen sie die Mörder ihres Vaters. Ihr Vater hatte aber auch keinen guten Ruf. Keiner kann sie leiden, weil sie so überheblich und böse sind, auch die Menschen wenden sich von ihnen ab!«

Nemor sah dem Herzog in die Augen und antwortete ihm darauf.

»Das ist kein Wunder, sie sind Träger eines Teils der schwarzen Magie des Ymir. Ausgebildet und gefördert vom Komtur der «Blaukreuzer», der selbst die schwarze Magie in sich trägt. Habt ihr das nie bemerkt, wusstet ihr das nicht?«

Der Herzog verneinte erstaunt diese Frage von Nemor.

»Ihr habt die schwarze Magie nicht bemerkt?

Der Komtur selbst ist ein Nachkomme des Ymir und heißt doch in Wirklichkeit Ortrag. Das habt ihr nicht bemerkt? Aber die Schamanin muss das doch bemerkt und gespürt haben! Sie ist magiekundig!«

Der Herzog zuckte nur mit den Schultern und blieb die Antwort schuldig.

Er wird auch von den Asenkindern der «Schatten» genannt. Der Schatten verkörpert das Böse nicht nur in der alten Welt. Versteht ihr nun, warum unsere Herrin auf einer Trennung eures Volkes von den «Blaukreuzern» besteht?« erzählte Pandor weiter.

»Sie versteht die Schamanin nicht, warum sie eine so enge Beziehung zu den «Blaukreuzern» pflegt! Gibt es etwas, was wir nicht wissen? Vielleicht hinterfragt ihr das einmal bei der Schamanin«.

Der Herzog zuckte wieder ratlos mit den Schultern und hüllte sich in Schweigen. Nach seiner Rückkehr wird er mit Skrupina reden müssen.

Es gab so vieles, was er nicht verstand und wusste. Sie verabschiedeten sich vom Herzog Bobra und Pandor drehte sich noch einmal um und fügte dem Gesagten noch hinzu.

»Wenn ihr einst wieder im Asenreich seid, Herzog, befragt den beseelten «Ginkgo Arbentus», der kann euch eine wahrheitsgetreue und ausführliche Auskunft über alles das geben, auch über euer Volk. Der Zeremonienmeister der Königin, Alvarez, wird euch hinführen! Dafür werde ich Sorge tragen!«

Als sie gingen, ließen sie einen sehr nachdenklichen Herzog am Feuer zurück!

Als sie sich ein Stück von ihm entfernt hatten und außer Hörweite waren, fragte Gild den Schwertmeister.
»Ob unser Einsatz etwas genutzt hat?«
Der zuckte mit den Schultern und drehte sich erstaunt um, als sie der Herzog zurückrief.
»Ich wollte euch nur noch warnen. Der Komtur hat seine beiden Söhne zu sich rufen lassen. Sie sind jetzt ständig an seiner Seite! Das sind äußerst unangenehme Männer! Irgendetwas hecken sie aus! Das spürt man!«
Pandor bedankte sich für die Warnung des Herzogs.
Gild wiederholte seine Frage an den Schwertmeister.
»Wir werden es in nächster Zeit sehen!
Ich denke, bei ihm ist ein Denkprozess in Gang gekommen und er wird bei der Schamanin einiges hinterfragen. Was mich verwundert ist, dass die Trolle die «Schwarze Magie» nicht bemerkt haben, das ist kaum zu glauben. Aber die Söhne des Komtur haben sie richtig eingeschätzt und sie ahnen auch, dass von den Söhnen eine Gefahr ausgeht!«.
Sie gingen zu ihren Pferden und bereiteten sie auf die Rückreise vor.
»Auf jeden Fall bleiben die Sicherungsmaßnahmen an den Übergängen bestehen!
Die Sicherheit des Asenreiches ist oberstes Gebot!«, bemerkte der Schwertmeister zu den anderen Gefährten.
Pandor erzählte Mechthild und Leonie vom Gespräch mit dem Herzog. Aus einem Bauchgefühl heraus hatte er die beiden Mädchen bewusst nicht in das Treffen mit dem Herzog einbezogen.
Sie ritten fast wieder in derselben Formation zurück, in der sie gekommen waren, nur dieses Mal ritten Pandor und Nemor unmittelbar hinter den beiden Mädchen. In Anbetracht der Mahnung der Königin hatte Pandor den Asensteinsplitter griffbereit am Hals hängen. Sie ritten auf einem Karrenweg, der sie nach Ostritz führte. Vor ihnen trabte Lupus und beobachtete aufmerksam die Gegend. Ab und an schaute er sich um, ob sie ihm auch alle folgten.

Kurz vor dem Abzweig zum Kloster blieb Lupus plötzlich stehen, zog die Lefzen hoch und knurrte. Mechthild legte die Hand auf den Kopf des Wolfes. »Vor uns lauert Gefahr, böse Magie. Sie warten auf uns!« klang es in der Gedankensprache in ihrem Kopf. »Geh zu Pandor, Lupus!« befahl Mechthild und der Wolf trabte los und übermittelte dem Schwertmeister die Nachricht. Pandor ritt an die Spitze. Langsam und vorsichtig bewegte sich der Zug vorwärts. Als sie den Abzweig erreichten, gewahrten sie sechs Reiter, die eine gefesselte Frau in der Mitte mit sich führten. Nemor stellte sich in die Steigbügel, um besser zu sehen, dann rief er entsetzt: »Pandor, das ist eine Nonne die sie gefangen halten!«

Zwei schwarz gekleidete Reiter setzten sich ab und kamen langsam auf sie zu. Leonies Hengst spielte wieder verrückt. Er spürte die dunkle Magie, die von den beiden schwarzgekleideten Reitern ausging. Dann beruhigte er sich als er Lupus neben sich gewahrte. Die Reiter blieben kurz vor ihnen stehen.

Reimar von Stockborn raunte dem Schwertmeister zu. »Pandor, ich erkenne die Nonne. Das ist die Äbtissin des Klosters Marienthal Adelheid von Rockelwitz!«

»Was habt ihr Schweinehunde der Äbtissin angetan!«, schrie Reimar die beiden Schwarzen an.

»Noch nichts! Die bekommt ihr im Austausch gegen die Mörderin unseres Vaters!«, grunzte der ältere der beiden Reiter. Seine gelben Augen funkelten verlangend als er Mechthild gewahrte.

Diese gab ihrem Hengst die Hacken und ritt die wenigen Schritte nach vorn!

»Da musst du mich schon holen Hulk!«, sagte Mechthild und lächelte dabei, aber es war kein gutes Lächeln.

»Woher kennst du mich?«, fragte dieser zurück.

Mechthild antwortete nicht auf diese Frage, sondern lächelte ihn nur verächtlich an. Hinter Mechthild machte sich Pandor bereit, einzugreifen, sobald die

Situation umzuschlagen drohte oder dass der Bruder sich einmischte.

»Hulk schwang sich aus dem Sattel und ging auf Mechthild zu. Die war ebenfalls abgestiegen und erwartete den Herausforderer. Aus den Augenwinkeln bemerkte sie, dass sich der andere Schwarze auf sie zubewegte.

»Milo! Bleib wo du bist!«, schrie Mechthild den Schwarzen an, der mit seinem Pferd sehr nahe an sie herankam. Der Ruf schien ihn aber nicht zu interessieren, er ritt einfach weiter und zog dabei ein Kurzschwert aus dem Wehrgehänge.

Er hatte aber keinesfalls mit einem Wolf gerechnet, der urplötzlich vor seinem Pferd auftauchte und es verrücktspielen ließ. Das Pferd geriet in Panik vor dem großen Wolf, stieg auf die Hinterhand, wieherte und warf seinen Reiter ab. Sein Kurzschwert flog im hohen Bogen davon.

Das in Panik geratene Tier brannte durch und galoppierte in seiner Angst in Richtung Wald.

Lupus stand knurrend mit gefletschten Zähnen vor dem abgeworfenen Reiter.

Sofort war auch Leonie bei dem Abgeworfenen und hielt ihn mit ihrer gezogenen Elfenklinge in Schach.

»Bleib liegen, Milo!«, herrschte sie ihn an. Der blieb stockesteif liegen und starrte voller Angst auf den Wolf, dessen Reißzähne nur wenige Zoll vor seiner Kehle verharrten. Der heiße Atem des Wolfes strich über sein Gesicht und verdoppelte noch einmal die Angst.

Hinter Mechthild stand Pandor mit dem Asensteinsplitter, er schob sie mit der linken Hand sanft beiseite und aus dem Asenstein sprangen zwei dünne grüne Strahlen, die die Augen des vor ihm stehenden Hulk trafen. Es zischte kurz und er schrie auf. Da, wo einst seine gelben Augen waren, klafften plötzlich zwei blutige Löcher.

Hulk war geblendet. »Milo!«, schrie er und wieder »Milo! Ich sehe nichts mehr!« Die Schreie erreichten den gestürzten Milo den Leonie in Schach hielt.

Leonie ließ ihn aufstehen auch Lupus wich etwas zurück.

Als Dank für Leonies Großzügigkeit riss dieser sein Kampfschwert aus der Scheide und drang auf sie ein. Was er aber nicht ahnte war, dass seine Gegnerin eine ausgezeichnete Fechterin ist. Mit einer wahnsinnig schnellen Drehung tauchte Leonie unter seine zum Schlag erhobene Schwerthand. Mit einer Finte ließ sie ihn ins Leere laufen und führte die Elfenklinge zu einem Stich unter seine Achsel. Die scharfe Elfenklinge drang tief in dessen Körper ein.

Der Stich war also absolut tödlich. Als sie die Klinge aus seinem Körper herauszog, leuchtete diese in einem intensiven blau.

Mit einem Seufzer brach der Schwarze zusammen und schloss die Augen – für immer.

Sein letzter Atem verwandelte sich in eine giftig gelbe Wolke, die dem Himmel zustrebte. Die gelbe Wolke war ein Zeichen dafür, dass es sich bei dem Toten um einen Magier der schwarzen Zunft handelte.

Sie erinnerte sich sofort an die Hinweise der Königin zum Umgang mit der schwarzen Magie. Leonie zeigte auf die gelbe Wolke und Pandor hatte verstanden, er schickte mithilfe des Asensteins einen starken Energieschwall in die gelbe Wolke. Es blitzte und zeigte an, dass die Seele Milos in das Universum, in die zerbrochene Welt verbannt ist, aus der es keine Wiederkehr gibt.

Dem Mädchen wurde jetzt erst richtig bewusst, dass es einen Magier der dunklen Zunft getötet hat. Sichtlich bewegt steckte sie die Elfenklinge in das Wehrgehänge. Das alles geschah in nur wenigen Augenblicken.

Reimar von Stockborn und Nemor indes, unterstützt von Gild und Wotan, kümmerten sich um die vier Gewappneten und deren Gefangene. Als diese sahen, was mit ihren Kumpanen geschah, streckten sie fast freiwillig die Waffen. Reimar band die Äbtissin los und zog sie auf die sichere Seite.

Nachdem sie ihm alle Waffen abgenommen hatten, holten sie den geblendeten Hulk, und übergaben ihn seinen Gewappneten mit der Maßgabe, sofort zu verschwinden.

Hulk aber versuchte, trotz seiner Blendung, mithilfe der dunklen Magie einen Zauber zu wirken, der das verhindern sollte. Eine Art Schutzschirm der dunklen Magie bildete sich über ihnen.

Pandor, sprach ein Wort der Macht in der alten Sprache, nahm den Asenstein und schickte einen Strahl starker Energie auf das Gebilde. Die Strahlen des Schirms der dunklen Macht wurden bunt und lösten sich gänzlich auf.

Darunter lagen jetzt die fünf Halunken.

Hulk und die vier sogenannten Blaukreuzer waren bewusstlos, wenn sie erwachen sollten, können sie sich an nichts mehr erinnern.

Die Magie des Asensteinsplitters hat ihr Gedächtnis gelöscht, für immer. Sie sind keine Gefahr mehr.

Kloster Marienthal

Mechthild ging zur Äbtissin.

«Mutter Oberin!», sagte sie zu ihr, «wir bringen euch zurück ins Kloster. Ihr müsst nichts erklären, wir wissen, wer die Übeltäter gewesen sind. Also macht euch keine Sorgen! Das Übel ist beseitigt, für immer! Dem Kloster droht keine Gefahr mehr!«

Inzwischen kam Reimar von Stockborn zu ihnen.

»Mutter Oberin, erkennt ihr mich?«, fragte er und lächelte, nachdem er in das Gesicht der Äbtissin sah.

Natürlich hatte Adelheid von Rockelwitz den Görlitzer Stadthauptmann sofort erkannt, war er doch mehrfach mit seinem Bürgermeister zu Gast im Kloster.

»Wie seid ihr denn in die Hände der «Schwarzen» gefallen?«, wollte Reimar von Stockborn wissen.

»Eigentlich ein dummer Zufall!«, antwortete die Äbtissin und es war ihr sichtlich unangenehm darüber zu reden.
»Meinen Mitschwestern predige ich immer, sie sollen nicht allein in den Wald gehen und ausgerechnet ich habe das getan, nur um einige Kräuter zu sammeln! Das ist unverzeihlich!«
Die Äbtissin wandte sich schamvoll ab.
Mechthild und Reimar klärten die Äbtissin auf.
»Es war kein Zufall Mutter Oberin! Sie haben auf euch gewartet und euch anscheinend schon länger beobachtet. Sie brauchten euch als Geißel, um an Mechthild zu gelangen!«, sagte Reimar von Stockborn.
»Mechthild hat seiner Zeit den «Schwarzen Heinrich» zur Strecke gebracht, das war der Vater dieser beiden Strauchdiebe. Wir hatten eine Mission in der Felsenstadt Jonsdorf zu erfüllen und sie wussten davon. Sie wussten auch von unserer Rückreise und sie wussten auch, wie wir zum Kloster stehen!
Das ist die Begründung, warum eure Geißelnahme zu dieser Zeit erfolgte Mutter Oberin!«
Die Äbtissin sah ungläubig auf die zarte Gestalt von Mechthild, die einen der größten Räuber der Oberlausitz zur Strecke gebracht haben soll.
Sie schüttelte immer noch ungläubig den Kopf.
»Doch Mutter Oberin, es ist wahr! Mechthild und Leonie sind ausgebildete Kriegerinnen!«, sagte Reimar von Stockborn, ohne auf weitere Einzelheiten einzugehen.
Mechthild wollte wissen, was die Äbtissin im Wald gesucht hat.
»Kräuter, speziell Schöllkraut und Salbei.
Wir haben eine Mitschwester im Kloster, die an akuten Krämpfen leidet!«, antwortete die Äbtissin, »es ist schlimm um sie bestellt, die Kräuter sollten das wenigstens lindern«.
Mechthild rief nach Leonie und die kam sofort.
»Mutter Oberin, wir beide sind von Doktor Hartmann ausgebildete Arzthelferinnen, den Doktor kennt ihr

doch? Lasst uns die Schwester ansehen, vielleicht können wir helfen und vielleicht können wir sie von ihrem Leiden befreien!«, sagte Mechthild. Reimar von Stockborn machte der Äbtissin Mut und unterstützte das Angebot der beiden Mädchen.

Der Stadthauptmann ging zu den anderen Gefährten und holte für die Äbtissin ein Pferd, sie hatten ja welche in der Überzahl. Dann informierte er Pandor und Nemor zur Situation. Sie berieten sich kurz und dann wurde festgelegt, dass der Schwertmeister, sein Stellvertreter und die Waffenmeister von Fairies über den Asenstern an der Obermühle ins Asenland zurückkehrten.

Dort werden sie jetzt dringend gebraucht.

Während Mechthild, Leonie, Peter und Reimar die Äbtissin ins Kloster begleiteten, um dort zu helfen, lief Lupus beleidigt zur Seite, weil ihn keiner beachtete.

Aber als Mechthild nach ihm rief, besserte sich sofort seine Laune.

Nach ihrer Hilfe im Kloster würden sie nach Markersdorf zu Doktor Hartmann reiten, ihm alles berichten und ihn bitten, nach der Kranken zu sehen.

Die Äbtissin nahm, nachdem sie den Namen des Arztes hörte, die Hilfe der Heilerinnen dankend an, sie kannte Doktor Hartmann, weil er als Arzt auch das Kloster betreute.

Als sie im Kloster eintrafen, ließen sich die beiden Mädchen sofort zu der Kranken führen. Leonie und auch Mechthild nahmen ihre kleinen Satteltaschen mit, in der sich allerhand Medizin befand, die sie im sogenannten Medikamentenraum im Schloss Gersdorf hergestellt hatten.

Die Zelle einer Nonne ist im Kloster Marienthal gänzlich dem Privatbereich zugeordnet. Sie ist der Gebets- und Schlafraum jeder einzelnen Nonne und darf von anderen nur im Ausnahmefall betreten werden. Deshalb hat die Äbtissin die Kranke um Erlaubnis gebeten, den Heilerinnen Zutritt zu gewähren.

Mechthild und Leonie fanden eine junge Nonne vor, deren Körper und deren Antlitz sichtlich von ihrer Krankheit gezeichnet sind. Es war höchste Zeit, dass sie Hilfe bekam.

Sie stellten sich vor und die Nonne nannte ihren Namen.

»Ich bin Schwester Agnes«, sagte sie mit schmerzverzerrtem Gesicht. »Schwester Agnes, wenn du erlaubst, möchten wir dich gern gründlich untersuchen, um die Ursache herauszufinden, die diese Krämpfe auslösen«, sagte Leonie.

Das taten sie dann auch. Nach Abschluss der Untersuchung holte Mechthild ein kleines Tonfläschchen mit einem Decoctum aus ihrer Satteltasche und eine etwas größere Tüte mit getrockneten speziellen Kräutern, die als Tee verwendet werden konnten.

»Schwester Agnes, jetzt nimmst du einen Löffel des Decoctum. Es schmeckt bitter, dann versetzen wir dich in einen Heilschlaf. Du musst keine Angst haben Schwester Agnes. Wenn du erwachst, nimmst du von diesem Decoctum morgens und abends einen Löffel voll ein, aber bitte nur eine Woche lang. Nicht mehr und nicht weniger und dann trinkst du reichlich von diesem Tee!«, verordnete Mechthild.

»Mutter Oberin, ihr müsst darauf achten, dass sie das auch wirklich tut!«, wandte sich Mechthild zu der an der Tür stehenden Äbtissin. Die nickte zustimmend und nahm den Tee an sich. »Vielleicht kann die Betreuung der Kranken auch eine Schwester in eurem Auftrag übernehmen? Wir sind in einer Woche wieder hier und dann sehen wir weiter. Ich denke aber, unsere Behandlung in Bezug auf die Heilung wird Wirkung zeigen!«, sagte Leonie zuversichtlich.

Sie legte beide Hände an die Schläfen der Kranken und ließ die starke Heilmagie der «Isothona» in ihren Körper fließen, Die Kranke schloss die Augen und ihr Körper entspannte sich sichtlich.

»Sie wird jetzt einen ganzen Tag tief schlafen, keine Angst Mutter Oberin, wir meinen wirklich tief schlafen, sie wird nichts hören und sehen! Bitte nicht vergessen, wenn sie erwacht, als erstes einen Löffel von dem Decoctum und danach den Tee trinken! Der Heilschlaf wird, so hoffen wir, ihr Nervenkostüm und ihren Kopf in Ordnung bringen und somit die Krämpfe lösen!«

»Zu eurem Wissen Mutter Oberin, das Decoctum enthält neun verschiedene krampflösende Kräuter in verschieden starker Zusammensetzung. Der Oheim Leonies hat im Schloss derer von Gersdorff für uns einen Medikamentenraum einrichten lassen, in diesem stellen wir diese Medizin her.

Doktor Hartmann aus Markersdorf und der Görlitzer Arzt Doktor Hedluff nutzen diese Medikamente aus dem Medikamentenraum ebenfalls.

Noch einen Hinweis.

Schwester Agnes darf auf keinen Fall mehr von dieser Medizin nehmen als ich ihr verordnet habe. Bitte achtet darauf!«, sagte Mechthild zum Abschluss. Sie verließen die Zelle und die Äbtissin brachte sie ins Refektorium des Klosters wo Lupus, Peter und Reimar auf sie warteten. Mechthild und Leonie verabschiedeten sich von der Äbtissin, mit dem Versprechen, in einer Woche wieder hier zu sein.

Gemeinsam ritten sie nach Gersdorf ins Schloss zum Oheim Leonies und Peter. Von dort aus suchten sie Doktor Hartmann in Markersdorf auf und berichteten ihm über die von ihnen erstellte Diagnose. Sie baten ihn, dass er offiziell als Arzt nach der Schwester Agnes im Kloster Marienthal sah, was der Doktor auch tat.

Als die beiden Mädchen nach der vergangenen Woche das Kloster aufsuchten, fanden sie eine geheilte und sichtlich glückliche Schwester Agnes vor.

Die Ordensburg Ymir

«Zwei Monate später»

In Anbetracht der Gefahr, die dem Asenreich durch die Blaukreuzer drohte, hat der Kronrat, in dem alle Völker des Asenreiches einen Sitz haben, beschlossen, die Ordensburg der Blaukreuzer in Island anzugreifen, um sie kampfunfähig zu machen. Schweren Herzens hat die Königin dem Beschluss zugestimmt und ihrem Schwertmeister dazu den entsprechenden Auftrag erteilt. Sie waren sich alle bewusst, dass auch das Volk der Trolle durch die üblen Machenschaften des Komtur in die Auseinandersetzung hineingezogen wurde.

Der Herzog von Fairies stellte für diesen Auftrag ein Elfen-Kriegsschiff mit Besatzung zur Verfügung.

Die Karakane, wie ihre Bezeichnung lautete, hatte äußerlich zwar große Ähnlichkeit mit einer Korvette aus der alten Welt, war aber ein völlig anders aufgebautes Kriegsschiff, extra in Fairies entwickelt und diese Karakane ist das Flaggschiff der Flotte des Herzogs von Fairies.

Die Königin öffnete ihnen ein großes Lichttor im «Warmen Meer», durch welches die Karakane in das

Nordmeer nach Island gelangte. Schon der Übergang vom ewigen Frühling im Asenreich in den bitterkalten Winter der alten Welt war eine Herausforderung an die gesamte Besatzung des Schiffes.

Die Karakane schob sich langsam durch die treibenden Eisschollen der isländischen See zum Land hin. Es war wirklich bitterkalt.

Die beiden Kobolde hatten sich einen Halbpelz aus Schaffell übergezogen, der sie vor der eisigen Kälte schützte. Die Elfen hatten keinen Schutz nötig, ein Amulett und ihre Magie schützten sie gegen die Kälte. Die Menschenkinder, die die Königin für diese Mission bestimmt hatte, waren unter Deck im Warmen.

An der Landzunge war oben auf dem Berg inmitten von Schneefeldern die «Ordensburg Ymir» zu sehen. Die Eisschollen schabten mit hässlich lauten Geräuschen an der extra verstärkten Beplankung der Karakane entlang und machten leise Gespräche unmöglich.

Vorn am Bug der Karakane standen der Schwertmeister Pandor und sein Stellvertreter Nemor. Am Kajütaufgang saßen die beiden Kobolde Gild und Wotan, beide bewaffnet mit je einer großen Armbrust und die Köcher voller Sonderpfeile, die etwas größer waren als die, die sie dem Herzog vom Nordstern in der Felsenstadt von Jonsdorf vorgeführt hatten.

Am Hauptmast hatte sich Lupus niedergelassen. Der Steuermann hat ihm eine warme Unterlage auf die kalten Planken gelegt. Der Wolf schien zufrieden zu sein und döste, trotz der Kälte ein wenig vor sich hin.

Unter Deck in der Kajüte saßen die beiden Mädchen mit Reimar und Peter und warteten auf das Ergebnis der Erkundung. Die beiden Mädchen sind auf Befehl der Königin mitgenommen worden, falls es zur tätlichen Auseinandersetzung mit dem schwarzen Magier kommen sollte. Die Herrin hatte das so angeordnet, dass nur die beiden Mädchen kämpfen dürfen, weil sie als Menschenkinder einen außergewöhnlichen Schutz genießen, den sonst nicht einmal die Elfen haben. Elfen sind mit ihren eigenen magischen Fähigkeiten gegen Zauber der schwarzen Magie anfällig. Den schwarzen Magier im Schwertkampf töten, können also nur Menschenkinder wie Mechthild und Leonie, die genau diesen Schutz in sich tragen.

Pandor beobachtete aufmerksam die Burg.

Oben im Turm war ein schwaches Licht zu sehen. Pandor wusste von der Königin, dass dort ein Astrologe hauste, ein Wahrsager des Komtur.

Nemor hatte bereits den Schutzschirm der schwarzen Magie ausgemacht; der die gesamte Burg umhüllte.

»Ich habe das Gefühl, hier lauern noch einige Fallen auf uns!«, sagte er zum Schwertmeister, »Der Komtur hat doch nicht bloß einen Schutzschirm geschaffen! Wenn er das Orakel zur Verfügung hat, sind auch andere Dinge zu befürchten! Wir müssen äußerst vorsichtig zu Werke gehen!«

Es entwickelte sich aber alles anders.

Plötzlich stand Lupus neben Pandor in der bekannten Haltung, die den Umstehenden anzeigte, dass er ein Gedankengespräch empfing.

Danach drängte sich Lupus an Pandor. Der legte seine Hand auf den Schädel des Wolfes. Lupus übermittelte eine Botschaft der Königin. «Auf der Ordensburg befinden sich die Schamanin Skrupina, der Herzog Bobra vom Nordstern und alle im Amt befindlichen Rottenführer und die Unterführer der Trollarmee. Das bedeutet, die gesamte militärische Führungsspitze der Trolle ist in der Burg beim Komtur. Ortrag und einer seiner Söhne befinden sich auf dem Weg nach Kunstinsdorf, um ihr Vorhaben mit dem Orakel des Ymir zu verwirklichen! Sie wollen Paulina von Breitenbach holen und sie als Opfer nach Kralowski haj entführen. Das Kommando auf der Burg hat der älteste Sohn Ortrags«.

Lupus schnaufte aufgeregt und Pandor legte erneut seine Hand auf den mächtigen Schädel des Wolfes.

»Um Ortrag und seinen Sohn kümmern sich Letitia und ich. Ihr führt das Vorhaben mit der Ordensburg so aus, wie besprochen! Es hat sich also bewahrheitet, alles deutet daraufhin, dass es eine Auseinandersetzung an den Ausgängen der Pfade zum Asenreich geben wird. Ich habe zuverlässige Nachrichten von einem Elfling aus der Ordensburg erhalten.

Dieser befindet sich zurzeit auf der Flucht, weil er vom Komtur geortet wurde. Nehmt ihn an der Landzunge an Bord und schützt ihn, ich brauche ihn hier im Asenreich! Ihr erkennt ihn an der roten Mütze. Er ist in großer Lebensgefahr!

Die Blaukreuzer planen einen Feldzug auf das Asenreich über Asensterne, die sie kennen. Die Schamanin und der Herzog sind mit eingebunden. Den Trollen hat der Komtur anscheinend die Opferrolle auf den Pfaden zugedacht. Obwohl der Herzog Bobra vom Nordstern dem Komtur ganz bestimmt geschildert hat, was ihn auf den Pfaden erwartet, sind sie sich der Opferrolle nicht bewusst oder der Komtur hat sie wissentlich mit Versprechungen betrogen! Trolle sind leichtgläubig und empfänglich für Versprechungen!

Pandor, alle vorherigen Absprachen zwischen uns sind also nicht mehr aktuell. Ihr handelt ab sofort nach Gutdünken! Um Paulina kümmere ich mich.

Letitia und ich werden Ortrag nebst Sohn vernichten, noch bevor sie Unheil anrichten können!«

Lupus legte sich beruhigt auf seinen Platz!

Der Asenstern an der Obermühle öffnete sich und heraus traten Letitia und die Königin, beide wohlgerüstet und kampfbereit. Oben auf dem Obermühlberge am Ortsrand, zeichneten sich am

hellen Himmel die Konturen des Häuschen und die der Werkstatt derer von Breitenbach ab.

Vorher mussten sie noch durch den Obermühlwald, um zu Jörgs Werkstatt zu gelangen. Die Elfen kletterten den Hang nach oben.

Sie positionierten sich an der Rückwand von Jörgs Werkstatt.

Das Asenschwert der Asenmutter «Nanna» ruhte kampfbereit in der Schwerthand der Königin.

Jörg und Paulina, schienen die Anwesenheit der Königin und Letitias noch nicht bemerkt zu haben. Die beiden Elfen hatten freie Sicht über das vor ihnen liegende Terrain und konnten somit alle Bewegungen wahrnehmen.

Der Reflexbogen lag schussbereit in der Hand Letitias, in der anderen Hand hielt sie, für alle Fälle einen magischen Pfeil.

Jörg und Paulina schauten aus dem Fenster und mit großen Augen sahen sie plötzlich die beiden Reiter mit einem dritten gesattelten Pferd am Zügel auf das Haus zureiten.

In Paulina tobte die Angst und die war nicht unbegründet.»Was wollen die Reiter hier?«, fragte sie Jörg, doch der antwortete nicht, sondern er starrte ebenso entsetzt auf die hässliche Gestalt des ersten Reiters.

»Das ist «Ortrag», stotterte er, »das ist das Böseste in der Welt in Reinnatur! Was will der hier?«, fragte er.

Der Himmel verdunkelte sich. Doch bevor sie weiterreden konnten bildete sich draußen eine leuchtende grüne Strahlenwand, die sich wie eine grüne Wolke über das Haus legte und die die Reiter einhüllte. Sie zwang die Reiter von ihren Pferden zu steigen.

Vor der leuchtenden grünen Strahlenwand standen plötzlich zwei Elfen, eine davon erkannten Paulina und Jörg sofort. Es war die Botin der Königin des Asenreiches Letitia. Die zu vorderste stehende Elfe aber hob das großes Schwert der Asenmutter «Nanna» in Augenhöhe. Ortrag stand wie gelähmt vor dieser Kriegerin, unfähig sich zu bewegen. Das ging alles so schnell, dass Ortrag nicht einmal Zeit hatte, sein Schwert zu ziehen, um Widerstand zu leisten. Die Kriegerin sprach ein Wort der Macht in der alten Sprache der Asen. Die Magie des großen Asenschwertes der Mutter der Asen «Nanna» ist für Ortrag unüberwindbar.

Blaue Blitze fuhren aus der Schwertspitze hervor und trafen die hässliche Gestalt Ortrags. Der sank geblendet zu Boden und die Elfe trat heran und stieß ihm das große Asenschwert ansatzlos in die Brust. Plötzlich umhüllte eine goldene Aura dessen Körper und ein kleiner weißer Vogel flatterte daraus in den Himmel.

Die Königin steckte das große Schwert in das Wehrgehänge.

»Das ist die Seele des Bruder Pancrazios, ein Pater von den Weisen Jerusalems!«, sagte die Königin zu Letitia und wies auf den davonfliegenden Vogel.

»Ortrag hatte sich einst seines Körpers bemächtigt und dessen Seele gefangen gehalten. Befreien konnte Pancrazios nur die Magie des großen Asenschwertes der Mutter «Nanna»!«

Es waren tatsächlich nur wenige Augenblicke von der Blendung durch das große Schwert bis zu seinem Tod. Als sich die Elfe umdrehte, erkannte Jörg in ihr die Königin des Asenreiches. Letitia im Hintergrund hatte zur selben Zeit einen grünen Asensteinsplitter in der Hand und richtete ihn auf den Sohn Ortrags. Zwei grüne Strahlen trafen dessen Augen und töteten ihn auf der Stelle. Die beiden Körper wurden durchsichtig. Die Königin nestelte ihren Asensteinsplitter vom Hals und richtete die Strahlen aus dem Stein auf die liegenden durchsichtigen Körper. Die Mächtigkeit der Energiestrahlen der Asensteine verwandelten die Körper plötzlich in zwei Häufchen graue Asche. Zwei gelbe Wölkchen aus ihnen strebten dem Himmel entgegen.

Die Königin schickte den Wölkchen eine mächtige Magie aus ihrem Asenstein hinterher. Zwei gewaltige Blitze zeigten an, dass sie getroffen hatte.

Der Himmel rötete sich und in den Wolken tauchte der Kopf des Ymir auf.

»Wer mit der Macht des Grauens regiert, der wird zuletzt selbst durch das Grauen vernichtet!«, rollte die tiefe nachhallende Stimme des Orakels vom Himmel her.

Als die blutrote Erscheinung mit Ymirs Kopf am Himmel die Magie der Königin verspürte, schloss sie die Augen und verblasste so schnell, wie sie gekommen war.

Gegen diese Magie konnte selbst das Orakel des Ymir nicht bestehen.

Die Seele Ortrags und die seines Sohnes wurden mit den Energiestrahlen aus dem Asenstein der Königin in die zerbrochene Welt des Universums geschleudert, aus der es keine Wiederkehr gibt. Erst jetzt trauten sich Paulina und Jörg vor die Tür, aber da war schon alles vorüber. Die grüne Strahlenwand hatte sich aufgelöst, die Elfen waren verschwunden und der Himmel wurde wieder hell. Draußen war es, als wäre nichts geschehen. Jörg umarmte die weinende Paulina mit der Gewissheit, dass die Gefahr für sie für immer vorüber ist.

Das Ende der Ordensburg

Pandor und Nemor schauten angestrengt auf die Landzunge und entdeckten die angekündigte rote Mütze unmittelbar am Strand. Nemor ließ das kleine Beiboot zu Wasser und ruderte hastig zum Ufer. Dort nahm er den Elfling an Bord und ruderte eilig zurück zur Karakane. Hier berichtete Gunnar, so hieß der Elfling, den beiden Schwertmeistern nochmals ausführlich über den sogenannten «Kriegsrat» der Blaukreuzer mit den Trollen.

Pandor rief Lupus zu sich, legte die Hand auf dessen Schädel und übermittelte der Königin nachfolgende Botschaft:

«Herrin! Ich habe mich mit Nemor und den beiden Waffenmeistern beraten. Wir sind zu dem Entschluss gekommen, die «Ordensburg» zu vernichten und mit ihr die gesamte Führung der Blaukreuzer und der Trolle. Das, was Gunnar berichtet hat, ist so fürchterlich, dass uns keine andere Wahl bleibt, als diesen Schlag mit der ihm gebotenen Härte zu führen.

Herrin, stimmt ihr dem Entschluss zu?».

Es dauerte eine kleine Weile, dann kam die Antwort der Königin. Sie stimmte der Absicht der beiden Schwertmeister schweren Herzens zu. Die Königin berichtete ihnen noch.

»Letitia und ich haben Ortrag und einen seiner Söhne vernichtet, sie kommen nicht mehr zurück in die Ordensburg!«

Pandor und Nemor trafen jetzt ihre Vorbereitungen für einen Schlag gegen die Blaukreuzer Ordensburg.

Pandor wies die Besatzung des Schiffes an, alle Segel zu reffen und das Schiff so zu drehen, dass der Bug aufs offene Meer gerichtet ist und sich dann unter Deck zu begeben.

Er erwartete einen starken Schub aus der entstehenden Druckwelle, obwohl er die Wirkung der neuen Pfeile noch nicht genau kannte. Die Karakane würde wohl durch die Druckwelle ein Stück ins offene Meer getrieben werden, schlussfolgerte Pandor in Anbetracht der Lage.

Während Nemor sich am Heck der Karakane mit Gild und Wotan beschäftigte, richtete die Besatzung das Schiff her.

Auf dem Heck der Karakane standen Gild und Wotan, vor sich die großen Armbrüste und in den Führungsschienen lagen bereits diese sonderbaren Pfeile mit den komisch aussehenden Keramikköpfen.

»Reicht euch die Entfernung oder müssen wir näher heran?«, fragte Nemor die Kobolde. »Es reicht, die Pfeile gleichen die Flugbahn selbstständig aus!«, antwortete Wotan dem zweiten Schwertmeister.

»Aber ihr müsst schnell sein, bevor deren Oberster bemerkt, dass sein Schutzschirm beschädigt ist und er Gegenmaßnahmen ergreifen kann!«, sagte Pandor aus dem Hintergrund, hob den Asenstein und sprach ein Wort der Macht in der alten Sprache.

Dann zielte er kurz: Ein grüner starker Energiestrahl aus dem Asenstein traf auf den Schutzschirm der Ordensburg. Das graue Gitternetz zerfiel und das entstandene bunte Strahlengewirr zeigte an, dass der

Schutzschirm der schwarzen Magie überwunden und zerstört wurde. Gild und Wotan schossen sofort und gleichzeitig die ersten beiden Pfeile in den Himmel über der Ordensburg.

Die Pfeile taumelten kurz, neigten sich nach unten und stürzten auf die Burg. Die beiden nächsten Geschosse nahmen denselben Weg, noch bevor die ersten Pfeile das Ziel erreichten, waren auch sie in der Luft. Die beiden Kobolde warfen sich nach dem Abschuss flach auf die Planken hinter die Taurollen und schützten mit ihren Armen den Kopf. Pandor und Nemor gingen hinter dem Mast in die Hocke und hielten sich an ihm fest. Die anderen waren im Niedergang in Deckung gegangen.

Vier unheimlich starke Detonationen erschütterten kurz hintereinander die Landzunge.

Der Berg mit der Burg wurde urplötzlich in eine undurchdringlich aussehende weiße Wolke gehüllt, aus der jetzt in Schüben vier starke Druckwellen hervorschossen, die gegen das Schiff prallten und es tatsächlich ein Stück aufs offene Meer hinaustrieben.

Starke Blitze zuckten aus der Wolke und verbreiteten einen höllischen Gestank nach faulen Eiern und Schwefel. Immer wieder rollte ein dumpfes Grummeln der Erde über die Nachbarberge, welches offensichtlich nicht nur von den Detonationen stammte.

Die Erde bebte. Das Schicksal der Ordensburg war besiegelt. Die Entscheidung Pandors war richtig, vorher die Segel zu reffen und das Schiff zu drehen. Die Karakane wurde so nicht auf die Felsenriffe gedrückt, sondern nur in Richtung auf das offene Meer vorwärts geschoben. Damit wurde nichts beschädigt, das Schiff blieb unversehrt. Plötzlich lag ein lautes Heulen in der Luft. Wie die Klänge einer Riesenorgel röhrten die verschiedenen Töne aus der Wolke und die Erde grollte im Bass dazu.

Die gesamte Landzunge bebte gewaltig. Alles das geschah in wenigen Augenblicken.

Als sich die Wolke verzog, waren die Burg und der Berg nicht mehr da, stattdessen schoss unter diesem Geheul eine mehr als fünfhundert Fuß hohe Wasser- und Dampfsäule in den Himmel Islands.
Die Detonationen der Wunderpfeile aus Fairies hatten

ein tektonisches Beben in der Erdkruste ausgelöst, sie aufgerissen und einen Geysir geboren. Die Schwingungen des Bebens waren sogar auf der weiter entfernten Karakane zu spüren.
Die Erde hatte einen gigantischen Schlund aufgetan und Berg und Burg in diesem riesigen und tiefen Krater verschlungen. In dessen Mitte heulte jetzt der Geysir. Der Trichter füllte sich rasend schnell mit heißem Thermalwasser. Es blubberte im Thermalwasser und der Geysir fiel in sich zusammen, um dann plötzlich, nach einer gewissen Zeit, erneut mit infernalischem Geheul in die Höhe zu schießen. Eine neue Wasser- und Dampfsäule wurde ausgestoßen. So ging das fast pausenlos im Halbstundentakt. Die unheimliche Tiefe des Kraters hinterließ bei den Betrachtern das Gefühl, ohnmächtig zu sein.
Welche Kräfte haben die Detonationen der Pfeile in der Erde freigesetzt, um so einen Riesenkrater entstehen zu lassen?
Von der Ordensburg mit ihren Bewohnern und dem Berg ist nichts mehr zu sehen, es ist nichts übrig geblieben, nicht einmal Trümmer, alles war in diesem tiefen Riesenkrater verschwunden. Pandor und Nemor starrten sprachlos auf die Erscheinungen vor ihnen.

Anscheinend hatte die Natur ihnen dabei geholfen, das Böse zu besiegen. Auch die beiden Kobolde waren sprachlos. So eine Wirkung hat keiner von ihnen erwartet. Aus dem Niedergang kamen die Besatzung und die übrigen Mitglieder der Mission und bestaunten das plötzliche Naturwunder auf der Landzunge.

»Es wird wohl keine Überlebenden geben, weder Blaukreuzer noch die auf der Ordensburg anwesenden Trolle«, sagte Nemor und starrte in den Trichter des Geysirs, aber dort war wirklich nichts mehr zu sehen. Lupus drängte sich an Pandor und schaute zu ihm auf. Pandor legte die Hand auf den Schädel des Wolfes und rief die Königin.

«Herrin! Es ist vollbracht. Die «Ordensburg Ymir» samt Besatzung und ihren Gästen ist unwiederbringlich zerstört! Die Natur hat uns dabei geholfen die Zerstörung der Ordensburg unumkehrbar zu machen. Sie können keinen Schaden mehr anrichten. Nicht einmal kämpfen mussten wir. Wir kehren jetzt zurück, die Menschenkinder bleiben in der alten Welt, die Karakane aber kommt mit uns zurück ins Asenreich!»

Die Besatzung der Karakane setzte die Segel und nahm Kurs auf die Nordsee vorbei an der großen Insel England mit Schottland an der Spitze, um die Menschenkinder und den Elfling irgendwo auf dem Festland anzulanden. Nachdem das geschehen war, fuhr die Karakane den günstigen Wind nutzend, mit ihrer Besatzung, den beiden Schwertmeistern und den Waffenmeistern zurück ins Asenreich. Dort werden sie gebraucht. Ein langer und beschwerlicher Weg stand ihnen bevor, sollte die Königin ihnen nicht helfen. Aber die Königin half, sie öffnete auf dem Festland ein großes Lichttor, so dass sie darüber in kürzester Zeit den Asenstern an der Görlitzer Obermühle ohne Führer betreten konnten, es waren ja nur zehn Schritte auf dem Pfad zu gehen.

Am Steinkreis der Obermühle wartete bereits der Elfling Nepomuk mit ihren Pferden auf sie. Sie ritten nach Gersdorf zum Schloss. Sie waren wieder daheim.

Das Böse ist besiegt und in die zerbrochene Welt des Universums verbannt. Nun ist es an der Zeit, hier in der alten Welt die noch vorhandenen Nachkommen Ortrags ausfindig zu machen. Die beiden Mädchen konnten sich jetzt in aller Ruhe wieder der Medizin zuwenden und sie hatten in den Ärzten gute Verbündete.

Der Medizinraum im Schloss derer von Gersdorff war noch lange Zeit der Mittelpunkt für die Medikamentenherstellung in der Region.

Einige Jahre später

Das Neißespital an der Via Regia

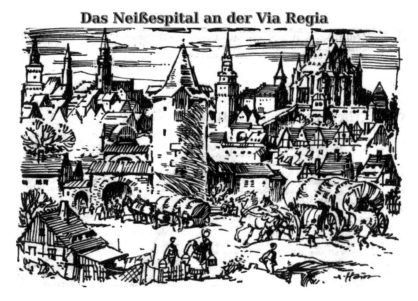

Ächzend polterten die vier schwer beladenen Planwagen am Neißespital vorüber unter dem Holzdach der Neißebrücke hindurch zum Neißetor.

Die Toreinfahrt vor dem Neißeturm war schmal und dunkel.

Vor der Einfahrt standen der Stadthauptmann der Stadt Görlitz mit einer Anzahl von Stadtsoldaten und erwarteten die Planwagen.

Der Stadthauptmann gebot ihnen anzuhalten.

Die Kutscher fluchten lauthals über den unverhofften Halt, denn sie wollten nicht erst abwarten, bis ein Teil der schweren Ladung abgeladen war, weil so die Last verringert wurde, um schneller durch die Enge zu kommen. Sie hofften auf die Hilfe der Stadtsoldaten, die in die Speichen greifen sollten, um schneller durchzukommen, natürlich gegen einen kleinen Obolus. Aber es kam alles anders.

Der Stadthauptmann war kein anderer als der etwas älter gewordene «Reimar von Stockborn», der die Fuhrleute einer Befragung unterzog. Ihm war zu Ohren gekommen, dass sich in den Wagen Kranke befanden. Inzwischen hatte er einen der Stadtsoldaten in die Neißgasse zu Doktor Hedluff geschickt mit der Bitte, «der Doktor möge sich doch die Kranken anschauen».

Es dauerte nicht lange und durch die Toreinfahrt des Neißeturms kamen die beiden Arztgehilfinnen Mechthild von Gersdorff und Leonie von Stockborn mit Lupus an ihrer Seite und gingen auf den Stadthauptmann zu.

»Der Doktor kommt etwas später, er hat noch einen Kranken zu behandeln!«, sagte Leonie zum Stadthauptmann.

»Wo sind die Kranken und wer sind sie?«, fragte höflich Mechthild den Kaufmann.

Der reagierte empört mit Gesten auf das Ansinnen ausgerechnet von einer jungen Frau und er machte nicht einmal Anstalten vom Pferd zu steigen.

»Hört zu, jetzt hört mir genau zu!«, sagte daraufhin Reimar dem Kaufmann sehr ungehalten.

»Das sind zwei gut ausgebildete Arzthelferinnen mit einer universitären Bildung, also steigt vom Pferd und gebt ihnen alle gewünschten Auskünfte!«, blaffte Reimar ziemlich bissig den Kaufmann an. Lupus knurrte und bleckte sein Gebiss. Das Pferd des Reiters scheute vor dem Wolf und schnaubte angstvoll. Der Kaufmann verfärbte sich und murmelte so etwas wie eine Entschuldigung, stieg aber vom Pferd und ging zum ersten Planwagen und schlug die Plane zurück.

Mechthild war ihm auf dem Fuße gefolgt. Dort erblickte sie eine junge Frau und einen Mann die vor Fieber glühten.

»Wie konntet ihr bloß mit den Beiden weiterfahren ohne Hilfe zu holen, wollt ihr sie umbringen?«, fragte sie sichtlich aufgebracht den Kaufmann. Der senkte schuldbewusst den Kopf und schwieg zu den Anschuldigungen, die ihm sichtlich nahe gingen.

Mechthild sah sich die Frau genauer an und bemerkte einige feine Bissstellen an den Armen.

«Das könnten Flohstiche aber auch Zeckenstiche sein», überlegte sie und rief nach Leonie.

»Schau dir das an, erinnert dich das an etwas?«, fragte sie ihre Freundin und Kollegin.

Inzwischen ist Doktor Hedluff Junior eingetroffen und auch er sah sich die Erkrankten an. Er kam zu einem Entschluss und sagte das dem Kaufmann auch unverblümt.

»Ich kann euch als Arzt nicht weiterfahren lassen, zumindest nicht in die Stadt! Das ist nicht bloß Fieber, ich glaube, hier bildet sich etwas anderes heraus! Macht kehrt und fahrt auf den Vorplatz des Spitals. Dort helfen wir euch weiter!«

Der Kaufmann protestierte lautstark.

»Mit welchem Recht behindert ihr uns an der Weiterfahrt, wer seid ihr, dass ihr das wagen könnt!«

Reimar von Stockborn der Stadthauptmann mischte sich ein und hinderte den Arzt mit einer Handbewegung daran, eine Antwort zu geben.

»Ich bin der Stadthauptmann von Görlitz und untersage euch, kraft der mir übertragenen Vollmachten, die Weiterfahrt in die Stadt. Die Mediziner werden euch weiterhelfen, vor allen Dingen werden sie das Leben der Frau und des Mannes retten und es nicht leichtsinnig aufs Spiel setzen!

Also macht kehrt und wir folgen euch!«
Reimar ging näher an den Kaufmann heran und
erläuterte diesem folgenden Sachverhalt.

»Das Spital ist ein Ort der Krankenbehandlung im Sinne
von Krankenhaus. Auch ein Siechenhaus, ein Keller,
Badestube, Backstube, Kuhstall, Schweinestall,
Schmiede und eine Wäscherei sind vorhanden. Der
Kuttelhof ist nicht weit, also frisches Fleisch und Wurst
sind immer zu haben. Ihr werdet dort keinen Mangel
erleiden! Das zu eurer Kenntnis!«
Der Stadthauptmann schickte außerdem einen
Stadtsoldaten zum Bürgermeister, um ihn über die
getroffenen Maßnahmen zu informieren.
Doktor Hedluff trat zu ihnen heran.
»Wer seid ihr? Nennt mir euren Namen, den Stand und
das Ziel eurer Reise!«, forderte der Stadthauptmann.
Der Kaufmann schien plötzlich geläutert, weil er
einsah, dass ihm hier wirklich geholfen wird.
»Ich bin Niklas von Ruppertshausen, Kaufmann in
dritter Generation aus Erfurt. Die Erkrankten sind
Rosalie, meine Frau und Hubertus, ihr Bruder. Sie
haben mich auf der Reise begleitet. Die anderen vier
sind meine Kutscher! Was wird denn nun aus uns?«
Doktor Hedluff winkte Leonie und Mechthild zu sich.
»Als erstes, wenn wir angekommen sind, werden eure
Kutscher in der Mitte eines jeden Planwagens ein Stück
der Ladung beiseite bringen und den Wagenboden
freilegen. Von mir erhalten sie dann einen Metallteller,
auf dem sich ein großes Stück Schwefel befindet. Den
zünden wir dann an und legen es in das so entstandene
Loch und schließen die Planen so dicht wie möglich. Ich
hab schon gesehen, eure Planen sind in Ordnung.
Vorher schirrt ihr aber die Pferde aus und bringt sie in
den Stall des Spitals. Der entstehende Schwefelrauch
bekommt den Pferden nicht, aber er vertilgt das
Ungeziefer, das ihr euch vielleicht eingefangen habt.
Um die beiden Kranken kümmern sich meine
Helferinnen. Die anderen, und ihr auch, gehen im Spital

in die Badestube und waschen sich gründlich und wechseln die Bekleidung. Eventuelle Bissstellen tupfen sie gegenseitig mit der Lösung ab, die ich euch hiermit übergebe«.

Er übergab dem Kaufmann eine kleine Tonflasche.

»Es brennt ein wenig beim Tupfen, ist aber auszuhalten. Dann bekommt ihr von den Schwestern des Spitals vorübergehend Kittel und Wäsche. Eure Sachen legt ihr anschließend in die Planwagen in den Schwefelrauch, um sie zu entkeimen. Am anderen Tag ist das alles wieder zu gebrauchen. Die Helferinnen geben euch und euren Fuhrleuten vorbeugend ein Pulver und ein Decoctum, welches ihr mit viel Wasser schluckt. Am anderen Morgen das Ganze noch einmal und damit dürfte euch eigentlich geholfen sein!«

Der Kaufmann schüttelte den Kopf, als er das vernahm und er wurde noch ungehaltener als er das folgende hörte.

»Aber mit zwei Tagen Pause müsst ihr, der Kranken wegen rechnen, denn die hat es richtig erwischt. Die Schwestern im Spital weisen euch geeignete Unterkünfte zu. Es gibt hier ausreichend Hospitantenzimmer.

Euch wird es in dieser Zeit an nichts mangeln«.

Der Kaufmann stand unter Zeitdruck und das brachte er auch zum Ausdruck.

»Ich habe trotzdem noch einige Fragen an euch Herr von Ruppertshausen. Könnt ihr mir erklären, wieso sich nur eure Frau und euer Schwager angesteckt haben? Wo und wie ist das passiert?«, fragte der Arzt. Niklas von Ruppertshausen war diese Frage äußerst unangenehm und er machte das auch mit seinem Verhalten deutlich. Aber der Doktor ließ nicht nach!

Endlich ließ sich der Kaufmann zu einer Erklärung herab.

»Wir haben vor drei Tagen kurz vor Löbau in einem Waldstück eine Pause machen müssen. Die Tiere waren abgetrieben und erschöpft, sie mussten außerdem getränkt werden. In dem Waldstück befand sich ein Zeltlager von Zigeunern, wie sich dann herausstellte waren es Menschen vom Stamme des Sinti Volkes, die dort lagerten. Meine Frau und mein Schwager hatten engeren Kontakt mit ihnen, weil sie mit deren Kindern spielten, sie sind beide ausgesprochene Kindernarren. Dabei muss es zu dieser Ansteckung gekommen sein, anders kann ich das mir nicht erklären«.

Der Kaufmann machte sichtlich betroffen eine kleine Pause und fuhr dann mit seiner Erklärung fort.

»Als gestern die ersten Fieberschübe auftraten, haben wir die Beiden sofort isoliert untergebracht!«

»Das war das Vernünftigste, was ihr machen konntet, und nun hoffen wir, dass die Inkubationszeit ausreichend ist, euch zu helfen«, sagte Doktor Hedluff.

»Was bedeutet das, Inkubationszeit?«, fragte der Kaufmann. »Wir sind keine Mediziner, um das zu verstehen!«

»Unter Inkubationszeit versteht man die Zeitspanne zwischen einer Ansteckung mit einem Krankheitserreger bis zu den ersten Anzeichen einer Erkrankung. Durch euer vorbildliches Verhalten, im Sinne der Medizin, habt ihr dazu beigetragen, dass wir jetzt frühzeitig helfen können.

Wir hoffen, dass die Krankheit bei euch nicht ausbricht! Ihr solltet euch nur noch in der Badestube gegenseitig akribisch untersuchen, ob euch auch Flöhe oder Läuse gebissen haben, die die Beiden eventuell mitgebracht haben!

Dann muss das sofort mit dieser Tinktur bestrichen werden.

Das ist eine starke Arnikatinktur, die entkeimt!«, antwortete der Arzt.

Die Begründungen des Arztes zeigten Erfolg.

Der Kaufmann und seine Fuhrleute taten alles, was man von ihnen verlangte. Die beiden Kranken brachten Leonie und Mechthild in das Siechenhaus, wo sie von den Schwestern sicher in einem geräumigen und hellen

Zimmer untergebracht und von Melanie und Leonie behandelt werden konnten.

Mechthild nahm Lupus beiseite, legte ihm die Hand auf den Kopf und schickte eine Gedankennachricht an Gamet. Sie brauchten Nachschub des «Pinselschimmel Pulvers».

Dann schickte sie Lupus mit der Nachricht los, ins Schloss nach Gersdorf zu Gamet.

Zwei Reiter näherten sich dem Vorplatz des Spitals. Aus den abgestellten Planwagen drangen noch immer gelbe Schwefelrauchwolken aus den abgedichteten Planen. Der stechende Geruch war allgegenwärtig zu spüren.

Doktor Hedluff und der Stadthauptmann schauten auf die Ankömmlinge und erkannten den Bürgermeister der Stadt, Andreas Canitz und den Stadtschreiber.

Der Stadthauptmann erstattete dem Bürgermeister Bericht über die eingeleiteten Maßnahmen und übergab dem Arzt das Wort für die medizinische Begründung. Etwas abseits stand der Kaufmann und wurde Zeuge des folgenden Gespräches.

»Doktor, was hat euch veranlasst, die Dienste des Spitals in Anspruch zu nehmen?«, fragte der Bürgermeister den Arzt und sah ihn dabei an.

»Wir, das heißt der Stadthauptmann und ich, wollen ausschließen, dass es sich bei den Erkrankten um Träger des Pesterregers handelt, der eine große Gefahr für die Stadt und den Umkreis darstellen würde. Deshalb haben wir eine strenge Untersuchung angeordnet und Maßnahmen ergriffen, die Ursachen der Ansteckung auszumerzen, zumal die Betroffenen engen Kontakt mit Zigeunern aus dem Stamm der Sinti hatten. Ich hoffe, dass das auch in eurem Sinne ist, Herr Bürgermeister!«, antwortete der Arzt und wies auf die noch immer qualmenden Planwagen hin.

»Habt ihr schon einmal über die Kosten nachgedacht? Das Stadtsäckel ist doch nicht unergründlich!«, fragte Andreas Canitz den Arzt. »Wir können doch nicht für jeden Handelszug, der die Stadt anläuft, die Kosten für Eventualitäten einer Ansteckungsgefahr übernehmen«.

Da mischte sich ungefragt der abseits stehende Kaufmann ein. »Herr Bürgermeister, ich übernehme selbstverständlich die Kosten für die Behandlung meiner Leute!«, beantwortete er die Frage des Bürgermeisters an den Doktor.

Der Bürgermeister nickte wohlwollend.

»Dann warten wir einmal das Ergebnis der Untersuchung ab!« sagte er. »Ich vertraue diesbezüglich den Ärzten meiner Stadt!«

Dann ging er mit seinem Schreiber ins Spital.

Der Stadthauptmann und der Arzt grinsten sich an.

Am späten Nachmittag hatten Leonie und Mechthild die Behandlung der erkrankten Frau und deren Bruder abgeschlossen.

»Allen Erkenntnissen zufolge, die wir zur Verfügung haben, handelt es sich nicht um die Pest, sondern um eine andere Form des sogenannten «orientalischen Fiebers». Das kennen wir ja schon und es wurde von uns schon einmal erfolgreich behandelt. Irritiert haben uns nur die Bisse auf den Armen der Frau, das mussten wir genau untersuchen. Es sind tatsächlich ältere Flohbisse, die uns etwas verwirrt aber die das Fieber übertragen haben«, berichtete Leonie den Anwesenden. »Ich habe ihnen, in Absprache mit Mechthild, eine doppelte Dosis «Pinselschimmel» Pulver gegeben. Das Fieber war ja sehr weit fortgeschritten und das Decoctum allein hätte das Fiebersenken nicht geschafft. Die Ursache liegt schon tiefer in ihren Körpern.

Morgen werden wir sehen, ob das Fieber zurückgegangen ist und wenn die Beiden nicht zu schwach sind, dann könnt ihr eventuell, wenn er es erlaubt, weiterziehen!«, sagte Mechthild zu dem Kaufmann mit Blick auf den Stadthauptmann.

»Aber vorher geht auch ihr noch in die Badestube, wir möchten jegliche Gefahr ausschließen!«, setzte sie nach und grinste den Kaufmann an, der bisher keine Anstalten gemacht hat, die Badestube zu besuchen.

Am späten Nachmittag kam ein Reiter auf den Vorplatz geritten, dem ein großer Wolf voranlief. Es waren Gamet mit Lupus, die Nachschub des «Pinselschimmel Pulvers» aus Gersdorf brachten. Damit war die zweite Medikamentengabe an die Kranken und an die Fuhrleute gesichert.

Die Doktoren Hedluff Senior und Hartmann waren auch eingetroffen. Sie sind vom Doktor Hedluff Junior informiert und gebeten worden, an einer eilig einberufenen Zusammenkunft teilzunehmen. Es war schon ein berühmter Stamm von Medizinern im Spital anwesend, die sich zu der Beratung in den Speisesaal des Spitals zurückzogen, zu der auch der Bürgermeister mit seinem Schreiber stieß, der dazu eingeladen hatte.

»Warten wir noch auf den Kaufmann der Fuhrleute?«, fragte der Bürgermeister und erhielt Zustimmung.

»Wo ist der eigentlich?«, fragte Doktor Hedluff Senior.

»Den hat Mechthild vor einer Stunde rigoros in die Badestube verbannt, auf das er sich reinigt und eventuelle Flohbisse behandelt!«, antwortete Leonie auf die Frage des Doktors.

Mechthild wurde rot und drohte Leonie mit dem Finger, die Anwesenden schmunzelten.

»Inzwischen kann ich ja den Anwesenden eine Mitteilung machen!«, sagte Doktor Hedluff Senior. »Ab sofort übernimmt mein Sohn die Arztstelle in Görlitz. An seiner Seite werden vorerst Leonie von Stockborn und Mechthild von Gersdorff als Arzthelferinnen tätig sein!«

Dann kam der Kaufmann endlich und der Bürgermeister eröffnete die Zusammenkunft mit folgenden Sätzen:

»Für den Schutz unserer Stadt legen wir, nach reiflicher Überlegung, folgende Prinzipien fest und dokumentieren das später in einem ordentlichen Beschluss des Rates. Diese Punkte hier gelten jetzt erst einmal auf meine Veranlassung!

Stadthauptmann Reimar von Stockborn hat entsprechend seiner Befugnisse zu Recht gehandelt und Schaden von der Stadt abgewandt.

Die auftretenden Kosten werden immer vom Verursacher getragen, außer der medikamentösen Behandlung, die ist nach Rücksprache mit den Herstellern der Medikamente, für den Verursacher kostenfrei.

Für den Austausch der Wäsche und die Unterkunft im Spital ist, je nach Dauer des erzwungenen Aufenthalts in Absprache mit dem Arzt, ein Obolus zu entrichten.

Die Kosten der Ungezieferbekämpfung übernimmt, nach Vorleistung und Hilfe des Verursachers, die Stadt.

Der Stadthauptmann hat künftig in seinem Verantwortungsbereich dafür Sorge zu tragen, dass alle Handelszüge auf der Via Regia, die aus dem «Nahen Osten» und aus dem «Süden» kommen vor dem Passieren der Stadt befragt und bei Bedarf kontrolliert werden.

Ist die anwesende Ärzteschaft mit diesen Vorfestlegungen einverstanden oder gibt es noch Zusätze? Wenn nicht, dann nehmen wir das mit in die Stadt! Und gießen es in einen Gesetzestext»

Doktor Hedluff Senior stellte dem Bürgermeister in Aussicht, die vorgestellten Festlegungen mit einem medizinischen Aufsatz, der dem Rat zur Verfügung gestellt wird, zu unterstützen, was dieser wohlwollend zur Kenntnis nahm. Am anderen Morgen.

Das «Pinselschimmelpilz Pulver» hat Wirkung gezeigt, die beiden Kranken waren fieberfrei und könnten weiterziehen. Das letzte Wort dazu haben die Ärzte. Aber der allgemeine körperliche Zustand der Kranken wird das doch noch verhindern. Das Fieber ist nicht spurlos an ihnen vorüber gegangen, es hat an ihren Kräften gezehrt. Mechthild und Leonie gaben ihr Bestes, aber gegen die eingetretene Schwäche nach dem Fieber konnte sie auch wenig tun! Gute Pflege und Zeit für die Genesenen war jetzt angesagt und im Spital gaben sie sich alle Mühe dazu.

Tempelritter in Görlitz

«Zwei Jahre später...»

In der Neißgasse in den Behandlungsräumen von Doktor Hedluff standen seine Arztgehilfinnen am Fenster und beobachteten die drei Reiter, die den steilen Anstieg mit ihren Tieren bewältigten. Die beiden Mädchen haben in der vergangenen Zeit geheiratet Es war eine rauschende Doppelhochzeit im Schloss derer von Gersdorff.

Der in der Mitte reitende Mann schien verletzt zu sein. Einem Reiter verrutschte der Reitumhang und gab den Blick auf seinen Brustpanzer frei auf dem ein blutrotes Kreuz zu sehen war. Sichtlich überrascht verbarg er dies wieder durch eine hastige Bewegung, mit der er den Umhang wieder schloss. Der erste Reiter nahm seinen Helm ab und schüttelte sein schon schütteres Haar, sein suchender Blick glitt über die Häuser der Neißgasse und blieb am Haus des Doktors hängen. Er sagte etwas zu seinen Begleitern und sie saßen ab.
Es klopfte an der Haustür.
Mechthild öffnete ihnen die Tür und der ältere Reiter stellte eine Frage. »Ist dies das Haus vom Arzt Doktor Hedluff?«
Mechthild bestätigte es ihm.
»Der Stadtsoldat am Tor hat uns hierher verwiesen. Wir brauchen Hilfe für einen Verwundeten!«
Mechthild führte sie in den Behandlungsraum.
»Unsere Doktores sind unterwegs, ihr müsst es schon mit uns vorlieb nehmen!«, sagte Mechthild und rief nach Leonie. Die kam dann auch schnell. »Ich bin Leonie von Stockborn und das ist Mechthild von Gersdorff.

Wir sind die Arztgehilfinnen des Doktors!«, stellte Leonie sich und Mechthild vor.

Beim Nennen des Namens «Gersdorff» zuckte der ältere Reiter sichtlich zusammen was bei den Mädels nicht unbemerkt blieb. Komisch war auch, dass Lupus überhaupt nicht reagierte. Er war doch sonst gegenüber Fremden sehr misstrauisch. Mechthild schaute den älteren Reiter an, der sie merkwürdigerweise ausführlich musterte. »Gefallen euch unsere Namen nicht?«, fragte sie und lächelte dabei den Reiter an.

»Im Gegenteil! Entschuldigt bitte, wenn wir uns nicht vorgestellt haben!«, antwortete er.

»Ich bin Bodo von Gersdorff! Seid ihr mit denen von Gersdorff aus Tetschen verwandt?«, fragte er Mechthild.

»Ja!«, antwortete Mechthild erstaunt, dort wohnen meine Schwiegereltern, die Geschwister und die Großeltern meines Gatten. Ich bin hier in Gerhardisdorf beim Oheim Christian von Gersdorff zu Gast!«

»Dann sind wir ja fast Verwandte und ich wäre so etwas wie ein Großonkel von euch!«, lächelt der, der sich Bodo von Gersdorff nannte. »Außerdem Christian von Gersdorff ist das Ziel unserer Reise!«

»Leonie ist eine geborene, also eine echte von Gersdorff!«, sagte Mechthild und zog sie an sich heran. »Ich habe nur in die Familie eingeheiratet! Sie ist meine Schwägerin. Ihr seid dann ihr Großonkel!«

Während Bodo von Gersdorff sich noch über den glücklichen Zufall wunderte hatte Mechthild inzwischen dem Verwundeten, den Brustpanzer abgenommen und die Wunde zwischen den Schulterblättern freigelegt. »Das sieht ja böse aus. Wie lange schleppt ihr das schon mit euch herum?«, fragte sie den Verwundeten, aber der antwortete ihr nicht.

»Er versteht kein Deutsch, er ist Araber und heißt Hassan«, sagte Bodo von Gersdorff und beantwortete selbst die Frage Mechthilds nach der Verwundung.

»Die Wunde wurde vor fünf Tagen von einem Armbrustbolzen verursacht, den wir entfernt haben. Anscheinend hat sich die Wunde entzündet, denn er hat dazu auch noch Fieber bekommen!« Er zeigte auf den anderen Reiter. »Der da heißt Hamid, auch er ist Araber, aber er versteht wenigstens ein wenig Deutsch!«

»Araber und Tempelritter, wie passt das zusammen?«, fragte Mechthild etwas konsterniert.

»Es sind arabische Christen, seit Generationen dienten schon deren Eltern dem Orden! Sie schützen die Pilgerwege von und nach Jerusalem gegen räuberische Banden!«, antwortete Bodo von Gersdorff auf die Frage Mechthilds.

Sie wurden unterbrochen.

Es klopfte an der Haustür. Die beiden Ärzte kehrten zurück. Leonie ging die Tür zu öffnen. Noch bevor sie etwas sagen konnte, sagte Doktor Hedluff Junior etwas ärgerlich,

»Wir wissen Bescheid, die Stadtwache hat uns bereits informiert! Es sind Tempelritter im Haus!«

Leonie war über die Art und Weise des Doktors schockiert und brachte das auch unverblümt zum Ausdruck!

»Es sind Menschen, die ärztliche Hilfe brauchen Doktor! Was meint ihr, interessiert uns, wen und was sie vertreten? Sie brauchen ärztliche Hilfe, und zwar schnell!«

Doktor Hedluff verfärbte sich. Genau das hatte er beiden Mädels immer gepredigt! Nun hat ihm Leonie, noch auf der halben Treppe, mit seinen eigenen Waffen einen moralischen Hieb versetzt. Doktor Hedluff Senior konnte sich eines Grinsens nicht erwehren«.

»Recht getan Mädels!«, entfuhr es dem alten Doktor.

Sie betraten das Behandlungszimmer.

Auf der Pritsche lag der verwundete Reiter, fiebergeschüttelt und kurz vor der Bewusstlosigkeit. Mechthild hatte ihm fürs erste ein fiebersenkendes

Decoctum verabreicht und wartete nun auf Leonie, um das weitere Vorgehen mit ihr abzustimmen.

In diese Situation hinein betraten die beiden Doktores den Behandlungsraum. Der Junior trat an die Pritsche und betrachtete die Wunde. »Die Entzündung ist weit fortgeschritten und die ersten Anzeichen sind vorhanden, dass das ein Wundbrand wird!«, stellte er fest und Mechthild gab ihm Recht.

»Was habt ihr entschieden?«, fragte er und beide Mädels schüttelten den Kopf.

»Noch nichts, wir wurden ja unterbrochen!«, sagte Mechthild. »Auf jeden Fall muss die Wunde gereinigt werden. Das wird schmerzhaft, aber es muss sein. Die bewährte Arnikatinktur wird helfen. Zum Glück haben wir eine ausreichende Menge hier, um die Wunde auszuwaschen!«, meinte Leonie. Nach der Behandlung bekommt er noch zwei Dosen «Pinselschimmel Pulver» zur Sicherheit. Der Doktor nickte zustimmend.

»Braucht ihr Hilfe?« Mechthild schüttelte den Kopf.

Aus der Ecke meldete sich Bodo von Gersdorff.

»Ich übersetze das dem Verletzten und sage ihm, was er tun soll!« Leonie holte ein Stück Rundholz aus der Medikamententasche und gab es Bodo von Gersdorff.

»Das ist ein Beißholz! Schiebt es dem Verwundeten in den Mund zwischen die Zähne, er soll darauf beißen, wenn der Schmerz übermächtig wird. Wir beginnen sofort mit der Wundreinigung. Dreht bitte den Verletzten auf den Bauch!«

Doktor Hedluff Senior fragte Gersdorff, wie es zu der Verletzung gekommen ist und machte keinen Hehl daraus, dass er alles wissen möchte!

»Am Flussübergang an der Saale haben uns drei «Domini Canes» der Inquisition aufgelauert, zu Deutsch «Hunde des Herrn». Die Inquisition nutzt diese abgetakelten Landsknechte, die nicht dem Orden angehören, sondern von ihr als sogenannte «Brüder auf Zeit» eingesetzt werden, um die Drecksarbeit für sie zu erledigen.

Sie wollten von uns etwas haben, das ihnen nicht gehört. Als wir uns zur Wehr setzten, schossen die feigen Hunde mit einer Armbrust auf uns. Sie trafen Hassan in den Rücken. Zum Glück hat sein Panzer allerhand abgehalten, sodass der Bolzen nicht allzu tief in den Körper eingedrungen ist. Wir haben ihn sofort entfernt und das Blut gestillt«, erzählte Bodo von Gersdorff.

»Woher wisst ihr, dass es «Domini Canes» waren?«, fragte der Junior. Bodo von Gersdorff holte ein Stück Metall aus der Tasche und zeigte es den Anwesenden. »Das ist ein Stück vom Schloss eines der Wehrgehänge dieser Truppe. Ich habe es als Beweis abgemacht und mitgenommen. Sie sind im Auftrage der Inquisition hinter uns her. Mehr darf und möchte ich euch nicht erzählen. Wir sind in einer besonderen Mission unseres Ordens unterwegs!«

»Was ist aus den «Domini Canes» geworden?« fragte der Senior Hedluff. Bodo von Gersdorff zuckte mit den Schultern. »Wir haben sie eliminiert, alle drei!«

Die beiden Mädchen waren inzwischen mit der Versorgung des Verwundeten fertig. Erstaunlicherweise hat dieser während der gesamten Prozedur nicht einen einzigen Schmerzenslaut von sich gegeben. Das war bewundernswert. Jetzt schlief er frisch verbunden und versorgt. Leonie hat ihn mithilfe der «Isothona» in einen Heilschlaf versetzt. Bodo von Gersdorff bestaunte die ärztlichen Fähigkeiten der beiden Mädchen. Der alte Doktor grinste nur dazu. Doktor Hedluff Junior veranlasste, dass Hassan in das Krankenzimmer nebenan gebracht wurde, wo er sich von der doch schmerzhaften Prozedur erholen kann.

Drei Tage später im Schloss derer von Gersdorff.

Christian von Gersdorff und seine Frau Elenora saßen noch beim Nachtisch nach dem üppigen Mittagsmahl, als einige Reiter in den Vorhof des Schlosses einritten. Christian schaute aus dem Fenster und erkannte unter den Reitern seine Nichte Leonie und ihre Freundin Mechthild. Die anderen Reiter waren ihm nicht bekannt. »Wir bekommen Besuch!«, sagte Christian von Gersdorff zu seiner Gattin. Der Hausdiener öffnete die große Schiebetür und geleitete die Besucher in den Speisesaal.

Leonie umarmte die Tante und ihren Oheim, dann stellte sie die Besucher vor. »Oheim, das ist «Bodo von Gersdorff», ein Verwandter von uns, der auf dem Wege zu euch ist. Das sind seine Begleiter, die kann er euch selbst vorstellen«.

»Können wir irgendwo ungestört reden?«, fiel Bodo von Gersdorff gleich mit der Tür ins Haus noch bevor Christian seine Verwunderung zum Ausdruck bringen konnte.

Er war vollkommen überrascht, trotzdem nickte er und wies den Weg in die Schlossbibliothek, Dort setzten sie sich in die bequemen Sitzgelegenheiten und sahen sich gespannt an. Der Hausdiener brachte noch eine Karaffe mit gutem Wein und die Becher dazu.

Bodo von Gersdorff begann:

»Die Geschichte wird etwas länger dauern, ich hoffe, du langweilst dich nicht. Es ist notwendig, dir das ausführlich darzulegen Christian!

Wir haben eine heikle Mission unseres Ordens zu erfüllen. Deshalb führt mich unser Weg zu euch, oder bleiben wir besser beim vertrauten Du?«

Christian neigte zustimmend den Kopf.

»Entschuldige, wenn ich so einfach hereinplatze, aber uns drängt die Zeit gewaltig.

Aber zuerst zu mir und meiner Person:
Ich bin einer der drei Großmarschalle der Tempelritter und für das stehende Heer der Templer in Belgium zuständig. Die Umstände aber haben mich in diese Situation gezwungen, eine Mission zu übernehmen die für die Christenheit von Bedeutung sein wird!«
»Das sind große Worte Bodo!«, antwortete Christian von Gersdorff und lächelte.
Bodo von Gersdorff aber antwortete sehr ernst auf dieses Lächeln.
»Der jetzige König im Frankenreich betrachtet den gut organisierten päpstlichen Orden zunehmend mit Misstrauen und Feindschaft, besonders da der Templerorden das größte stehende und auch im Kampf erfahrenste Heer bildet. Er sieht eine Gefahr für sich und sein Reich. Die Großmeister hatten seinerzeit einen Antrag auf Mitgliedschaft des Königs in den Orden abgelehnt. Deswegen hat er auch Maulwürfe angesetzt, die den Orden ausspionieren. Der Reichtum des Ordens und dessen wirtschaftliche Macht lassen ihn nicht zur Ruhe kommen. Er sinniert, wie er dem Orden schaden kann und zieht dabei alle Register. In weiser Voraussicht haben die Großmeister daraufhin in einem Konzil angeordnet, dass sämtliche wertvollen Reliquien des Ordens und die apokryphen Schriften nach und nach in Sicherheit zu bringen sind, um sie dem Zugriff der Kurie und des Königs zu entziehen und um sie der Christenheit zu erhalten. Besonders wertvolle Stücke wurden auf die Burg Arun ausgelagert. Dafür hat das Konzil Personen ausgesucht, denen sie vertrauten und eine davon bin ich!« Christian hinterfragte, »und deine Begleiter, sind auch die ausgesuchte Leute?«
Bodo von Gersdorff schüttelte den Kopf, »Nein, die sind von Hause aus Templer aus Überzeugung. Sie dienen dem Orden und mir schon Jahrzehnte.
Ich nehme an, du kennst die Geschichte «Der weisen drei Könige»? Christian nickte zustimmend.
»Hassan und Hamid sind beide Abkömmlinge «Balthasars des Ägypters», und soviel ich weiß, der

letzte Spross des geraden Dynastiezweiges. Sie lebten lange Zeit im Verborgenen, um das geheim zu halten. Balthasar hatte nur ein einziges Kind - eine Tochter. Die hat er mit dem einzigen Sohn des Scheikhs Ilderim, eines ägyptischen Arabers, verheiratet. Scheikh Ilderim war durch Balthasar schon damals Christ.

Er hieß mit vollen Namen Abu Omar Ben Ilderim.

Aus dieser Linie stammen Hassan und Hamid, Christian.

Der Stammbaum der Ilderims lässt sich in der arabisch-ägyptischen Welt über tausend Jahre und mehr zurückverfolgen. Inzwischen sind die Angehörigen des Stammes sämtlich ausgelöscht, teils durch Krankheit, teils sind sie in den Kämpfen umgekommen.

Den großen Stamm der Ilderims in diesem Sinne gibt es also nicht mehr – die Beiden sind wahrscheinlich die letzten lebenden Zeugen eines arabischen Volkes, das schon sehr lange zur Christenheit gehört. Nach unseren Recherchen gibt es nur noch eine Familie der Ilderims, aber die ist geheimnisvoll irgendwo untergetaucht. Doch letztendlich, so glauben wir, sind sie vielleicht auch schon tot – sie sind eben Schattenkrieger und werden dafür immer noch von den «Domini Canes» verfolgt.

Ein Großonkel aus unserer Familie war einer derjenigen Templer, die den Schergen der Domini Canes entkamen. Sein Fluchtweg wies offiziell nach Schottland. Der «Großonkel» trennte sich von den anderen Templern und ging mit zwei Getreuen nach Osten und sucht Schutz für die ihm anvertraute Reliquie in seiner alten Heimat und dieser «Großonkel» bin ich, Christian!

Diese wertvolle Reliquie, die ich zu schützen habe, ist der «Taufbecher von Johannes dem Täufer». Ich nehme an, du kennst die Geschichte ebenfalls«.

Bodo von Gersdorff nahm einen Schluck Wein aus dem Becher und erzählte weiter.

»Der Templerorden ist viel älter, als es in den Urkunden der Kirche vermerkt ist. In das Licht der Öffentlichkeit

trat der Orden aber erst, als das Heilige Grab in Jerusalem Anziehungspunkt für die Pilger wurde. Seinen Sitz hatte der Orden damals auf dem Jerusalemer Tempelberg in der Basilika St. Maria – fast sechshundert Jahre lang. Die Basilika ist auf den Grundmauern des Tempels Salomon erbaut. Und der Orden trug danach auch seinen Namen:
«Arme Ritterschaft Christi und des salomonischen Tempels»
Jetzt steht dort aber auch die Al-Aqsa-Moschee der Muselmanen, also der Ärger ist vorprogrammiert.
Bis dato waren die Templer ein Orden, der mehr im Verborgenen für die Bewahrung und den Schutz der heiligen Reliquien Verantwortung trug. Erst viel später, nach der Gründung des Domkapitels, wurden die Tempelritter der Nachwelt bekannt. Eine immense Verantwortung für die Christenheit, wenn man bedenkt, was sie zu schützen hatten. Dazu zählten unter anderem die Bundeslade, der Heilige Gral, die Bücher Moses und der Taufbecher des Johannes – um nur die bekanntesten zu nennen. Aber auch eine Menge apokrypher Schriften des Christentums, die zurzeit Jesu entstanden sind und die im Widerspruch zur Kanonisierung der Heiligen Schrift stehen. Ein heißes Eisen für die Kurie! Uns nahe stehende Fachleute haben hier in Görlitz im Geheimen und unter den Augen der Menschen ein gut funktionierendes Versteck errichtet, in dem wir die Reliquie unterbringen können. Dazu brauchen wir jetzt deine Hilfe Christian. Das Haus, in dem sich das Versteck befindet, gehört einem gewissen Jencz Florinius. Der Baugrund dazu aber gehört dir».
»Also das Haus am Nikolaiturm meinst du ...«
Bodo von Gersdorff bestätigte die Vermutung.
»Der wohnt aber noch nicht dort, es ist noch Baustelle!«, antwortete Christian.
»Umso besser! Wie kommen wir ungesehen in das Versteck und können die Reliquie ablegen? Vielleicht hast du eine Idee«.

»Am besten nachts«, sagte Christian.

»Und keine Angst, ein Fremder kann sich keinen Zutritt zu dem Versteck verschaffen, es sei denn, er hat den entsprechenden Schlüssel dazu, aber der ist bei mir. Nicht einmal der Eigentümer hat bemerkt, dass es dieses Versteck in seinem Hause gibt. Es ist sehr gut verbaut und gesichert. Ich hoffe, ich habe dich mit der Geschichte nicht in Verlegenheit gebracht!«

»Lass mir einige Stunden Zeit, Bodo. Ich lasse mir etwas einfallen. Ich nehme an, du wirst mit deinen Leuten die Sache erledigen wollen?«

Bodo von Gersdorff bestätigte Christians Vermutung und sagte zu.

»Aber wir nehmen die beiden Mädchen und Lupus mit. Die sichern uns ab. Frag nicht warum, ich weiß es eben! Es ist zu unserer eignen Sicherheit!«, stellte Christian rigoros die Forderung auf«.

Und so geschah es dann auch.

In einer Nacht-und-Nebelaktion brachten sie die Reliquie in das Versteck, Lupus und die Mädels sicherten von außen die Aktion.

Nachdem sie die Reliquie versteckt und Spuren beseitigt hatten, verließ der Großonkel Görlitz. Gemeinsam mit Hassan und Hamid reiste er per Schiff nach Arun.

Arun, das ist eine Burg des Templerordens, Diese wehrhafte Burg hat noch keiner besiegt. Sie liegt im Heiligen Land, ostwärts auf einer kleinen Insel vor der Hafenstadt Haifa an der Küste, unweit von Akkor und in unmittelbarer Nähe der Handelsstraße via Maris! Beim Komtur der Burg hinterlegte Bodo von Gersdorff den Schlüssel für das Geheimnis des Taufkelches in Görlitz. Das war einer der Siegelringe des Templerordens in dessen Inneren der komplizierte Mechanismus eines Schlüssels verborgen ist.

Jeder der damals noch lebenden Großmeister und Großmarschalle besaß ein ähnliches Siegel, mit und ohne innere Mechanik. Es zeigte zwei gerüstete Ritter auf einem Pferd und eine klar gestochene Umschrift in

lateinischer Sprache. SIGILUM MILITUM CHRISTI !
Über den Häuptern der beiden Reiter erkannte man das
Tatzenkreuz des Ordens.

 Nachdem Bodo von Gersdorff den Ring
hinterlegt hatte, verabschiedete er sich
herzlich von Hassan und Hamid, die ihm
immer treu gedient haben.
Hassan und Hamid zogen nach
Palästina, um nach Spuren ihres
verschwundenen Geschlechts zu suchen.
Es war ein Abschied für immer!
Vermutlich wollte Bodo von Gersdorff nach Schottland,
denn dort waren die Templer nie gefährdet. Dort waren
seine Brüder, dort wollte er sicherlich abwarten, wie
sich die Lage im Frankenreich entwickelt ... aber, auf
dem Wege dorthin verliert sich von ihm jegliche Spur.
Alle Nachforschungen waren vergeblich, er war und
blieb spurlos verschwunden!

Hamid und Hassan haben in einem kleinen christlichen
Dorf bei Basra eine als verschwunden geglaubte
Familie der Ilderims gefunden. Hier erfuhren sie auch
mehr über den in der Kunterschlucht ermordeten Omar
Ibn Halef Ilderim, von dem alle annahmen, er sei der
letzte Spross der Dynastie Ilderim. Der
Familienvorstand verfügte über bezeichnende
Dokumente zum Stamm der Ilderims.
Die Suche nach Bodo von Gersdorff ihrerseits aber
blieb erfolglos.

Viele Jahre danach

★

Den Insassen des Reisewagens, der sich Görlitz
näherte, kamen aus dem Heiligen Land. Ihnen
erschien die Stadt wie eine Festung. Sie sahen nur
eine hohe Mauer vor sich und rechts und links

Wehrtürme, feste Bollwerke und ein Tor mit einer Zugbrücke. „Eine wehrhafte Stadt, wahrlich!", murmelte die Fingerin stolz und sah nach ihren schlummernden Reisegefährten. Es war kurz nach Sonnenuntergang, als der Reisewagen das Frauentor passierte. Polternd fuhr der Wagen über die Zugbrücke. Hinter ihnen schlossen die Stadtsoldaten das Stadttor, das sie erst wieder bei Sonnenaufgang öffneten. Anschließend bewegte sich rasselnd die Zugbrücke nach oben.

Streng bewacht wurden die Tore aus den Torhäusern, die Tag und Nacht durch die Stadtwache besetzt waren. Überall an der Stadtmauer standen Gerüste, auf denen sogar noch bei Laternenschein die Maurer werkelten und Ausbesserungen am Mauerwerk der Stadtmauer vornahmen. Auch die Wehrgänge waren besetzt.

»Hast du das gesehen Gabriel?«, fragte Agnete ihren vor sich hindösenden Reisegefährten, indem sie ihn leicht anstieß. »Irgendetwas liegt in der Luft, wenn sie sogar bei Laternenlicht arbeiten und die Stadtmauer befestigen!«

Gabriel brummte verschlafen.

»Wir werden es bald erfahren meine Liebe!«

Agnete weckte die junge Frau neben sich.

»Hey, Luisa, wach auf, du verschläfst dein neues Zuhause!«

Der Reisewagen rumpelte über den Neumarkt. Ihnen entgegen kamen mehrere Gespanne, die mächtige Kanonen zum Reichenbacher Tor zogen. Die Bronze glänzte im spärlichen Licht der Ölfunzeln. Anscheinend waren die Kanonen neu gegossen. Der Reisewagen holperte durch die Brüdergasse, über den Untermarkt zur Neißgasse, um dann in die Kränzelgasse abzubiegen.

Das Gespann hielt vor einem Haus, das den stolzen Namen «Goldener Anker» trug und das dem angesehenen Kaufmann Hans Schmidt gehörte.

Vor dem Haus beleuchtete bereits eine Laterne den Eingang, obwohl die Dämmerung der Dunkelheit noch nicht gewichen war.

»Das ist mein Elternhaus!«, sagte Agnete zu Luisa. »Ich habe es meinem Schwager übereignet, weil ich nicht wusste, wie die Reise für mich ausgeht!« Und ... jetzt hast du es bereut?«, fragte Luisa in dem sie Agnete ins Gesicht sah.

»Nein Luisa, ich habe es nicht bereut. Mein Schwager und meine Schwester haben immer ein offenes Haus für mich. Du wirst es sehen!« Die Fenster des Hauses im ersten Stock waren schon erleuchtet, ein Zeichen, das der Hausherr im Hause war.

Agnete stieg aus dem Wagen und betätigte mehrmals den Türklopfer.

Nach einer Weile öffnete ein älterer Mann die Tür und schaute erstaunt auf die schöne Frau. »Agnete! Mein Gott! Euch habe ich zu dieser Zeit am allerwenigsten erwartet. Kommt herein. Wartet ein wenig, ich mache Licht und zünde den Kamin an. Ich habe ihn vorhin erst neu bestückt, als hätte ich geahnt, dass ich ihn brauche. Mein Gott, wenn ich das gewusst hätte« ...

Die Fingerin lachte.

»Es ist gut Schwager. Macht euch keine Umstände. Wir finden uns schon zurecht«.

Schmidt drehte sich um. »Wir? ... habt ihr noch jemanden dabei?«

»Entschuldigt, Hans. Ich vergaß in der Eile euch mitzuteilen, dass ich Gäste mitgebracht habe. Es ist Gabriel von Gersdorff mit seiner Gattin. Sie werden einige Tage bei uns bleiben und nach dem Weihnachtsfest weiterreisen«.

Schmidt lief zur Treppe und rief nach seiner Frau und seiner Tochter.

»Hadwiga, Gudrun! Schaut mal, wer da gekommen ist!« Schmidt verschwand im Arbeitsraum, um den Kamin in Brand zu setzen.

Es polterte auf der Holztreppe und eilige Schritte verkündeten, dass der Ruf des Hausherrn gehört wurde.

»Mein Gott, Agnes!« Der Ruf kam von der Treppe. Dort stand das Abbild der Fingerin, fast zum Verwechseln ähnlich, nur älter aber genauso anmutig und schön.

Neben ihr stand ein junges Mädchen, das eine frappierende Ähnlichkeit mit ihrer Mutter aufwies. »Du bist endlich wieder zu Hause Agnes! Die Sorge um dich hat mir fast das Herz abgedrückt!

Von nirgendwo hat man eine Nachricht bekommen, wie es euch geht!«

Die beiden Frauen umarmten sich inniglich.

Vor der Tür war Gabriel von Gersdorff und der Kutscher gerade dabei, das Gepäck zu entladen, als Agnete mit ihrer Schwester vor die Tür traten.

»Gabriel von Gersdorff kennst du doch, Schwesterherz?«

Hadwiga Schmidt nickte und gab dem jungen Mann die Hand.

»Und das,« ... Agnete zog Luisa zu ihrer Schwester ... »das ist Luisa, sein Weib!«

»Willkommen zu Hause! Als ihr abgereist seid, wart ihr doch noch unbeweibt Gabriel, oder?«, sagte die Hausherrin schmunzelnd und umarmte dabei Luisa herzlich.

»Herzlich willkommen Luisa, Ihr sollt euch bei uns wohlfühlen«.

Gabriel war über den herzlichen Empfang überaus erfreut.

»Wir finden noch die Zeit, euch alles zu erzählen, Hadwiga. Nicht wahr Luisa?«, erwiderte Gabriel und lächelte seiner Frau zu.

»Kommt erst einmal herein. Es ist doch schon empfindlich kalt geworden. Drinnen könnt ihr nach Herzenslust schwatzen!«, brummelte Hans Schmidt, der an der Tür das Gepäck aufnahm und ins Haus brachte. Er schob die Frauen ins Haus.

Gabriel entlohnte den Reisewagenfahrer Jörg Scharschmitt sehr reichlich, verabschiedete sich von ihm, nicht ohne ihm Dank zu sagen für die sichere Reise auf der «Hohen Straße».

Jörg Scharschmitt war verlegen.

»Ich komme jetzt nicht mehr aus der Stadt heraus, die Tore sind schon geschlossen!«

»Fahr das Gespann zum Kuttelhof, Jörg. Dort ist genügend Platz.

Um diese Zeit sind auch noch Leute dort, die sich um die Tiere kümmern!«, sagte Gabriel.

»Dann kommst du wieder her und schläfst die eine Nacht bei uns im Hause!«

Der Wagen polterte los – es war ja nicht weit bis zum Kuttelhof.

Im Arbeitsraum brannte ein helles Feuer im Kamin und verbreitete eine wohlige Wärme.

»Gudrun hol uns bitte den Wein von oben. Er ist bereits heiß! Dann geh bitte zu Walter, er soll die Badestube anheizen und heißes Wasser bereiten! Ich glaube das haben unsere Gäste bitter nötig!«

Gudrun beeilte sich die Anordnungen ihrer Mutter auszuführen.

Inzwischen führte Hadwiga Luisa und Gabriel in das Gästezimmer, in welchem sie die nächsten Tage leben und wohnen würden. Es war ein schönes und helles Zimmer im Obergeschoss des Hauses.

Während in der Küche ein opulentes Abendmahl bereitet wurde, erfrischten sich Agnete und Luisa in der Badestube.

Gabriel von Gersdorff entschuldigte sich bei seinen Gastgebern und sagte, dass er unbedingt noch ein paar Schritte gehen wollte und dass man noch eine Kammer für den Kutscher benötigte.

»Bleibt nicht so lange weg Gabriel, das Abendmahl wird bald angerichtet!

Die Kammer für den Kutscher wird Walter herrichten!«, sagte Hadwiga und gab ihm einen Hausschlüssel.

»Ihr müsst dann nicht klopfen und könnt gleich nach oben gehen!«

Draußen in der Kränzelgasse war die Dunkelheit bereits hereingebrochen. Das schwache Licht der Hauslaternen beleuchtete nur unzureichend die Kränzelgasse.

Gabriel bog in die Neißgasse ein und ging die Gasse hinab zur hölzernen Brücke, die über die Neiße zum anderen Ufer führte.

An der Vierradenmühle blieb er stehen und lauschte dem Rauschen des Wassers, das die Mühlenräder antrieb. Auch hier leuchteten nur die Hauslaternen und verbreiteten ein diffuses Licht. Auch die Dreiradenmühle am anderen Ufer war in trübes Licht getaucht. Nur wenige Menschen nutzen zu dieser Tageszeit den Übergang. Sie saßen wohl beim Abendmahl in ihren Häusern oder in irgendeiner, der vielen Schenken, die es in der Stadt gab, und ließen es sich schmecken.

Gabriel blieb stehen, als sich in seinem Kopf eine Stimme meldete.

«Gabriel von Gersdorff, du bist am Ziel. Nutze die nächsten Tage, zur Suche. Der Inquisitor Bonifazius ist auf dem Wege hier her – und er kommt nicht allein. Deshalb sei vorsichtig und rede mit niemandem über deinen Auftrag und sei vorsichtig mit der Obrigkeit in dieser Stadt! Trag das Siegel um den Hals. Du spürst, wenn die Magie des Siegels fündig geworden ist», sagte ihm die innere Stimme.

Mittlerweile hatte sich Gabriel an diese Art der inneren Mitteilungen gewöhnt. Er ahnte, dass es die lichte Gestalt des Bruder Augustino war, die ihm das zukommen ließ.

Als er ins Haus in der Kränzelgasse zurückkehrte, hatte er gerade noch so viel Zeit, sich in der Badestube zu reinigen und umzukleiden. Jörg Scharschmitt war beim Gesinde untergebracht und wurde dort auch ordentlich verpflegt. Unten im Haus vor dem Kamin saßen bereits alle und warteten nur noch auf ihn. Hans Schmidt berichtete der Fingerin über die Geschäfte, die er während ihrer Abwesenheit getätigt hatte. Die Fingerin hob die Hände und winkte ab.

»Mein lieber Schwager. Ich habe nicht die Absicht wieder in das Geschäft einzusteigen. Das, was wir vor meiner Reise vereinbart hatten, soll weiterhin volle Gültigkeit besitzen. Sie ging ansatzlos zum «Du» über. Nicht ich, sondern du betreibst das Geschäft, und zwar für immer, mit der Auflage, dass du es später eurer Tochter übergibst! Es soll in der Familie bleiben!«

Die Verlegenheit ihres Schwagers war groß.

Die Fingerin erzählte inzwischen längst von der Pilgerreise, vom Herzog, von der Seeschlacht im Mittelmeer und den schmerzlichen Verlusten, die sie auf der Rückreise zu erleiden hatte. Sie erwähnte kurz Diethart und dessen Tod auf der Rückfahrt und sprach vom Tode Omars, der Luisa mit seinem Körper in der Kunterschlucht gedeckt hatte.

Betroffene Stille trat nach diesem Bericht der Fingerin ein.

Hans Schmidt konnte es immer noch nicht fassen, dass seine Schwägerin so voller Großmut war und ihm alle Vollmachten beließ.

Als Gabriel eintrat, verstummte Agnete und sah ihn an. Unmerklich nickte Gabriel ihr zu.

Sie schob ihm die Rolle mit den Baurissen zu und sagte: »Nach dem Essen bringst du das bitte in die Wohnung «Zum Brauhof an der Ecke» am Untermarkt zu Georg Emmerich!

Du weißt, wo das ist?« Als Gabriel nickte, fuhr sie fort. Gib es einfach ab und lass dich nicht aufhalten. Und ... sollte Emmerich nach mir fragen – ich melde mich später bei ihm.«

Gabriel nickte und setzte sich zu ihnen.

Fast sechs Monate war die Fingerin auf ihrer Pilgerreise unterwegs. Sechs Monate, eine Zeit, in der sich viel in Görlitz zugetragen hatte.
Während des Essens erzählten sie im Wechsel ausführlich von ihren Erlebnissen. Agnete berichtete aus dem Heiligen Land und von ihrer Begegnung mit dem Herzog Albrecht von Sachsen, während Gabriel von den Wirren und dem Ungemach der Rückreise erzählte. So blieb nichts unerwähnt. Luisa fragte man nach ihrer Familie aus und vor allen Dingen erregte der Tod Omars in der Kunterschlucht und die Hochzeit auf dem Brenner die Gemüter der Zuhörer.

Nach dem Essen machte sich Gabriel auf den Weg zum Untermarkt, um die Rolle mit den Abrissen des Heiligen Grabes im Auftrage Agnetes zu überbringen.
Luisa wollte unbedingt mit ihm gehen, aller Widerspruch half nichts. Luisa ließ sich davon nicht abbringen, ihren Gatten zu begleiten.
Gabriel hatte die Lederrolle mit den Abrissen über die linke Schulter gehangen und nahm Luisas Arm. Beide schlenderten die Kränzelgasse hinab zur Neißgasse und biegen zum Untermarkt ab. Als sie sich der Webergasse näherten, bemerkte Gabriel im ersten Hause am Untermarkt noch Licht im oberen Geschoss. »Da ist das Haus von Georg Emmerich. Er scheint noch zu arbeiten!«, sagte er zu seiner Frau und deutete nach oben. Sie überquerten die Webergasse. Als sie vor dem Haus standen, bemerkten sie, dass auch im Untergeschoss noch Licht brannte. Stimmengewirr und lautes Lachen drang auf den Untermarkt heraus. Über dem Eingang hing ein Strohwisch, ein Zeichen, dass es frisch gebrautes Bier gab. »Das ist der «Brauhof an der Ecke», der vornehmste Brauhof in Görlitz. Den hat Emmerich von seinem Vater geerbt. Da ist noch mächtig viel Betrieb im Schankraum«, sagte Gabriel.

Als sie den Gastraum betraten, verstummte der Lärm. Etwa zehn Leute saßen an den Tischen und hatten gewaltige Bierseidel vor sich stehen. Luisa und Gabriel strebten dem Schanktisch zu.

Eine dicke Matrone spülte die Bierseidel und füllte neues Bier ein. »Was kann ich für euch tun, gnädiger Herr?«, fragte sie Gabriel und ließ sich bei ihrer Arbeit nicht weiter stören.

»Wir wollten eigentlich zum Hausherrn und etwas abgeben!«, antwortete Gabriel.

»Geht hier durch die Tür und dann eine Treppe hoch. Die erste Tür müsst ihr nehmen. Da sitzt der gnädige Herr in seinem Studierzimmer!« Das Treppenhaus war spärlich beleuchtet, aber es reichte aus, alles zu erkennen.

Sie fanden die Tür und klopften.

Ein großer, grauhaariger Mann öffnete ihnen.

»Was ist euer Begehr?«, fragte er etwas ungehalten, offensichtlich bei einer Arbeit gestört.

»Gott zum Gruße, gnädiger Herr!
Ich bin Gabriel von Gersdorff und das ist meine Gattin. Ich soll etwas im Auftrage der Agnete Fingerin bei euch abgeben«.

Ein bewundernder Blick Emmerichs glitt über die schöne Gestalt Luisas. Gabriel nahm die Lederrolle von der Schulter und reichte sie Emmerich.

»Was ist das?«, fragte er immer noch unwirsch und immer noch Luisa ansehend.

»Das sind die Bauabrisse des Heiligen Grabes von Jerusalem gnädiger Herr!«, antwortete Gabriel.

Die Miene des großen Mannes hellte sich schlagartig auf. Er wurde mit einem Schlage zugänglich und freundlicher.

»Kommt herein, kommt herein!«, lächelte Emmerich, der plötzlich ein ganz anderes Gesicht aufgesetzt hatte.

»Wie hat sie das nur geschafft. Mir fällt ein Stein vom Herzen. Ich hatte schon nicht mehr damit gerechnet, dass ihre Mission mit Erfolg gekrönt sein würde!«

»Wir wollen auf keinen Fall stören gnädiger Herr!«, sagte Gabriel und wollte zur Tür.

»Nein, nein, bleibt doch noch!«, rief Emmerich wie umgewandelt und schob den Beiden zwei Sessel vor seinen Arbeitstisch. Er ging zu einer Kredenz und holte drei wunderschöne geschliffene Pokale aus böhmischem Kristall und eine Flasche Rotspon heraus. »Auf diese freudige Nachricht und auf diese Kostbarkeit müsst ihr mit mir trinken. Danke!«

Er goss die Gläser voll und forderte sie auf, mit ihm anzustoßen. Als sie getrunken hatten, stellte er eine einzige Frage. »Wie geht es ihr?«

»Sie ist zu Hause und müde von der Reise, deshalb hat sie uns gebeten, die Abrisse gleich zu Euch zu bringen, weil sie es für wichtig hielt!«

Emmerich nickte.

»Sagt einmal, Herr von Gersdorff, seid ihr etwa mit Peter von Gersdorff aus Tetschen verwandt?«, fragte Emmerich.

Gabriel bejahte die Frage.

»Das ist mein Oheim, aber warum fragt ihr?«

Emmerich stand auf und ging zum Fenster und legte die Hände auf den Rücken. Dann drehte er sich abrupt um.

»Dann bin ich denen von Gersdorffs doppelt verpflichtet. Euer Onkel hat vor einigen Jahren für meinen Bruder Urban in Tetschen gebürgt. Wenn er das nicht getan hätte, säße dieser noch immer im Gefängnis! Aber das ist eine andere Geschichte, die schon lange zurückliegt. Trotzdem habe ich das nicht vergessen. Habt ihr einen Wunsch, den ich euch erfüllen kann?«

»Ja gnädiger Herr, vielen Dank für das freundliche Anerbieten. Unten in der Büttnergasse steht ein Haus, es scheint unbewohnt zu sein. Ist das zu erwerben? Unsere Zeit ist begrenzt, wir bleiben nur bis zum Fest in Görlitz und wollen dann nach Hause zu meiner Familie nach Tetschen«, antwortete Gabriel. »Aber ansehen würden wir uns das ganz gern!«

»Dann kommt morgen in der Früh ins Rathaus, wir regeln das«, sagte Emmerich zu ihm.

»Bitte übermittelt der Fingerin, dass Frauenburg und ich sie und euch morgen Abend im Rathaus erwarten. Wir werden dann mit ihr über die weitere Veranlassung der Bauabrisse beraten! Und nochmals, tausend Dank für die freudige Nachricht!«

Emmerich geleitete sie zur Tür und verabschiedete sich von Ihnen mit den Worten:

»Sollte es euch in der Zeit eures Aufenthaltes an etwas mangeln, so meldet euch ungeniert bei mir!«

Als sie wieder das Treppenhaus betraten, öffnete sich die gegenüberliegende Tür und eine gut gekleidete Frau schritt auf das Arbeitsgemach zu in dessen Tür Emmerich stand und ihnen nachsah. »Wer war das?«, fragte sie interessiert und kühl.

Emmerich zog die Frau in das Arbeitszimmer, sodass Luisa und Gabriel die Antwort nicht mehr hören konnten.

Görlitzer Rathaus

Magister Johannes Frauenburg saß noch immer im Rathaus vor seinem Schreibsekretär. Seine Gedanken, über die Amtsführung eines Bürgermeister, auf das Pergament zu bringen, das hatte er sich schon seit Langem vorgenommen. Er lehnte sich zurück.

»Vierzehn Jahre habe ich das Schöffenamt versehen, vierzehn Jahre habe ich die Erfahrungen gesammelt, die ich nun niederschreiben muss, ... es bleibt dir nicht mehr viel Zeit Johannes!«

Diese Gedanken gingen ihm nicht aus dem Kopf. Auf diese Idee hatte ihn seiner Zeit sein Schwiegervater, der ehemalige Bürgermeister Andreas Canitz, kurz vor seinem Tode gebracht. Er fand die Idee nicht schlecht und sammelte seither seine Gedanken und Ideen in einem Tagebuch, die er jetzt zu Papier bringen wollte. Nachdenklich schaute er auf die altehrwürdigen Bilder an der Wand. Er hatte so seine Zweifel, beunruhigende Zweifel, dass die Menschen, die künftig auf dem Stuhle des Bürgermeisters sitzen, diesen Ansprüchen genügen würden.

»Waren diese, seine Nachfolger, den so hohen Anforderungen an ihr Amt gewachsen? Waren es nicht oft ungebildete und unentschlossene Herren aus den Familien der «Geschlechter», deren Streben mehr oder weniger den eigenen Geldtruhen galt?«

Trotz dieser unerfreulichen Gedanken hatte Frauenburg das Gefühl, es nicht umsonst zu tun. Er hoffte sehr, dass seine Niederschrift, seine Gedanken über die Pflichten eines Stadtoberhauptes einmal Gewicht bekommen und bei der Wahl des Bürgermeisters Anwendung finden würden.

Frauenburg hoffte es sehr.

Der Kamin verbreitete angenehme Wärme im Raum. Durch die schleichende Krankheit, die ihn seit einiger Zeit plagte, war sein Körper geschwächt, so empfand er die Wärme angenehm und wohltuend.

Frauenburg stand auf und ging zum Fenster.

Er schaute hinab zum Untermarkt.

Die langen Schatten der Dezembersonne breiteten sich über die Pudritzen aus, unter denen er immer noch ein geschäftiges Treiben der Händler vermerkte.

Es ging auf Weihnachten zu und die Leute versorgten sich bei den Händlern schon jetzt mit dem Nötigsten zum Fest.

Langsam ging er zurück, nahm die Feder und versah ein neues Pergament mit der Überschrift,

«Anweisung, wie sich ein Bürgermeister in seinem Amte halten soll».

Frauenburg hatte ein gutes, kräftiges Deutsch gewählt, wie es die Leute unter den Pudritzen und in den Hallen rund um den Untermarkt sprachen. Es war ihm wichtig, verständlich für jedermann zu sein. Natürlich, er hätte es in Latein schreiben können, aber dann hätte seine Arbeit Ziel und Wirkung verfehlt.

Plötzlich setzte der glühende Schmerz wieder ein.

Er bohrte in den Eingeweiden wie mit tausend Messern. Frauenburg setzte sich in den Lehnstuhl und zog eine Decke über die Beine.

Schüttelfrost kündigte sich an. Schweiß brach aus allen Poren. »Verdammt«, dachte er, »der Abstand zwischen den Schmerzschüben verkürzt sich immer mehr. Diesen Schub muss ich noch überstehen«.

Er nahm einen Schluck aus dem Medizinfläschchen und spülte den üblen Geschmack mit etwas Wasser hinunter.

Frauenburg lehnte sich erschöpft zurück. Benedictus Dorrheide, sein Freund aus Bautzen, hatte ihm Rezepte gegen die vermeintliche Krankheit geschickt, die den Schmerz zwar linderten, aber nicht beseitigten konnten.

Langsam ließ der Schmerz nach und endlich war er vorüber. Frauenburg wischte sich den Schweiß von der Stirn und begann wieder zu schreiben.

Als es draußen dunkelte, hatte er 21 Pergamentblätter gefüllt.

Zufrieden lehnte er sich zurück. In Gedanken repetierte

er noch einmal das Geschriebene.

Es klopfte. Herein trat ein großer Mensch. Das Haar war lang und grau, fiel ihm bis auf die Schultern.

Das Gesicht bartlos und glatt. Bekleidet mit einem Pelz aus schwarzem Otterfell, den er ohne Aufforderung abnahm und auf einen Stuhl legte. Mit einem scheelen Blick auf den am Schreibpult sitzenden Frauenburg grüßte er »Grüß Gott Johannes. Du siehst gar nicht gut aus. Hat es dich wieder erwischt?«

»Ach, Georg, es ist schon wieder vorbei. Der Abstand zwischen dem Schmerz und der Normalität verkürzt sich immer mehr!«, erwiderte Frauenburg auf die Frage seines Gegenüber.

Die Art der Begrüßung zeugte davon, dass sich die Beiden sehr gut und sehr lange kannten.

Georg Emmerich gehörte seit 1470, nach dem Tode seines Vaters Urban Emmerich, dem Rate an. Es war ein offenes Geheimnis in der Stadt, dass Frauenburg daran seinen Anteil hatte, Emmerich in den Rat zu holen.

Emmerich legte eine Lederrolle auf den großen Tisch in der Mitte des Zimmers.

»Was ist das?«, fragte Frauenburg.

»Sie ist seit gestern Abend wieder da!«, antwortete Emmerich, ohne auf dessen Frage einzugehen.

Ungläubig schaute Frauenburg auf die Rolle und sah fragend zu Emmerich auf.

Sie wussten beide, wen Emmerich meinte.

»Sie hat es geschafft. Davon habe ich nicht zu träumen gewagt. Das sind Bilder und Baurisse des Heiligen Grabes von Jerusalem. Und wie sie das wieder geschafft hat! Gestern Abend hat sie der von Gersdorff bei mir zu Hause abgegeben. Auch er ist heil zurückgekommen!«

»Und ...?«

Die Frage Frauenburgs stand im Raume und es dauerte eine Weile bis Emmerich antwortete.

»Sie habe ich noch nicht gesehen, dafür aber eine andere Schönheit an Gersdorffs Seite!«

»Du wirst sie dir doch endlich aus dem Kopf schlagen, Georg!«, schnauzte Frauenburg ungehalten. »Du kannst dir solche Kabalen nicht mehr leisten, denn eines Tages sitzt du hier auf dem Stuhle ... ach was, wem sage ich das, du weißt es doch selbst! Ich habe nicht mehr viel Zeit, das siehst du doch!«

Wortlos setzte sich Emmerich Frauenburg gegenüber und schielte auf das beschriebene Pergament auf dem Schreibpult.

Er ignorierte Frauenburgs Feststellung einfach und setzte nach einer winzigen Pause das Gespräch einfach fort.

»Ich habe sie, dein Einverständnis vorausgesetzt, für morgen Abend zu uns ins Rathaus eingeladen. Natürlich wird auch der Gersdorff dabei sein. Mach dich dann auf einige Fragen gefasst, die sie bestimmt zu ihrer Stiftung und zu der von ihr geleisteten Steuerabgabe hat. Ich glaube aber, wir haben mit ihr wohl ein schlechtes Geschäft gemacht!«

»Das sagst ausgerechnet du, Georg!«

Frauenburg schüttelte den Kopf über so viel Abgebrühtheit seines Freundes. Dann erwiderte er in aller Sachlichkeit auf diese Feststellung Emmerichs.

»Weißt du Georg, wir haben schon schlechtere Geschäfte abgeschlossen. Ich habe im Augenblick wahrlich andere Sorgen. Aber, um bei deinen Worten zu bleiben, das schlechteste Geschäft wäre im Moment, dem immer geldhungrigen Matthias Corvinius Zutritt nach Görlitz zu verschaffen.

Im Streite mit Polen und Böhmen setzt er auf die reichen Hilfsquellen der Städte im Bund und vor allen Dingen auf unserer Stadt. Nun bahnt sich noch ein handfester Streit mit dem Kaiser in Wien an, der auf Corvinius zielt. Nicht umsonst hat der König uns eine Sondersteuer von vierhundert Gulden auferlegt. Da sind die einhundertfünfzig Gulden, die ich als Vorauszahlung für die Steuer von der Summe der Fingerin entnommen habe, eine Kleinigkeit. Schließlich hast du es als Kämmerer abgesegnet. Für mich ist ausschlaggebend, dass wir ihre Bedingungen zu ihren Stiftungen erfüllt haben. Die von ihr festgelegten Summen sind geflossen. Was willst du mehr?«

Nach einer Pause und einem Schluck Wasser setzte er seine Rede fort. »Was denkst du, wenn der König tatsächlich nach Görlitz reist und unseren Wohlstand wirklich sieht, wie schnell und wie hoch er eine neue Steuer ansetzt. Schau dich doch um Georg! Was für eine reiche Stadt wir haben.

Textilgewerbe, Tuchhandel, Waidhandel, Außenhandel bis an die äußeren Grenzen im Osten und Westen.
Wir sind eine zunehmende Wirtschaftsmacht!
Du hast doch als Kämmerer und als Geschäftsmann genauso deinen Anteil am Aufblühen unserer Stadt.
Es ist kein Wunder, dass der König sein Auge auf den Städtebund wirft, vor allem auf Görlitz. Bisher habe ich ihn, mit etwas diplomatischem Geschick, von seinem Vorhaben abhalten können. Wie lange er sich das noch gefallen lässt und mit mir die Klinge kreuzt – ich weiß es nicht!«
Er machte wieder eine kleine Pause zwischen den Worten.
»Der König ... darüber sorge ich mich Georg, der König ... nicht um die rechtens erkaufte Steuerfreiheit der Fingerin.
Das ist das kleinere Übel ... und erklärbar.
Du aber, lass sie einfach in Ruhe und stell ihr nicht nach. Das sage ich dir als Freund, es tut nicht gut!«
Nach dieser langen Ausführung trank Frauenburg erneut einen Schluck Wasser, bevor er fortfuhr.
»Einerseits bin ich recht froh, dass sie wieder zu Hause ist. So kann sie sich um ihre Stiftungen selbst kümmern, und ... ihre Bucheneten an den Mann zu bringen – und wie ich sie kenne, wird sie das auch tun. Alles Übrige wird sich im Laufe der Zeit finden«.
Emmerich wollte aufbegehren, doch Frauenburg machte eine beschwichtigende Handbewegung.
»Georg, du kennst meinen Wahlspruch!
«Schweig, meid, leid, bis da kommt bessre Zeit!»
Bisher hat mir das immer geholfen mein Freund.«
Frauenburg erhob sich und wanderte durch das Zimmer bis zum Fenster und wieder zurück.
»Lies das Georg!«, sagte er und schob ihm die einundzwanzig dicht beschriebenen Pergamentseiten zu. »Wie lange sind wir jetzt befreundet Georg? Ich glaube da warst du noch Baccalaureus in Leipzig.
Das sind schon viele Jahre!« Emmerich antwortete nicht auf die Frage Frauenburgs, er mochte diese Art

von Fragen überhaupt nicht. Sie erinnerten ihn immer wieder an unerfreuliche Zeiten in seinem Leben.

So hielt er es immer, sobald Frauenburg dieses Thema anschnitt, hüllte sich Emmerich in Schweigen oder wechselte das Thema.

»Und außerdem«, dachte Emmerich, »Frauenburg ist viel Jünger und auch kein unbeschriebenes Blatt, was den Umgang mit dem schöneren Geschlecht anging. Also sollte er gefälligst sein Maul halten«.

Er hütete sich aber, diesen Gedanken laut zu äußern, weil er wusste, wie Frauenburg reagieren würde.

Frauenburg ging zum Tisch und öffnete den Verschluss der Lederhülle, zog die Abrisse hervor und breitete sie auf der Tischplatte aus.

»Donnerwetter!«, entfuhr es Frauenburg. »Das sind ja komplette Bauabrisse ... danach könnte man ja nach einigen kleinen Änderungen sofort bauen!«

Er schaute von unten her auf den lesenden Emmerich.

»Wen hast du dafür ausgesucht Georg!

Wie ich dich kenne, hast du doch schon einen Plan im Hinterkopf!«

Emmerich schüttelte den Kopf und legte das eben gelesene Pergament zur Seite. »Nein Johannes, dieses Mal irrst du dich. Ich habe noch kein Konzept für den Nachbau. Ich habe mir die Baurisse nachmittags bereits angesehen«.

Er schaute auf die Abrisse und deutete auf die Maßtabelle.

»Meines Erachtens sollte man den gesamten Bau etwas verkleinern, einen anderen Maßstab anlegen. Das Original wäre doch zu groß für den von uns vorgesehenen Standort und die Kosten wären wesentlich zu hoch«.

Er räusperte sich und fuhr fort.

»Das erfordert natürlich eine längere Vorbereitungszeit.

Ich würde, dein Einverständnis vorausgesetzt, den Blasius Börer mit der Vorbereitung beauftragen. Er soll sich der Mitarbeit von Conrad Pflüger und Caspar Aye versichern. Das sind in meinen Augen die würdigsten und kundigsten Baumeister der Stadt. Sie sollen gemeinsam die Kosten berechnen und uns das Ergebnis vorlegen. Dann werde ich mich wohl um die Finanzierung kümmern müssen, denn ohne eine treffliche Grundlage ist dieser Bau nicht zu stemmen«.

Frauenburg nickte zustimmend.

»Empfangen wir erst einmal morgen Abend die Fingerin und den von Gersdorff«.

Damit war der Name der schönen Fingerin erstmals zwischen ihnen gefallen.

»Danach werden wir entscheiden, wie es damit weitergeht!«

Emmerich schritt zur Tür und wollte gehen.

»Halt, da ist noch etwas Georg!

Ich habe Kunde, dass ein Inquisitor des Heiligen Stuhles irgendwann in den nächsten Tagen nach Görlitz kommt. Es ist ein Dominikaner mit Namen Bonifazius, sein weltlicher Name ist wohl Heinrich Kramer. Er ist angeblich auf der Durchreise und will in die Neumark und ins Böhmische. Wahrscheinlich wird er bei den Franziskanern übernachten«. Emmerich, der gerade die Tür öffnete, blieb wie vom Blitz getroffen stehen.

»Wie heißt er, sagtest du?«

»Bonifazius, mit weltlichem Namen Heinrich Kramer. Sagt dir sein Name etwas?«, wiederholte Frauenburg und schaute Emmerich an, der wie angewurzelt an der Tür stand.

Kennst du ihn?«

»Und ob«, sagte Emmerich und hüstelte.

»Das ist ein ganz mieser Hund Johannes. Ich habe ihn während meiner Pilgerfahrt kennengelernt. Er ist extra von Rom nach Venedig gekommen, um die Pilger im Glauben zu ermahnen, ihnen den Umgang mit den Muselmanen eindringlich beizubringen. Schon allein die Art und Weise, wie er mit den Pilgern umgesprungen ist, war schon zum Kotzen. Damals war er zwar noch ein junger Priester und man hat ihm vieles nachgesehen. Aber seine fiese Art hat alle abgestoßen.

Er ist selbst, soviel ich weiß, noch nie im Heiligen Land gewesen. Aber schon damals war er ein scharfer Hund vor dem Herrn ... ein Fanatiker.

Zu dem passt die Inquisition wie die Faust aufs Auge Aber wieso macht ausgerechnet er Görlitz zu seiner Herberge?«. Frauenburg zuckte mit den Schultern.

»Wieso fragst du das mich Georg. Woher soll ich wissen, dass er ausgerechnet bei uns Unterkunft sucht?«

Emmerich kehrte in großen Schritten in den Raum zurück. »Das stinkt doch zum Himmel! Der ist doch nicht ohne Grund in Görlitz! Johannes, vor dem müssen wir auf der Hut sein.

Der verursacht nicht nur Kosten, sondern er unterstützt auch die Kräfte, denen unsere Politik ein Dorn im Auge ist! Lass dir meine Worte auf der Zunge zergehen Johannes!«

Mit diesen Worten drehte sich Emmerich um und verließ innerlich aufgebracht das Arbeitszimmer des Bürgermeisters.

Frauenburg sank nachdenklich in seinen Sessel zurück! «Tatsächlich, was sucht die Inquisition in Görlitz? Hat das etwa mit dem beabsichtigten Besuch des Königs zu tun? Ist das noch Auswirkung des 1466 belegten Kirchenbanns? Aber der betraf den böhmischen König Georg Podjebrad und nicht Corvinus!»

Die Fragen wird er wohl nicht beantwortet bekommen! Aber, mit viel politischem Geschick und unter Einbeziehung des Bischofs Gabriel von Weißenberg wurde der Besuch von Corvinus doch noch vereitelt. Damit waren die drohenden finanziellen Belastungen für die Stadt durch diesen Besuch abgewendet. Vielfach durchkreuzte Frauenburg die Pläne des Königs.

Der verhinderte Wächter des Arkanums der Templer

Das Mißgeschick des Lupus

L upus der große weißgraue Wolf stand vor dem Frauentor. Er musterte die von der Abendsonne beschienene Stadtmauer, die mächtige Torbastei und die kleine Pforte. Er war den ganzen Tag gelaufen, aus der Gegend um Ostritz hinab ins Neißetal über die Obermühlberge bis hierher, wo der Wald endete, und den Blick freigab auf die vor ihm liegende große Stadt. Sein Atem ging in ein Hecheln über. Er ist den ganzen Weg ohne Ruhepause gelaufen und trotzdem fühlte er sich nicht erschöpft. Während die Sonne hinter ihm unterging, warf er den mächtigen Kopf in den Nacken und witterte in die Umgebung. Lupus sog ein wirres Gemisch verschiedener Gerüche in sich hinein, Gerüche von Menschen, Gerüche von Pferden und anderem Getier.

Das Brot, das Fleisch und die Gewürze, die trotz des späten Tages immer noch auf den Verkaufsbänken lagen – all das verströmte einen betörenden Duft, der über die Mauer hinweg in seine Nase drang. Alles das, was er mit diesen Gerüchen in sich aufnahm, erzählte ihm vom Leben dort drinnen hinter der steinernen Mauer dieser mächtigen Stadt.

Lupus drehte seinen massigen Kopf.

Misstrauisch beäugte er die kleine Pforte, die noch offen stand. Aber es war noch immer dieselbe eisenbeschlagene schwere Tür, die er als Wächter des Arkanums seit zwei Jahrhunderten nutzte, um in die Stadt zu gelangen. Nichts hatte sich verändert. Trotzdem hatte Lupus heute ein ungutes Gefühl – irgendetwas war ihm nicht geheuer.

Aber er musste in der Büttnergasse nach dem Rechten sehen - so lautete sein Auftrag, den ihm sein Herr, der Bruder Augostino, erteilt hatte. Lupus würde verspüren, ob der geheimnisvolle Schutzschirm, der über dem Arkanum lag, noch unversehrt ist. Doch dazu musste er nur in die unmittelbare Nähe des Versteckes gelangen. Nach Prüfung des geheimnisvollen Schutzes über dem Versteck würde er durch das Abzugsloch in der Stadtmauer am Nikolaiturm wieder verschwinden und ins Kloster zurückkehren. Groß genug war dieses Loch, um hin durchzuschlüpfen, denn zurück konnte er nicht mehr, weil die Stadttore geschlossen waren.

Noch vor Ende des Komplet Läutens musste er folglich durch diese Pforte schlüpfen, ansonsten würde auch sie fest verschlossen sein. Erst am nächsten Morgen würden die Wachen die Tore wieder öffnen. Reglos wartete er, bis die letzten Strahlen der Abendsonne verblassten und die mächtige Stadtmauer nur noch in der einbrechenden Dämmerung schimmerte.

Die Nacht würde bald kommen.

Der junge Soldat neben der eisernen Pforte hatte die Muskete geschultert und ging auf und ab. Er stand das erste Mal auf Wacht und er nahm seinen Dienst sehr genau.

Vor dem Wachdienst erzählten ihm seine Kameraden in der Wachstube von einem seltsamen ungewöhnlich großen «Hund». Seit uralten Zeiten huschte dieser abends, immer zur gleichen Zeit, durch die Pforte.

Für diese Zeit, bis zum Geläut zu Komplet, lassen sie deswegen die kleine Pforte immer offen. Der Soldat glaubte ihnen aber nicht so ganz, er vermutete, dass seine Kameraden ihm ein Ammenmärchen auftischten, nur um ihm auf einer ersten Wache Angst einzujagen.

Das taten sie wohl mit jedem Neuling.

Irgendwie hatten sie ihm die Geschichte jedoch so glaubhaft erzählt, dass sie sich in seinem Kopf als wahrhaft festgesetzt hatte.

Wohl war ihm jedenfalls nicht!

Um die schwere Pforte schnell schließen zu können, hatte er für alle Fälle die Türangeln sorgfältig gefettet. Auch den Vorlegebalken hatte er griffbereit neben der Pforte liegen, sodass er bei drohender Gefahr den Durchlass mithilfe des Balkens schnell blockieren konnte.

Gut vorbereitet hatte er sich. Trotzdem schaute er immer wieder wachsam in die Runde, die Hand krampfhaft an den Schaft seiner Muskete gepresst, um sie im Notfall gebrauchen zu können. Mit der freien Hand tastete er immer wieder nach dem Pulverhorn und dem Kugelbeutel ... es war alles am rechten Fleck.

Mit einer geschmeidigen Bewegung glitt der große Wolf, nach allen Seiten sichernd, auf die Pforte zu. Noch einmal drehte er sich um und hob argwöhnend die Nase. Er witterte keine Gefahr, aber dessen ungeachtet ... irgendetwas war anders als sonst.

Lupus wurde unruhig. Die Pforte quietschte nicht mehr in ihren Angeln! Das war neu!

Sichernd witterte er erneut, aber diesen einen Geruch, der ihm in die Nase strömte, den kannte er nicht.

Auch der war neu!

Er konnte ihn nicht zuordnen ... noch nicht!

Witternd hob er seinen mächtigen Schädel und schnüffelte.

Doch dann ...

Lupus fühlte es plötzlich ... sein außergewöhnliches Hirn sagte es ihm, es war die Angst!

Das Gefühl der Angst ging von dem Soldaten vor der Pforte aus. Die Empfindungen dieser Angst des Soldaten wurden auf geheimnisvolle Weise auf die Sinne des großen Wolfes übertragen.

Diese Art von Angst war für Lupus fast greifbar.

Sein Nackenfell sträubte sich. Er zog die Lefzen hoch und knurrte leise, ein Zeichen dafür, dass er verstanden hatte.

Die Glocken der Stadt begannen zu Komplet zu läuten. Mit den ersten Glockenschlägen fiel die Angst von dem Soldaten ab.

Erleichtert marschierte der Wachtsoldat zum Durchgang, in der Absicht schnell die schwere Pforte zu schließen.

Mit einem Riesensatz sprang der große Wolf auf die Pforte zu, um wie immer in die Stadt zu gelangen.

Lupus wurde wütend, als er sah, dass der Soldat die Pforte vor seiner Nase schließen wollte. Ein , Grollen kam aus der Kehle, das den Soldaten an ein fernes Gewitter erinnerte.

Noch nie hatten sie die Pforte vor Komplet geschlossen. Lupus wollte das verhindern!

Erschrocken über das große Tier, das plötzlich vor ihm stand, schlüpfte der Soldat hinter die Pforte und warf sich mit all seiner Kraft gegen die schwere Tür.

Doch der riesige Wolf war stärker!

Die Vorderpfoten, die der Wolf schon in den Türspalt geschoben hatte und sein gewaltiger Körper drückten die Pforte immer weiter auf.

Verzweifelt stemmte sich der Soldat mit dem Vorlegebalken gegen die Tür. Der Mann versuchte, sie abzuriegeln. Geistesgegenwärtig benutzte er den Balken als Hebel. Daraufhin wurde das wütende Knurren des Wolfes lauter und bedrohlicher, weil er den enormen Widerstand hinter der Pforte verspürte.

Die blanke Angst sprang den Soldaten wieder an, doch sie verlieh ihm auch eine übernatürliche Kraft. Mit dieser Kraft versuchte er, den Balken in die dafür vorgesehene Halterung zu drücken.

Beim nächsten Anlauf mit dem Vorlegebalken knallte die schwere, eisenbeschlagene Pforte tatsächlich zu und trennte dabei mit diesem Ruck dem Wolf die rechte Vorderpfote und ein Stück vom Lauscher ab. Jaulend vor Schmerz warf sich das große Tier nun blitzartig und mit voller Wucht gegen die Tür.

Die Pforte sprang auf.

Der Vorlegebalken, den der Soldat gerade einlegen wollte, flog ihm wie eine Feder aus der Hand, die eisenbeschlagene Pforte schnellte zurück und schlug ihm an die Stirn.

Er taumelte rückwärts und fiel auf die Knie.
Augenblicklich war der riesige Wolf über ihm.
Lupus riss den Rachen auf packte den Soldaten mit seinen gewaltigen Fängen am Rockschoß, schleuderte ihn wie eine Puppe gegen die Mauer und zerfetzte dabei dessen Waffenrock.
Der Schmerz im so geschundenen Vorderlauf machte den großen Wolf unberechenbar. Irrsinnig vor Schmerzen ließ er seinen Zorn an der Muskete des Soldaten aus. Mit seinem mächtigen Gebiss deformierte er jaulend dessen Schießprügel bis zur Unkenntlichkeit.
Der Soldat aber lag mit weit aufgerissenen Augen besinnungslos am Boden. Er war mit dem Kopf gegen die Mauer geschlagen.
In seinen weit geöffneten Augen stand das Grauen.
Lupus tobte wie ein Berserker an der Pforte und zerriss alles, was ihm in die Quere kam.
Nur den Soldaten ließ er unbehelligt.
Als der Schmerz in der malträtierten Pfote etwas nachließ, schleppte er sich winselnd zu dem auf dem Boden liegenden Menschen und sah ihn aus traurigen Augen an. Lupus hatte die Kraft der Angst unterschätzt. Das Blut aus dem abgeschlagenen Vorderlauf tropfte auf dessen zerfetzten Waffenrock.
So etwas wie ein menschlich klingender, klagender Ton entrang sich seiner Kehle, aber der Soldat verstand die Gedankensprache nicht, er war ja bewusstlos.
Das ungute Gefühl, welches Lupus vordem verspürte, hatte sich bewahrheitet und ihm eine Pfote gekostet.
Dann drehte er sich um.
Eine dünne Blutspur hinter sich herziehend, schlich er sich auf drei Pfoten hinkend und leise vor sich hin winselnd aus der Stadt.
Erst jetzt trauten sich die anderen Soldaten aus dem Wachlokal und liefen zu ihrem Kameraden. Er war nicht verletzt, nicht den geringsten Kratzer hatte er abbekommen, abgesehen von der großen Beule am Kopf, die ihm die aufschlagende Pforte verschafft hatte.

Als sie die Waffe des Soldaten suchten, fanden sie im weiten Umkreis nur noch die Trümmerteile der Muskete und einen zusammengedrehten Lauf.
Den bewusstlosen Soldaten trugen sie in das Torhaus und legten ihn auf eine Pritsche.
Das Bewusstsein hatte der Soldat zwar wiedererlangt, aber sein Geist war verwirrt. Immer wieder erklang der Satz in seinem Hirn: «Warum hast du das getan ...» und das würde wohl auch bleiben bis an das Ende seiner Tage.

Der Franziskaner Pater Gotthard fand den vor Schmerzen winselnden Wolf blutend unweit des Waldes am Neißeufer.
Als er näher trat, sah er, dass ihm ein Stück der rechten Vorderpfote fehlte. Ein blutiger Stumpf reckte sich dem Alten entgegen. Unabsichtlich legte der Alte die Hand auf den mächtigen Schädel des Wolfes und zuckte erstaunt zurück, als er im Kopf eine Stimme vernahm. Ungläubig schaute er auf das große Tier.
In seinem Kopf war klar die Stimme des Wolfes zu hören.
«Hilf mir Bruder!» Erschrocken zog er die Hand zurück. Tatsächlich! Der Wolf redete mit ihm er sagte zu ihm sogar «Bruder»!
Solange der Alte die Hand auf dem Kopf des Wolfes hielt, konnte er ihn laut und deutlich verstehen.
«Die Gedankensprache», fuhr es dem alten Franziskaner durch den Kopf. Er kannte diese längst vergessene Eigenschaft, die es zwischen auserwählten Menschen gab, aber von Tier zu Mensch ... das war doch etwas Mystisches ... selbst für ihn, der doch mystisches gewohnt ist, war das ungewöhnlich.

Pater Gotthard hatte schon viel erlebt in seinem Erdendasein, doch das ein Wolf in der Gedankensprache reden konnte, kam einem Wunder gleich.

Das schmerzgepeinigte Tier verfügte über einen ungeheuren, fast menschlichen Verstand.

Der alte Mönch war verunsichert. «Bei allen Heiligen! War das noch Gotteswerk oder hatte hier Luzifer seine Hände im Spiel?», fragte er sich und schlug ein Kreuz vor der Brust.

Doch dann obsiegte der Wissensdrang in ihm.

Erneut legte er die Hand auf den mächtigen Schädel des Wolfes und erfuhr von ihm, dass sich sein Unglück am Frauentor zugetragen hatte.

Der Wolf nannte ihm seinen Namen und den seines Herrn.

«Lupus ... Bruder Augostino ... das klang nach Glauben, nach Kirche aber ...», fuhr es erneut durch den Kopf des Franziskaners und doch verunsicherte es ihn erneut.

«Was ist aber ...? Was soll ich tun? Ich muss doch helfen, denn auch das Tier ist ein Geschöpf Gottes!»

Und das tat er dann auch.

Aus seinem Beutel zog er ein Stück sauberes Leinen.

Notdürftig verband er damit den lädierten Vorderlauf und stoppte so den Blutfluss. Dann nahm der Alte das schwere Tier hoch und trug es wie ein Kind auf seinen Armen in die Hütte am Fluss, die den Mönchen aus dem Kloster schon seit ewigen Zeiten als Unterkunft diente, wenn sie im Neißetal auf Kräutersuche waren.

Dort angekommen versetzte er den Wolf mithilfe einer starken Kräuteressenz in einen tiefen Heilschlaf.

Als Lupus schlief, machte sich der alte Mönch daran, die Wunde zu säubern. Lupus hatte viel Blut verloren.

Vorsichtig entfernte er die Knochensplitter aus dem Stumpf, zog die Haut darüber und vernähte sie. Als er das geschafft hatte, bestrich er auch den lädierten Lauscher mit einem heilenden Pech, das aus verschiedenen Baumharzen und Heilkräutern bestand, die nur der alte Mann kannte. Dann stellte der Pater fest, dass der Wolf eine auffallende Narbe am Hinterlauf hatte, die auf eine alte Verletzung durch einen Pfeil hinwies.

Als Lupus aus dem Heilschlaf erwachte, erzählte er ihm in der Gedankensprache, wie es zu diesem Unglück gekommen ist, das ihm die Pfote kostete. Auch von seiner Narbe am Hinterlauf erzählte er dem Pater ausführlich. Lupus war im Kloster also kein Unbekannter. Pater Gotthard musste das nur in der Chronik nachlesen.

Als Lupus mit seinem Bericht zu Ende war, versprach ihm der alte Mönch, seinem Herrn von seinem Unglück zu berichten, wenn er ihn denn fände. Lupus gab ihm noch den entscheidenden Hinweis, wo er denn den Bruder Augostino vermutete.

«Ich muss in die Stadt», überlegte Pater Gotthard. «Ich muss den Bruder Augostino finden, um ihm vom Zustand seines außergewöhnlichen Wolfes zu berichten!»

Also ging der alte Mönch am nächsten Tag in die Stadt. Allerdings ging er nicht durch die kleine Pforte in die Stadt hinein, sondern durch das große Stadttor. Da er die Kutte eines Franziskanermönches trug, ließ ihn die Stadtwache ohne Weiteres passieren.

Schließlich kannten sie den Pater Gotthard und sie grüßten ihn ehrerbietig. Freundlich segnete der Pater die Wache und erwiderte deren Grüße.

Von hier an nahm er genau denselben Weg, den sonst der Wolf genommen hätte. Er hoffte, in der Stadt auf den Bruder Augostino zu treffen von dem ihm Lupus erzählt hat.

Vom Frauentor ging er durch die Steingasse, über den Neuen Markt, in die Breitegasse und die Langengasse, bis hin zur Büttnergasse, dessen Ende ein Arkanum der Templer verbarg, wie er von Lupus wusste.

Vor dem Brunnen an der ‚Hellen Gasse', die in die «Büttnergasse» mündete, saß gedankenverloren ein weißhaariger alter Mann auf der Brunnenbank. In den Händen hielt er einen seltsam gekrümmten Stab und bekleidet war er mit einer härenen braunen Kutte, die von einer weißen Kordel zusammengehalten wurde.

Die Kapuze hatte er zurückgeschlagen.

Wortlos ließ sich der alte Mönch neben den Weißhaarigen nieder.

Sie musterten sich gegenseitig aus den Augenwinkeln.

Der alte Mönch war sich recht bald sicher, den gesuchten Bruder Augostino vor sich zu haben. Nach geraumer Zeit ergriff der alte Mönch vorsichtig das Wort und berichtete seinem Gegenüber vom Unglück seines Wolfes.

Ergriffen sah er, dass der Weißhaarige weinte, einige Tränen liefen über sein von Runzeln gezeichnetes Gesicht. Er weinte um das Schicksal eines Gefährten.

Anders konnte man das Verhältnis des Wolfes zum Bruder Augostino nicht beschreiben.

Pater Gotthard legte verstehend seine Hand auf den Arm vom Bruder Augostino.

Der erwiderte dankbar die Geste mit einem Händedruck. Sie standen auf.

Für Bruder Augostino schien hier alles in bester Ordnung zu sein ... die Magie des Schutzschirmes über dem Arkanum, dem Schrein des Johannes, war unversehrt, sie ist nicht beschädigt worden.

Bruder Augostino und der alte Mönch machten sich auf den Rückweg. Am Franziskanerkloster würden sich ihre Wege trennen. Pater Gotthard wollte in das Kloster und Bruder Augostino die Stadt verlassen, um zu seinem Gefährten am Neißeufer zu finden.

Aber auf dem Wege bis zum Kloster hörten sie, wie überall in der Stadt über den Vorfall mit dem großen Hund am Frauentor geschwätzt wurde. Nach dem Gerede der Leute hatte der Wolf mittlerweile die Größe eines Kalbes erreicht und er hatte die feurigen Augen eines Höllenhundes ... ein Stück eiserne Kette hätte er um den Hals getragen, deren Ende Funken aus dem Pflaster schlugen. Mit einem Blick aus seinen Höllenaugen hätte der Höllenhund den Soldaten verhext und ihm die Sinne geraubt!

Anfangs hörte Bruder Augostino nicht hin. Mit seinen Gedanken war er bei Lupus. Aber immer mehr nahm er bewusst wahr, was sich die Marktweiber unter den Pudritzen und an den Brot- und Fleischbänken aufgeregt erzählten. Vom Ereignis des letzten Abends am Frauentor schwatzten sie, sich einander und gegenseitig mit Neuigkeiten übertreffend. Sie erzählten die haarsträubendsten Dinge, die sich dort zugetragen hätten. Eine jede von ihnen wusste etwas mehr darüber zu berichten und fügte es beim Weitererzählen hinzu. Der Aberglaube galoppierte über das holprige Pflaster der Stadt. Pater Gotthard und der Bruder Augostino schüttelten über so viel Unwissenheit der Leute ihre Köpfe. Sie verabschiedeten sich vor dem Kloster voneinander. Pater Gotthard in der Gewissheit, ein gottgefälliges Werk getan zu haben und in Bruder Augostinos Brust bereitete sich die Freude aus, seinen Gefährten in Geborgenheit zu wissen. Bruder Augostino machte sich auf den Weg in die Hütte an der Neiße, um sich seinem Gefährten Lupus zu widmen. Er brachte den wieder schlafenden Lupus zu den Schwestern ins Kloster Marienthal, die ihn liebevoll bis zur Genesung pflegten. Die Äbtissin, Katherina von Nostitz, kannte durch den Guardian des «Heiligen Grabes» die Eigenschaften des Wolfes.

Nach einigen Monden der Heilung im Kloster übernahm Lupus wieder die Aufgabe, den Schutzschirm über dem Arkanum der Templer zu prüfen. Er konnte sich ganz gut auf seinen drei Beinen fortbewegen. Trotz aller Vorsicht, die er jetzt walten ließ, wurde er immer wieder von einigen Stadtbürgern gesehen, vor allen Dingen, wenn er die Stadt durchquerte, um seine Freundin, Melissa von Gersdorff im Heilig-Geist-Hospital zu besuchen. Immerhin war sie die Urenkelin von Mechthild, seiner ehemaligen Herrin und Melissa beherrschte die Gedankensprache. Als Mechthild vor den Thron des Allmächtigen gerufen wurde, kehrte Lupus zum Pater Augostino zurück. Die Verbindung zu Katharina von Gersdorff aber war sehr inniglich und würde wohl ein Lebenlang halten. Und Lupus kam nicht nur zur Weihnachtszeit, wo ein jeder seine Spuren im Schnee sah, sondern er kam immer dann, wenn sein Herr ihn schickte. Keiner von den Görlitzern stellte sich ihm je in den Weg. Keine der Wachen verschloss jemals wieder vor dem Läuten zu Komplet die kleine Pforte am Frauentor. Eine unbändige Furcht vor dem dreibeinigen Wolf saß allen in den Knochen. Ungehindert konnte Lupus fortan seiner Aufgabe nachgehen.

Diese Aufgabe Lupus endete erst, nachdem der Schrein des Johannes auf geheimnisvolle Weise geborgen wurde.

Das Abzugsloch aber in der Stadtmauer am Nikolaiturm hieß bei den Leuten von nun an das «Hundsloch». Sogar den ansässigen Bäcker in der Büttnergasse bedachten die Görlitzer mit dem Beinamen «Hundebäcker».

Die Heimkehr des Taufkelches
von Johannes dem Täufer

Die Glocken der Dreifaltigkeitskirche in Görlitz läuteten zu Matutin als Gabriel von Gersdorff leise aufstand. Sie wollten noch auf dem Nikolaifriedhof Gräber der Familie besuchen und dann sollte es eigentlich nach Hause, nach Tetschen gehen.

Aber Gabriel hatte in der Gedankensprache eine Mitteilung des Bruders Augostino erhalten, die das Versteck der heiligen Reliquie betraf. Irgendetwas darin schien sehr wichtig zu sein. Das warf seine Pläne etwas durcheinander. Deshalb machte er sich jetzt auf den Weg dorthin. Er schaute auf seine schlafende Frau. Dann nahm er seine Sachen und zog sich draußen vor der Kammertür an. Leise schlich er auf Strümpfen die Treppe hinab, bemüht, keine der Holzstufen zum Knarren zu bringen und begab sich zum Kellereingang, stieg in seine Stiefel und öffnete die Kellertür. Aus der Diele nahm er die Blendlaterne mit, die er erst unten im Keller anzündete, immer bedacht keinen im Hause zu wecken.

Gabriel öffnete das Versteck und holte Mantelsack und den kleinen Beutel mit dem Siegel heraus, den ihm der sterbende Omar Ilderim in der Kunterschlucht gegeben hatte und schlich wieder nach oben. Den Schlüssel zum Haus am Hundsloch, den er vom Ratsdiener erhalten hatte, steckte er vorsorglich in den Mantelsack. Ausgerüstet mit Blendlaterne und Werkzeug ging er zur Hintertür, öffnete sie und kletterte den Hang zur Neiße hinab. Er verschwand im Schatten der Stadtmauer, immer bemüht in deren Schatten zu bleiben, um nicht entdeckt zu werden. So schlich er geduckt bis zum Nikolaiturm und überquerte den Parchen. Bislang hatte

Gabriel keine Menschenseele entdeckt, die des Nachts unterwegs war. Das beruhigte ihn. Vor ihm lag das Hundsloch. Im Moment hatte Gabriel das Gefühl, ein großer Wolf würde ihn aus dem Hundsloch beobachten. Er sah genauer hin, aber da war nichts.

Gabriel nahm den Schlüssel, den er vom Kämmerer erhalten hatte und huschte zum Haus neben dem Hundsbäcker. Er sah sich nochmals aufmerksam um, bevor er sich an der Haustür zu schaffen machte. Das Haus hatte eine fest gefügte und widerstandsfähige Haustür. Der Schlüssel drehte sich leicht im Schloss und ohne Knarren schwang die Tür nach innen auf.
Muffiger Geruch schlug ihm entgegen, ein sicheres Zeichen dafür, dass lange Zeit niemand das Haus gelüftet hatte. Gabriel schloss die Tür hintersich, steckte den Schlüssel innen ins Schloss und verschloss damit das Haus. Nachdem er sich versichert hatte, dass die Fenster mit festen Läden verschlossen waren und dass kein Lichtschein nach außen dringen konnte, zündete er die Blendlaterne an. Gabriel schaute sich in der Diele um. Vor ihm führte eine Stiege in das obere Geschoss.

Er leuchtet mit der Laterne in alle Ecken und prüfte die Hintertür. Sie war ebenfalls fest verriegelt. Eine große, fest gezimmerte Holztür unter der Stiege schien in den Keller zu führen. Gabriel öffnete sie und leuchtete in die Öffnung.
Steile Steinstufen führten in die Tiefe hinab. Er machte sich an den Abstieg und er gelangte in einen recht geräumigen Raum, über dem sich eine Kuppel aus rauen unverputzten Granitsteinen wölbte.
Der Raum war, bis auf ein Regal an der Wand, leer. Gabriel leuchtete die rauen unverputzten Wände ab. Nirgends war eine weitere Tür oder eine Öffnung zu sehen.
Er griff nach dem Beutel mit dem Templersiegel. Ein leichtes Vibrieren zeigte an, dass das Siegel regsam war.

Er hörte deutlich die Stimme des sterbenden Omar der in der Kunterschlucht seinen Verletzungen erlag.

»Du musst ... den ... Auftrag nun allein ausführen, Bruder!

Trenne ... den Lederbeutel auf ... Innenseite sind Symbole der Templer und ein Rubin. Reihenfolge ... beachten.

Gabriel ... Reihenfolge der Symbole ... sind der Weg ... das Siegel zeigt ... den Ort!«

Dann brach die Stimme Omars in seinem Kopf ab. Wieder leuchtete Gabriel die Wände ab. Es war absolut nichts zu sehen, was auf eine Tür oder etwas Ähnliches hindeutete.

Dann kam ihm eine Idee!

Er nahm den Beutel mit dem Ring in die linke Hand, die Blendlaterne in die rechte, und ging noch einmal die Wände ab. An einer bestimmten Stelle der Wand bebte der Ring stärker.

Gabriel untersucht die Mauer Stein für Stein, suchte Fugen, die nicht vermörtelt waren und plötzlich sah er es.

Das Symbol.

Eine unwahrscheinlich kleine Vertiefung, in die gerade zwei Finger passten, zeigte das Abbild eines Liliensymbols.

Aufatmend stellte er die Blendlaterne ab und versuchte mit zwei Fingern auf den Stein mit dem Symbol zu drücken.

Nichts!

Er nahm die Blendlaterne wieder auf und suchte weiter. Etwas oberhalb des Liliensymbols fand er eine weitere Vertiefung, in der ein Tatzenkreuz abgebildet war.

Gabriel drückte mit zwei Fingern auf das Tatzenkreuz.

Nichts!

Der Templerring an seinem Halse zitterte immer stärker.

«Ich muss es anders versuchen», überlegte Gabriel und stellte die Blendlaterne wieder ab. Mit den Fingern beider Hände drückte er gleichzeitig auf die Symbole.

Mit einem leisen schmatzenden Geräusch schwang die Mauer langsam nach innen und gab den Weg in einen nächsten Raum frei, zu dem aber keine Stufen, sondern eine lange gemauerte schiefe Ebene nach unten führte. Gabriel leuchtete in den Raum hinein.

In der Mitte des Raumes genau unter dem Zenit des Gewölbes stand ein Sockel aus Granit auf dem Gabriel den gesuchten Schrein entdeckte, der haargenau der Beschreibung glich, die er von Omar Ibn Halef Ilderim erhalten hatte.

Sein Herz hüpfte vor Freude.

Er hatte es geschafft. Er hat den heiligen Eid, den er gegenüber Diethart von Borsow und Omar Ibn Halef, den Letzten der Ilderims abgelegt hatte, erfüllt.

Gabriel hatte gerade die schiefe Ebene betreten und wollte hinunterlaufen, als er hinter sich ein schleifendes Geräusch vernahm. Leise kratzend, als schliche jemand über den Holzfußboden der Diele vor dem Kellereingang.

Gabriel zog Omars Handschar aus dem Mantelsack, löschte sofort die Blendlaterne und wartete in der völligen Dunkelheit des Kellers. Der Handschar war eine geweihte, magische Klinge, die die Vorfahren Omars im Dorf der Christen bei Basra unter dem Herdstein ihres Hauses versteckt hatten. Die geheimnisvolle Kraft des Handschars durchzog wieder seinen Körper.

Langsam tastete er sich auf dem schrägen Boden wieder nach oben, immer darauf bedacht, keine Geräusche zu verursachen und immer gegenwärtig, auf einen Feind zu treffen.

»Den Lichtschein meiner Blendlaterne kann der Eindringling nicht gesehen haben. Dazu hätte er in den Keller gemusst«, überlegte Gabriel, »also ist er noch oben in der Diele!«

Als er das Ende der Schräge erreicht hatte, tastete er nach den Symbolen der Mauertür und drückte sie nieder.

Mit einem leisen Geräusch schloss er diese und ein feines leises Klicken verriet ihm im Dunklen, dass die Tür wieder in ihre ursprüngliche Lage zurückgekehrt und der Verschluss eingerastet war.

»Sie haben das Klicken gehört!«, durchzuckte es Gabriel.

Er drückte sich schutzsuchend an die Wand.

Wie zur Bestätigung wiederholte sich das Schaben und das Geräusch bewegte sich auf ihn zu.

Der Türausschnitt des Kellereinganges über der Treppe zeichnete sich gegen die schwarze Mauer schemenhaft als heller Fleck ab.

Gabriels Herz schlug bis zum Hals.

»Es sind die Domini Canes!«, dachte Gabriel.

Wie viele sind es und wie sind sie nur in das Haus gekommen? Ich habe doch alles kontrolliert ... das Dach! Na klar!

»Himmel, Arsch und Zwirn!« entschlüpfte ihm der Fluch.

»Mein Gott! Wie konnte ich das Dach vergessen. Dort ist bestimmt eine Dachluke, durch die sie eingedrungen sind! Aber woher wissen sie von mir?«, dachte er laut.

Gabriel zog den Handschar wieder aus der Scheide, hielt ihn vor sich mit beiden Händen, bereit jeden Angriff sofort zurückzuschlagen, und zwar tödlich! Die geheimnisvolle Kraft des Handschars durchzog wieder seinen Körper, wie jedes Mal, wenn er ihn aus der Scheide zog. Schritt für Schritt arbeitete sich Gabriel auf der Steintreppe nach oben, bemüht, jedes Geräusch zu vermeiden. Vor der Türöffnung verharrte er, hockte sich hin und lauschte. Er hatte ja bei seinem Abstieg die Kellertür weit geöffnet und sie an der Wand festgehakt, sodass sie ihm jetzt nicht hinderlich war.

Es war nichts, absolut nichts zu hören.

Die Anspannung zerrte an Gabriels Nerven.

»Nur nichts Unüberlegtes tun«, dachte er.

Ein Zischen zeigte ihm die Richtung.

Unmittelbar an der Holzstiege, die zum Obergeschoss führte, bewegte sich etwas. Neben der geöffneten Kellertür stand auch jemand.

»Also zwei Domini Canes«, dachte Gabriel grimmig.

Er nahm den Handschar in die linke Hand und zog mit der Rechten sein Essmesser unter dem Rock hervor, kniete sich seitlich der Türöffnung hin, nahm die Klinge zwischen die Finger und warf das Messer mit aller Kraft zur Tür. Es war ein schweres Messer und sehr scharf geschliffen.

Ein gurgelnder Schrei ertönte, ein Schmerzschrei.

Ein Zeichen dafür, das Gabriel getroffen hatte.

Das hatte er überhaupt nicht beabsichtigt. Er wollte sie nur locken, sich zu bewegen, um somit ihren Standort zu verraten.

An der Treppe zum Obergeschoss flammte plötzlich eine Blendlaterne auf.

Im Lichtschein sah er eine gekrümmte Gestalt neben der Kellertür, aus deren Hals der Griff seines Essmesser ragte.

Gabriel sprang fast lautlos mit vorgestrecktem Handschar aus der Tür und verschwand augenblicklich aus dem Lichtkegel der Blendlaterne. Das ging so schnell, dass es dem Träger der Blendlaterne überhaupt nicht bewusst war, was mit ihm plötzlich geschah. Als sich der Handschar an seinen Hals legte, zuckte er überrascht zusammen.

»Stell die Laterne runter!«, fauchte Gabriel, was dieser auch widerspruchslos tat. Aber dann versuchte dieser mit seinem Kurzschwert eine Parade gegen Gabriels Handschar zu schlagen. Dessen Handschar zuckte nur kurz, leuchtete auf und schlug dem Manne das Kurzschwert aus der Hand, drehte sich und fuhr ihm mit solcher Gewalt in die Brust, dass er hintenüberfiel. Noch bevor er auf den Boden aufschlug, hatte der Tod ihn zu sich genommen.

Gabriel nahm dessen Blendlaterne und leuchtete den anderen Domini Canes an.

Auch hier war alles zu spät.

Das schwere Messer hatte ihm das Genick durchgeschlagen und dabei die Halsschlagader durchtrennt.

Gabriel schauderte es.

Mit diesem Messer würde er wohl nie wieder essen.

Er nahm die Blendlaterne und stieg in das Obergeschoss.

Dort sah er es.

Durch die Dachluke über ihm sind die beiden eingedrungen.

Sie war noch offen. Gabriel schloss die Dachluke und verbarrikadierte diese. Er stellte ein Brett unter den Hebel der Luke, sodass sie von außen nicht mehr geöffnet werden konnte.

Dann ging er zurück.

Gabriel bückte sich und öffnete die Kutten der Eindringlinge und warf einen Blick auf die Wehrgehänge. Im Schein der Blendlaterne wurde es offensichtlich. Sie trugen beide das Wappen der Inquisition - sie waren ohne Zweifel Häscher, entweder Domini Canes oder schon Soldaten der Kompanie Jesu, Soldaten der Inquisition.

Gabriel kontrollierte nochmals die Türen des Vorder- und Hintereinganges und stieg wieder in den Keller hinab. Er wiederholte die Prozedur, legte die Finger auf die Symbole und öffnete erneut die Mauertür zum Schrein. Auf der Schräge fand er seine eigene Blendlaterne wieder und zündete sie an.

Der Raum war jetzt in helles Licht getaucht. Aus dem Beutel nahm Gabriel den Templerring, ließ die Schlüsselnadeln herausspringen und ging damit zum Schrein. Der Schrein war kunstvoll aus schwarzem Ebenholz gefertigt.

In einer stilisierten Rose auf der Vorderseite fand er die winzigen Schlüsselöffnungen.

Er steckte die Nadeln in die Öffnungen in der Rose und drehte den Ring wie einen Schlüssel herum.

Gleich der erste Versuch gelang.

Das gesamte Bild der Rose drehte sich, wie von Geisterhand bewegt, um mit einem leisen Klicken den Verschluss freizugeben. Das Türchen des Schreins sprang auf.

Im Licht der beiden Blendlaternen sah Gabriel den wunderschönen goldenen Kelch des Johannes vor sich.

Er hielt den Atem an. Er hatte es geschafft.

Der Taufkelch von Johannes dem Täufer stand im Schrein auf rotem Samt in voller Schönheit vor ihm.

Er hob die Blendlaterne, um ihn aus der Nähe zu betrachten und bemerkte die kleine Öffnung in der Glocke des Kelches, die die Form eines kleinen Tatzenkreuzes hatte.

»Der Rubin, wo ist der Rubin!«

Er tastete den Beutel ab und fühlte am unteren Saum, dass der Rubin noch da war.

Erleichterung machte sich breit.

Gabriel holte den Rubin hervor. Als er ihn in der Hand hielt, durchströmten ihn, wie beim ersten Male, ein unerklärliches Gefühl von Kraft und Stärke. Er schob ihn langsam in den kreuzartigen Spalt.

Nahezu ohne Naht fügte sich der Edelstein in die Öffnung ein.

Eine Veränderung ging mit dem Kelch vor.

Der Kelch begann zu strahlen – ein unwirklich helles Licht umgab ihn mit einem Strahlenkranz, einer goldenen Aura.

Unwillkürlich trat Gabriel zurück und sank ehrfürchtig auf die Knie und murmelte ein Dankesgebet.

Wie aus dem Nichts erschien hinter dem Schrein plötzlich die Gestalt des Bruder Augostino, neben ihm stand Lupus, der dreibeinige weißgraue Wolf.

»Es ist vollbracht, Gabriel«, sagte er und trat vor den Kelch.

»Diese heilige Reliquie tritt, dank deiner Hilfe, den Weg in die Ewigkeit an! Wir müssen das Arkanum auflösen!«

Gabriel erhob sich. »Warum habt ihr den Kelch nicht selbst geholt – ihr wusstet doch genau, wo er sich

befand! Warum habt ihr uns die ganze Last auf die Schultern geladen?
Warum mussten Diethart von Borsow und Omar Ibn Ilderim sterben?«
Gabriel verstand die Welt nicht mehr.
»Gabriel, ich verstehe deinen Kummer. Aber heilige Reliquien können nur Menschen heimholen. Menschen mit reinem Gewissen und einem festen Glauben. Ist das nicht der Fall, werden die Reliquien entweiht und zu Dingen des Alltags und sie verlieren nicht nur ihre magischen Eigenschaften, sondern auch ihre Heilwirkung.
In diesem Sinne bin ich kein Mensch Gabriel!«
Gabriel stutzte.
»Was seid ihr dann Bruder Augostino, ihr seid doch kein Gespenst, oder?«, Gabriel stellte entsetzt diese Frage.
Bruder Augostino lächelte und setzte zu einer erklärenden Antwort an.
»Der Allmächtige hat mir einen sehr langen Lebensfaden beschieden...«
Ein starkes Klopfen an der Haustür unterbrach die Rede des Bruders und ließ sie erschrocken aufhorchen.
Lupus sprang auf und grollte mit gesträubtem Nackenfell.
Fremde standen vor der Haustür.
Die Glocken der Dreifaltigkeitskirche läuteten bereits zur Prim. Bruder Augostino nahm hastig den Kelch in seine Hände und zeigte fordernd auf den Siegelring der Templer.

Ohne ein Wort zu sagen, gab ihm Gabriel die Dinge.
Eine blaue Aura strahlte auf.
«Verschließ den Raum Gabriel – keine Angst!», ertönte es in seinem Kopf.
Dann verblasste die Aura und nichts von ihnen war mehr gegenwärtig - Bruder Augostino und Lupus der Wolf waren verschwunden.
Erneut klopfte es stark an der Haustür.

Gabriel hastete nach oben, verschloss die Mauertür, die mit leisem Klicken einrastete. Im Raum zurück blieb nur der leere, verschlossene heilige Schrein des Kelches.

Mit Schmutz vom Kellerboden machte er die Symbole unkenntlich, nahm den Mantelsack mit den Werkzeugen und dem Handschar auf und stieg aus dem Keller in den Vorraum.

Die Körper der beiden getöteten Domini Canes waren spurlos verschwunden. Alle Zeichen des Kampfes mit ihnen waren gelöscht. Gabriel hatte keine Zeit, sich darüber zu wundern.

Erneut klopfte es energischer als vorhin an der Tür.

Gabriel schloss die Tür auf.

Es war draußen noch nicht hell geworden.

Vor der Tür standen zwei Stadtsoldaten.

»Was habt ihr in diesem Hause zu suchen ... und vor allen Dingen um diese Zeit?«, herrschte ihn der eine Stadtsoldat an.

»Ich bin Gabriel von Gersdorff und habe die Erlaubnis von Magister Emmerich, mir dieses Haus anzusehen und aufzumessen! Genügt euch das?« »Verzeihung, gnädiger Herr! Woher habt ihr die Schlüssel?«, fragte der andere Stadtsoldat etwas verlegen, weil Gabriel so forsch antwortete.

»Vom Rathausdiener, der ihn auf Weisung des Kämmerers herausgegeben hat!«

Die Verlegenheit wurde noch größer, sie traten von einem Bein auf das andere.

»Entschuldigt nochmals, gnädiger Herr. Dann hat man uns falsch geschickt!«, sagte der eine Stadtsoldat zu Gabriel.

»Wer hat euch geschickt?«, fragte Gabriel mit scharfer Stimme.

Die beiden Stadtsoldaten drucksten herum und sahen sich an. So recht schien ihnen die Frage nicht zu gefallen.

»Ist schon gut! Ich will es nicht wissen!«, antwortete Gabriel und schaute zum Himmel. Ein größerer Stern mit einem hellen Schweif flog höher, immer höher, wurde kleiner und verblasste langsam.

«Gott sei Dank, Bruder Augostino hat es geschafft», dachte Gabriel erleichtert und wandte sich wieder den beiden Stadtsoldaten zu. »Ich war sowieso fertig mit dem Aufmessen. Oben war die Bodenluke offen, ich habe sie geschlossen und verrammelt!«

Gabriel drehte sich um und verschloss die Haustür.

Die Stadtsoldaten zogen ab. Gabriel begab sich auf den Heimweg. Endlich ist der seelische Druck von ihm abgefallen. Gabriel atmete tief auf und ihm wurde leichter. Er hatte den heiligen Eid, den er gegenüber Diethart von Borsow und Omar Ibn Halef Ilderim hatte, erfüllt. Der «Taufkelch des Johannes» war wieder in den rechten Händen und auf dem Weg in die Ewigkeit, ohne Schrein, der sich immer noch auf dem Granitsockel im Haus neben dem Hundsloch befand! Und es sollte noch viele Jahre dauern, bis dieser den Weg in die Ewigkeit antreten konnte.

Die Erkenntnis des Bonifazius

«Erfolglos»

Die Glocken der Dreifaltigkeitskirche des Klosters läuteten zur Prim und ihr Klang hallte über dem Neumarkt.

Monsignore Bonifazius stand, von einer inneren Unruhe getrieben auf dem Klosterhof und schaute in den noch nachtblauen Himmel. Mit dem letzten Glockenschlag der Dreifaltigkeitskirche erhob sich in der Nähe des Rathauses ein kleiner goldener Lichtschein und strebte gen Himmel. Nicht sehr groß und von vielen Menschen überhaupt nicht bemerkt, strebte er himmelwärts und wurde immer kleiner, bis er nicht mehr zu sehen war.

»Ein Blitz der Erkenntnis zuckte in seinem Hirn! Zu spät Bonifazius, zu spät! Du bist wieder zu spät gekommen, wie immer! Was sage ich jetzt dem Kardinal?«

Diese Feststellung hämmerte in seinem Kopf herum und trieb ihn fast zum Wahnsinn.

»Der letzte Templer hat endgültig gewonnen und dir erneut ein Schnippchen geschlagen. Seit Jahrhunderten jagt die Kurie den Schätzen der Templer nach und ich, Bonifazius, war die letzte Hoffnung des Heiligen Vaters, die noch fehlenden Reliquien in den Schoß der Mutter Kirche zurückzuholen.

Seit ich diese verfluchte Eigenschaft habe, Dinge vorauszusehen, schickt mich der Heilige Vater, unterstützt von der «Glaubenskongregation», zu solch heiklen Missionen«.

Er schaute dem schwindenden Stern hinterher.

»Ich habe schon wieder versagt!«, dachte er.

Im Osten graute bereits ein neuer Wintertag heran.

»An allem ist dieses verfluchte Weib, die Fingerin Schuld. Mit ihrer Pilgerreise und den Abrissen des «Heiligen Grabes» hat sie alles verschleiert und ich, der Inquisitor, ein Fragender, bin darauf reingefallen! Hätte der Trottel von Bamberger Bischof mich gewähren lassen, die Sache wäre dort bereits erledigt worden. Er war sich sicher, der mit der Fingerin reisende Gabriel von Gersdorff wusste mehr über die gesuchten Reliquien!«

Mit dieser Erkenntnis und den schlimmsten Gedanken im Kopf kehrte der Inquisitor wütend in das Klostergebäude zurück. Auf die beiden fehlenden «Domini Canes» brauchte er nicht mehr zu warten, die hatte er bereits abgeschrieben.

Kurz darauf verließen die drei Reisewagen fluchtartig den Klosterhof und fuhren durch das Neißetor in Richtung Breslau davon. Für die Gastfreundschaft der Franziskaner, die ihn und seine künftigen Jesuiten bewirteten, hatte Bonifazius nicht einmal ein Dankeswort übrig.

Der Abt des Klosters stand ratlos vor dem Tore und begab sich kopfschüttelnd in das Refugium seines Klosters zurück. Er hatte von den seelischen Qualen des Inquisitors keine Ahnung, warum sollte er auch, es hätte sowieso nichts geändert. Monsignore Bonifazius ist also ohne Angabe von Gründen überstürzt abgereist – diese Mitteilung würde er auch so dem Bürgermeister Frauenburg überbringen.

Als Frauenburg nach dem Frühstück ins Rathaus kam, wartete bereits der Abt des Klosters auf ihn. Frauenburg schwante nichts Gutes. Vielleicht hatte sich der Inquisitor etwas einfallen lassen und den Abt vorgeschickt, um dieses zu verkünden. Er bat den Abt in sein Amtszimmer. »Was gibt es den so Eiliges, dass ihr in der Früh bei mir die Aufwartung macht Bruder Bernhard, ich hoffe ich bekomme kein Magengrimmen!«

»Herr Bürgermeister, ich möchte euch mitteilen, dass Monsignore Bonifazius kurz nach der Prim ohne Angabe von Gründen überstürzt abgereist ist!«

In Frauenburg gluckste es ... dann lachte er und lachte, bis ihm die Tränen ins Gesicht liefen. Der Abt betrachtete staunend seinen Bürgermeister. So fröhlich hatte er ihn noch nie gesehen. »Das ist eine Mitteilung mein lieber Abt, die höre ich gern. Habt ihr schon gefrühstückt? Ach was frage ich, natürlich, Ihr habt ja mit den Brüdern gemeinsames Mahl gehalten!« Er stand auf und holte aus einem kleinen Schränkchen zwei Becher und eine Flasche Pflaumenschnaps. »Auf diese hervorragende Nachricht trinke ich mit euch einen guten Pflaumenschnaps aus Böhmen!«

»Herr Bürgermeister, am frühen Morgen trinke ich nicht!«, erwiderte strikt der Abt »Ich eigentlich auch nicht!«, erwiderte Frauenburg und grinste. »Heute machst du eine Ausnahme Bruder Bernhárd und Er wird dir das heute nachsehen«, er deutete mit dem Zeigefinger nach oben.

»Prost Bruder Bernhard!«

Sie tranken die Becher leer.

Frauenburg stellte dem Abt eine Frage:
»Warum nennst du ihn immer «Monsignore», du weißt nicht, wer Bonifazius in Wirklichkeit ist, Bruder Bernhard? Monsignore ist doch ein päpstlicher Ehrentitel!«
Der Abt schüttelte den Kopf.
»Der war niemals der Sekretär des Bischofs von Bamberg, auch wenn er uns das weismachen wollte. Bonifazius ist zwar Dominikaner, aber er ist Inquisitor der Kurie und heißt mit weltlichen Namen Heinrich Kramer. Er ist der Verfasser dieses üblen Machwerkes «Malleus Maleficarum» oder zu Deutsch, «Der Hexenhammer».
Emmerich ist sogar während seiner Pilgerreise mit ihm böse aneinandergeraten, daher weiß ich das alles!
Jedenfalls hat er euch ganz schön verarscht!«, sagte Frauenburg das in seiner burschikosen Art Er setzte sich und lud den Abt ein es ihm gleich zu tun.
»Jedenfalls bin ich froh, dass er die Stadt verlassen hat ohne mit seiner «Kompanie Jesu», wie er sie insgeheim nennt, Schaden anzurichten! Ich möchte nur wissen, was er hier gewollt hat. Das erschließt sich mir nicht! Aber es wird der Tag kommen, wo wir die Wahrheit erfahren!«
Etwa sechs Wochen später erhielt Pater Gotthard Besuch im Kloster. Ein sehr alter Franziskanermönch namens Pater Augostino wartete im Refektorium auf ihn.
Neben ihm lag Lupus der Wolf.
Die Begrüßung war herzlich.
Lupus erhielt seine Streicheleinheiten vom Pater Gotthard, schließlich kannten sie sich!
Als der Abt des Klosters zu ihnen stieß wurde klar, wer der Pater Augostino wirklich ist. Er ist der Guardian des Heiligen Grabes von Jerusalem und ein Begünstigter des Allmächtigen mit einem sehr, sehr langen Lebensfaden. Der Abt wurde von ihm auf seiner Pilgerfahrt in Jerusalem zum Kolarritter des Ordens vom Heiligen Grabe geschlagen.

Bruder Augostino teilte ihnen mit, dass es in Görlitz kein Arkanum der Templer mehr gibt und dass sich die heiligen Reliquien in Sicherheit befinden. Die Inquisition ist mit ihrem Inquisitor, mit Bonifatius, umsonst in Görlitz gewesen.

»Sagt bloß, Bonifatius war auf der Jagd nach den verschwundenen Reliquien?«, fragte der Abt und als der Bruder Augostino nickte, setzte er sich erleichtert zu ihm.

»Dann haben wir ja nichts falsch gemacht!«, sagte der Abt und strich dabei Lupus über den Kopf.

Nach Hause

Helle Aufregung herrschte an diesem Dezembermorgen im Hause der Schmidts in der Kränzelgasse. Gabriel von Gersdorff war verschwunden. Luisa überbrachte diese Nachricht, als die Familie bereits beim Frühstück saß und auf ihre Gäste wartete. »Einen Moment!«, sagte die Fingerin, stand auf, nahm sich eine Kerze und lief in den Keller.

Dort sah sie, dass das Versteck geöffnet wurde. Als sie zurückkam, lächelte sie. »Keine Aufregung Luisa, er wird bald wieder hier sein!« Und in der Tat. Kurze Zeit später hörten sie, wie jemand die Haustür öffnete und in den Hausflur trat. Die Tür zum Speiseraum wurde geöffnet und Gabriel steckte den Kopf herein. Ein strahlender Gabriel erschien im Zimmer. Er zwinkerte Agnete zu. »Es ist vollbracht!«, flüsterte er ihr zu, »wir reden später darüber!« Dann nahm er seine Luisa beim Kopfe und küsste sie. »Wir können jetzt nach Hause. Ich reite noch heute nach Reichenbach. Vielleicht fährt uns Jörg Scharschmitt nach Tetschen, dann kann er zum Fest wieder zu Hause sein.

Es sind ja nur einhundertdreißig Meilen!« Betroffen schaute Agnete auf Gabriel. Mit solch einer schnellen Entscheidung hatte sie nicht gerechnet. Sie machte einen schüchternen Versuch, ihn von der Heimreise abzubringen, obwohl sie wusste, dass ihr das nicht gelingen würde. »Gabriel du musst aber über das Gebirge. Wenn das Wetter so bleibt, geht das ja, wenn es aber umschlägt, hast du ein Problem!« Gabriel lachte. Man sah ihm die Vorfreude an, endlich nach Hause zu kommen und seine Lieben wieder in die Arme schließen zu können. »Ich rede mit Scharschmitt, er ist ein erfahrener Kutscher und gewiss schon die Strecke nach Tetschen gefahren!« Luisa und Agnete schauten sich an. Luisa war überrascht, wie sich der sonst so besonnene Gabriel aufführte. Zum ersten Male kamen ihr die Bedenken, wie sie wohl in Gabriels Familie aufgenommen würde. Schließlich würde man sie nach ihrer Herkunft beurteilen – die von Gersdorffs waren immerhin von altem Adel. Luisa war verunsichert und das sah man ihr an. Gabriel bemerkte in seiner Freude nichts davon.

Agnete stand auf und ging mit ihrer Schwester hinaus. An der Tür winkte sie Luisa zu sich. »Du siehst so bedrückt aus Luisa, hast du Sorgen?«, Agnete zog die junge Frau an sich und drückte sie. »Ach!«, sagte Luisa, »ich denke an die Familie Gabriels, wie sie mich wohl aufnehmen werden! Schließlich bin ich nicht von Adel und dazu noch eine halbe Sizilianerin!« Agnete lachte und drückte sie noch fester an sich. »Du kennst deinen Mann noch immer nicht. Gabriel würde es nie zulassen das dich dort jemand kränkt oder auch nur schief ansieht. Er liebt dich so sehr Luisa, mache dir darüber keine Gedanken. Außerdem … ihr könnt zu jeder Zeit zu mir kommen. Unser Haus steht euch immer offen!« Hadwiga bestätigte das, indem auch sie Luisa umarmte und an sich drückte.

Hans Schmidt sattelte nach dem Frühstück einen Hengst aus seinem Stall für Gabriel. Ein gutes Pferd hatte er ausgesucht, schnell und ausdauernd. Während Hadwiga und Luisa die Reisevorbereitungen trafen, saßen Agnete und Gabriel vor dem Kamin und Gabriel berichtete ihr in großen Zügen von der Rückgabe der Reliquie an den Bruder Augostino. »Wir haben unserem Eid gemäß der Aufgabe Dietharts und Omars erfüllt!«, sagte Gabriel zum Abschluss des Gespräches. Während sie noch über die bevorstehende Reise sprachen, kam der alte Hausdiener der Schmidts vom Markt und berichtete, dass mehrere Reisewagen in der Früh das Kloster verlassen hatten und in großer Eile das Neißetor passierten. Er schimpfte, weil die Wagen so rücksichtslos durch die Menge auf dem Neumarkt gefahren wären und beinahe eine Marktfrau umgefahren hätten. Als Walter die Reisewagen beschrieb, kam gerade Hans Schmidt in das Zimmer und hörte aufmerksam zu. »Das sind die Reisewagen des Inquisitors gewesen!«, stellte er fest. »Hast du die Wappen nicht gesehen?« Walter beschrieb die Wappen der Wagentüren und damit wussten sie, dass Bonifazius Görlitz mit unbekanntem Ziel verlassen hatte. Die Fingerin wirkte erleichtert. »Der Rat wird auch froh sein, sich nicht mehr mit der Inquisition abgeben zu müssen. Aber wieso reist er so überstürzt ab?« Diese Frage würde ihr niemand beantworten können außer Bonifazius selbst und das war eher unwahrscheinlich.

Draußen stand der gesattelte Hengst.
Gabriel verabschiedete sich von seiner Luisa und ging noch einmal zur Fingerin, die nachdenklich am Kamin stand.
»Heute Abend bin ich wieder zurück. Wenn Scharschmitt uns fährt, geht es morgen in der Früh los!« Agnete war traurig und zum ersten Male verspürte auch Gabriel, wie eng ihre Erlebnisse und das Schicksal sie aneinander gekettet hatten und dass, wenn einer von ihnen ging, dem anderen etwas fehlte. »Du hast Gramfalten um den Mund!«, sagte Gabriel traurig zu Agnete und nahm sie in die Arme. Er strich

ihr liebevoll über die Wange und küsste sie auf die sich abzeichnenden Gramfalten. »Ich wünschte, ich könnte dir helfen und den Kummer mit dir teilen!« Agnete kullerten die Tränen aus den Augen.

»Weißt du, ich muss sehr oft an Wolf von Ballenstedt denken und dabei kommen die Erinnerungen. Ich werde wohl noch lange Zeit darunter zu leiden haben!«, sagte sie und schob Gabriel von sich.

Am anderen Morgen stand Jörg Scharschmitt tatsächlich mit dem neuen Reisewagen und einem frischen Gespann abfahrbereit vor der Tür.

»Wir müssen uns beeilen, um aus der Stadt zu kommen!«, sagte er zu Gabriel.

»Wie ich in Reichenbach und vom Bürgermeister Frauenburg auf dem Markt erfahren habe, bereitet Heinrich Smirzick, ein Anhänger des Königs von Böhmen, etwas gegen Görlitz vor. Er sammelt ein Heer jenseits des böhmischen Grenzgebirges, das anscheinend in die Oberlausitz und auch gegen Görlitz ziehen soll. In jedem Fall wird sich Smirzick aber gegen den Städtebund wenden. Aber man weiß noch nicht wann!«.

Gabriel erinnerte sich an ihre Ankunft in Görlitz. »Hast du das gesehen Gabriel?«, fragte ihn damals Agnete.

»Irgendetwas liegt in der Luft, wenn sie sogar bei Laternenlicht arbeiten und die Stadtmauer befestigen!«

Jetzt ist es Wahrheit geworden. Der Stadtrat hatte damals richtig entschieden, die Stadtbefestigungen zu ertüchtigen. Görlitz muss eine Gefahr abwenden, die sie noch nicht so richtig einschätzen konnten.

Sie verluden ihr Gepäck und bestiegen die neue Kutsche. Jörg Scharschmitt ließ die Pferde antraben und so verließen sie Görlitz noch rechtzeitig, bevor die Auseinandersetzungen vor deren Mauern begannen. In diesem Konflikt hatten sich Görlitz und andere Oberlausitzer Städte und Herrschaften 1467 von dem zum Ketzer erklärten Georg von Podiebrad abgewandt und auf die Seite Matthias Corvinus' gestellt, der schließlich nach dem Frieden von Olmütz von 1479 bis 1490 Landesherr der Oberlausitz wurde. In Zittau am Fuße des Spitzberges standen ein riesiger Wolf und ein sehr alter Mönch, sie beobachteten aus dem dichten Wald heraus die vorbeifahrende Kutsche. In Gabriels Kopf erklang die Stimme des Bruders Augostino. »Gute Reise Gabriel von Gersdorff, wir sehen uns bald wieder!« Jörg Scharschmitt kannte alle Handelswege in dieser Gegend und er hatte fast alle schon befahren. Der breite Gespannweg führte von Görlitz durch die Lausitz, in das Zittauer Gebirge hinein, den Handelsweg am Südfuße des Erzgebirges entlang, durch die «Böhmische Schweiz» direkt nach Tetschen. In Hennersdorf im Seiffen hatte er die erste Rast mit Übernachtung geplant. Der Kretscham, in dem sie übernachteten, war ihm wohlbekannt und der Wirt kannte Jörg Scharschmitt und begrüßte ihn entsprechend. Das war der kürzeste und befahrbare Gespannweg nach Tetschen, den er ausgewählt hatte. Jörg schaffte mit dem neuen Gespann ungefähr fünfundzwanzig Meilen am Tag, es könnte mehr sein, aber er musste seine Tiere schonen.

Einige Monate später

Es wurde doch noch ein schlimmes Jahr. Wie Magister Frauenburg es vorausgesehen hatte, stand Heinrich Smirzick im Juni mit dreitausend Mann vor den Toren von Görlitz. Nachdem er zuvor in Löbau Prügel bezogen hatte wagte er nicht, den Sturm auf die Mauern der wehrhaften Stadt zu befehlen. Die erprobte Tapferkeit der Görlitzer Mannschaften und die Stärke der Mauern waren ihm wohlbekannt. Dafür ließen seine Schergen jetzt ihre Wut über die Schmach in Löbau und an den umliegenden Görlitzer Dörfern aus, die sie brandschatzten und gründlich plünderten. Das Leid der Menschen in den Dörfern rund um Görlitz war unbeschreiblich. Dazu brachten die Görlitzer mit ihren gekonnten Ausfällen unter ihrem Stadthauptmann «Reimar von Stockborn» Smirzick schmerzhafte Verluste bei. Nachdem er absolut keine Erfolge zu verzeichnen hatte, zog sich Heinrich Smirzick wütend über das böhmische Gebirge zurück, eine unübersehbare Spur der Zerstörung säumte seinen Rückzugsweg.

Nach diesen ereignisreichen Wochen und Monaten, in denen sich Agnete nicht nur um ihre Stiftung bemühte, war sie nach langer Zeit wieder in den Arbeitsräumen in der Kränzelgasse.

Nach mehr als einem Vierteljahr erhielt Agnete endlich ein Lebenszeichen von den Menschen, die ihr sehr nahe standen.

Sie brach das Siegel eines langen Briefes von Gabriel, der aufgrund der kriegerischen Ereignisse verspätet bei ihr eingetroffen war. Sie las die Zeilen mit Freude und Wehmut zugleich.

»Zuerst eine freudige Mitteilung, meine Liebe. Luisa hat im August eine gesunde Tochter zur Welt gebracht, die wir Dir zu Ehren, Agnes genannt haben. Wir sind alle gesund und uns geht es gut. Luisa hat sich prachtvoll eingelebt und sich mit meinen Schwestern angefreundet – sie sind inzwischen unzertrennlich und das sagt viel aus. Luisa und ich würden sehr gern sehen, dass Du noch im Oktober zur Taufe unserer Tochter nach Tetschen kommst und die Patenschaft über Klein-Agnes übernimmst«.

Agnete sah auf und begann vor Freude zu weinen.

Dann las sie die Frage Gabriels. »Hast Du Verbindung zu Wolf von Ballenstedt? Agnete lehnte sich zurück und schloss die Augen. Vor ihrem geistigen Auge entstand sofort wieder ein Bild aus dem «Naumburger Dom» mit der Skulptur der schönen Uta und der Gestalt des Wolf von Ballenstedt, der sie so sehr an den Verlust von

Diethart erinnerte. Vor den kunstvoll gearbeiteten Weinranken aus Sandstein, welche durch die Morgensonne, die durch die farbigen Bleiglasfenster schien, noch lebensechter wirkten, stand eine männliche Gestalt an den Säulen und hatte eine Rose in der Hand, mit der er seine Verwandte ehren wollte. Wolf von Ballenstedt der eine frappierende Ähnlichkeit zu Diethart von Borsow aufwies, legte die Rose vor der Skulptur der Uta von Ballenstedt nieder.

»Du bist doch tot, wie kannst du plötzlich hier sein? Ich habe dich doch im Meer bestatten lassen Diethart!«, schoss es durch ihren Kopf.

Mit diesen Erinnerungen würde sie wohl immer zu kämpfen haben.

Agnete öffnete wieder die Augen und las den Schluss von Gabriels Brief.

»Es grüßen Dich ganz lieb und voll Sehnsucht nach Dir warten wir auf Deine Antwort.

Gabriel, Luisa und Klein-Agnes«

Am Ende des Briefes war noch eine Anmerkung in kleiner Schrift zu lesen.

PS

»Jörg Scharschmitt aus Reichenbach hat einen neuen wundervollen Reisewagen, leicht, schnell und bequem. Vielleicht besucht er Dich in Görlitz«.

Agnete weinte vor Freude als sie diesen Brief gelesen hatte. Gleich morgen wird sie zum Neumarkt gehen und dem Vetter von Scharschmitt, der ja hier einen festen Händlerstand betrieb, eine Botschaft an Jörg mitgeben. Sie wollte auf jeden Fall noch im Oktober nach Tetschen reisen, um Patin der kleinen Agnes von Gersdorff zu werden. »Wie es aussah, war Jörg Scharschmitt schon oft in Tetschen gewesen, woher sonst sollte Gabriel von dem neuesten Gespannwagen wissen«, dachte sie.

Der Brief Gabriels hatte Agnete innerlich aufgewühlt und sie hatte eine unruhige Nacht voller wirrer Träume, in denen sich viele Erlebnisse ihrer Pilgerreise wiederfanden.

Am anderen Morgen, sie wollte gerade das Haus verlassen, brachte der Postreiter einen Brief.

Das war wie ein Wink des Schicksals.

Es war ein Brief von Wolf von Ballenstedt aus Dresden. Agnete verspürte, wie ihr Herz vor Freude zu hüpfen begann.

Wolf von Ballenstedt übermittelte die Grüße des Herzogs Albrecht von Sachsen und seines Landesrentmeisters Mergenthal und erneuerte die Einladung des Herzogs, sie und Gabriel nach Meißen einzuladen, sobald die Bauarbeiten an der neuen Residenz abgeschlossen sind.

Agnete schrieb an diesem Abend zwei Briefe. Einen an Wolf von Ballenstedt in dem sie ihn vom freudigen Ereignis bei denen von Gersdorff unterrichtete und der in dem Vorschlag gipfelte, im Oktober gemeinsam mit ihr nach Tetschen zu reisen, um die Taufe der kleinen Agnes dort zu feiern.

Den zweiten Brief schrieb sie nach Tetschen und kündigte ihr Kommen an, ohne jedoch Wolf von Ballenstedt zu erwähnen. Es sollte eine Überraschung werden.

Herzog Albrecht von Sachsen beurlaubte seinen Flügeladjutanten bis zum neuen Jahr. Die Fingerin reiste nach Bautzen. Dort traf sie Wolf von Ballenstedt. Jörg Scharschmitt wartete mit einem neuartigen Reisewagen auf sie und fuhr mit ihnen nach Tetschen zu denen von Gersdorff. Es waren die glücklichsten Tage in ihrem Leben, welches ja nicht gerade zimperlich mit ihr umgegangen ist.

Sie blieben dort bis zum Anfang des neuen Jahres 1478.

Der Bau des Heiligen Grabes

Die politischen Ereignisse in Görlitz jedoch überschlugen sich und die Gesundheit Frauenburgs ließ zu wünschen übrig. Trotz seiner Krankheit kreuzte er laufend mit dem ungarischen König die Klinge und setzte ihm erfolgreich politischen Widerstand entgegen. Der ungarische König beschuldigte ihn daraufhin, gemeinsame Sache mit den Ketzern zu machen.

Ein starker Tobak für Frauenburg.

Die Streitkräfte des Königs von Böhmen Wladislaus indes brachten dem Land großen Schaden. Unter Missachtung des Waffenstillstandes zwischen den großen Gewalthabern, der im nächsten Jahr auslief, ließ er sein Heer in Schlesien einrücken.

Damit waren auch für die Stadt unruhige Zeiten angebrochen. Der beabsichtigte Bau des Heiligen Grabes verzögerte sich aus diesen genannten Gründen um fast neun Jahre.

Der Herzog Albrecht von Sachsen hatte ja seinen Flügeladjutanten beurlaubt. Bis zum neuen Jahr blieben eine glückliche Agnete und er in Tetschen. Dann kehrten sie zurück. Agnete nach Görlitz und Wolf von Ballenstedt nach Dresden. Sie sahen sich zwischendurch sehr oft. Es war wirklich die glücklichste Zeit im Leben der Agnete Fingerin.

Das Glück währte aber nur zwei Jahre.

Eine Order des Herzogs rief Wolf von Ballenstedt 1477 zurück in das Reichsheer, zu dessen Marschall der Kaiser Friedrich III. den Herzog Albrecht ernannt hatte. Matthias ging Bündnisse mit den österreichischen Ständen ein, die mit dem Kaiser unzufrieden waren. 1477 erklärte er dem Kaiser den Krieg und startete seinen Angriff auf die habsburgischen Erblande. Seine

Armee von 17.000 Mann war für damalige Verhältnisse außergewöhnlich groß. Im Feldzug des Kaisers gegen den König Matthias von Ungarn, erlitt Wolf von Ballenstedt eine tödliche Verwundung. Diesen grausamen Verlust hat Agnes Finger nicht verwunden. Sie litt bis an das Lebensende unter diesem Schicksalsschlag.

Der Bau des Heiligen Grabes begann im Jahr 1480, als der Rat der Stadt einen Bauantrag für die steinerne Kreuzkapelle beim Bischof von Meißen stellte. Voller Stolz erlebte sie dann im Jahre 1504 die Messe mit dem Meißener Bischof, der der Anlage die Weihe gab. Befriedigt stellte die Fingerin fest, dass alle Mühsal nicht umsonst war. Getreu des heiligen Eides, den sie Diethart von Borsow und Omar Ibn Halef Ilderim geleistet hatte, bewahrte sie das Geheimnis um den Taufbecher von Johannes dem Täufer genauso, wie es Gabriel von Gersdorff tat.

Der traurige Abschied

Alles ist leicht geworden und Agnete fühlte auch keinen stechenden Schmerz mehr in der Brust. Das helle Licht der Frühlinssonne des Jahres 1515 drang durch das Fenster des Zimmers im «Goldenen Anker» in der Kränzelgasse, in dem ihr Bett stand.
Übermächtig groß erschien ihr die Gestalt des Bruders Augostino vor ihrem geistigen Auge. Seine gütigen Augen waren auf sie gerichtet.
»Deine Reise auf dieser Welt geht ihrem Ende entgegen Tochter!«, sagte er leise. »Bald stehst du vor dem Thron des Allmächtigen und er wird dich in seiner großen

Güte in seinem Reich aufnehmen!«, klang es in ihrem Kopf.

»Das neue Jahr ist gerade mal drei Monate alt, ich hätte noch so viel zu tun und nun muss ich gehen!«, dachte sie wehmütig.

Agnete öffnete die Augen, doch auch hier war die lichte Gestalt des Bruders Augostino gegenwärtig.

Aber sie stand schützend an ihrer Seite.

Agnete schloss die Augen.

Die Erinnerungen zogen in ihrem Geiste vorüber. Sie sah Luisa, ihr Patenkind Agnes und Gabriel von Gersdorff.

Im hellen Licht des Elysiums winkten ihr Diethart und Omar zu, neben ihnen standen Wolf von Ballenstedt und der Herzog Albrecht von Sachsen.

Die Kanonenschüsse der Piraten dröhnten plötzlich in ihrem Kopf. Sie sah vor ihrem geistigen Auge Diethart von Borsow fallen. Es zerriss ihr das Herz.

Und plötzlich fühlte sie die tröstenden Arme Omars.

Die Ereignisse vom Brennerpass zogen an ihrem geistigen Auge vorüber, Omars Tod in der Kunterschlucht, die Hochzeit Luisas mit Gabriel, alles wirbelte durcheinander und plötzlich kam das helle Licht des Elysiums zurück. Es schien sich alles zu ordnen. Ihr geplagtes Herz krampfte sich zusammen, aber alle am Regenbogen lächelten ihr freundlich zu. Auch ihre Schwester Hadwiga stand mit ihrem Hans am Regenbogen.

»Sie alle erwarten dich Tochter!«, flüsterte die Stimme des Bruders Augostino.

Agnete wurde durch ein knarrendes Türgeräusch aus ihrem Wachtraum gerissen.

Die lichte Gestalt des Bruders Augostino verschwand und machte dem hellen Schein der Frühlingssonne Platz. Agnete drehte den Kopf zur Tür hin.

Ihre Nichte Gudrun trat leise an das Bett und richtete ihr das Kopfkissen. In ihren Augen standen die Tränen der Verzweiflung, weil sie für ihre Tante, die ihr die

Mutter ersetzte und die sie so liebte, nichts mehr tun konnte.

Agnete lächelte, soweit man dieses als Lächeln deutete.

»Es ist vorbei Gudrun!«, sagte sie mit matter Stimme schluckte schwer und griff nach Gudruns Händen.

»Meine Zeit auf Erden ist abgelaufen, weine nicht! Ich habe eine würdige Begleitung ins Elysium. Bruder Augostino lässt mich nicht im Stich!«, sagte sie und drückte die Hände ihrer Nichte, als sie deren fragenden Blick bemerkte. »Sie warten alle schon auf mich, Gudrun! Ich habe dir doch vom Bruder Augostino erzählt«, sagte Agnete.

Gudrun nickte aber die Tränen ließen sich nicht zurückhalten.

»Du sollst nicht weinen Gudrun hörst du?«, flüsterte Agnete. »Bitte schick diesen Brief nach Tetschen zu denen von Gersdorff!« Agnete zeigte auf den Brief, der auf dem Tisch lag.

Gudrun nahm den Brief an sich.

Agnete lächelte ihre Nichte an, ihr wurde plötzlich leicht ums Herz.

»Dann ist es wohl an der Zeit ... jetzt Abschied zu nehmen! Leb wohl meine Gudrun!«

Gudrun beugte sich über ihre Tante und küsste sie. Die Tränen liefen ungehindert über ihr schönes Gesicht.

»Leb wohl mein Mädchen!« flüsterte Agnete, »und pass auf dich auf!«

Agnete drehte das Gesicht zur Wand.

Bruder Augostino erschien ihr wieder und nickte zustimmend, dann nahm er sie an der Hand und deutete auf den hell erleuchteten Regenbogenpfad, an dessen anderen Ende das Elysium auf sie wartete. Agnete seufzte noch einmal tief auf und schloss die Augen ... für immer.

Ein vom Schicksal vieler Jahre gequältes Herz hatte aufgehört zu schlagen.

Gudrun verließ weinend das Zimmer ihrer Tante.

Gorlicium

Anno Domini 1642

138 Jahre später

Die Rettung des Schreins

Zu den Kriegsverwüstungen des dreißigjährigen Krieges kam hinzu, dass am 26. August 1642 ein hinter dem Görlitzer Rathaus ausgebrochenes Feuer den nördlichen Teil der Stadt zwischen Petergasse und Fleischergasse zerstörte. Auch in der Nikolaivorstadt brannten Häuser und wieder brannte die Nikolaikirche.

Wie es dazu kam?

Am 26. August anno Domini 1642 morgens in der Früh, es war noch dunkel. Da zog der Bäckermeister Rehse in der Langengasse die Glut mit einer großen Scharre aus dem Backraum des Ofens, um ihn für die Aufnahme der Brotlaibe zu reinigen. Die herausgezogene Glut fing er mit einer breiten Schaufel auf und schippte sie in den darunterliegenden Feuerungsraum, der den Ofen während der Backzeit weiterheizt. Dabei sind ihm glimmende Stücke der Holzkohle entsprungen und in die Ritzen zwischen den maroden Holzdielen neben dem Backofen gefallen. Unter den Dielen fand die Glut Nahrung im Überfluss. Im nu stand das gesamte Haus in Flammen, zumal das Brennholz für den nächsten Backvorgang unmittelbar neben dem Backofen lagerte. Die lange Trockenheit im August und der aufkommende Feuersturm taten ihr Übriges dazu. Das Feuer sprang sofort, durch den Wind begünstigt, in alle Richtungen. Der Wind trug die Flammen auf die Nachbarhäuser. Zu allem Übel fuhr in der Früh der Bauer Koziol aus Leschwitz mit einem Fuder Heu durch die Gassen und wollte zum Heumarkt.

227

Er hatte natürlich das Feuer gesehen und drehte um, das heißt, er wollte umdrehen, um das Gespann aus der Stadt zu bringen.

Da war es schon zu spät.

Das trockene Heu entzündete sich durch den Funkenflug und hatte Feuer gefangen. Seine Gäule drehten durch und rissen in ihrer Angst den Wagen mit sich.

Koziol versuchte mit aller Kraft, den Wagen zum Niklastor zu lenken, um aus der Stadt herauszukommen.

Auch das misslang ihm gründlich.

Das brennende Heu wirkte nun wie eine um sich spritzende Brandfackel. Der Wind trieb die brennenden kleinen Heubündel in die Luft und steckte alle umliegenden Häuser, an denen er vorbeiraste in Brand.

Einzig der Nikolaiturm überstand den Brand, aber rings um ihn war alles niedergebrannt. Am Ende der Büttnergasse stand kein Haus, das vom Brand nicht geschädigt wurde. Sie waren fast alle niedergebrannt bis auf die Grundmauern.

Hier am Ende der Büttnergasse wütete das Feuer besonders heftig, weil sich neben dem Abzugsloch für das Regenwasser, dem sogenannten Hundsloch, das Holz der Palisaden türmte, die noch ein Jahr zuvor als Schutz gegen die Schweden dienten. Aber jetzt verschaffte es, ausgetrocknet wie es war, dem Feuer kräftige Nahrung.

Die Hitze wurde dadurch unerträglich und behinderte die spärlichen Versuche, das Feuer zu löschen.

Wie ein riesiger Moloch verschlang das Feuer Haus um Haus! Es war ein Jammer!

In den Gewölben der Büttnergasse schwelte noch immer das eingelagerte Holz – Fassdauben aus Eichenholz, sie glimmen vor sich hin. Das Holz musste ja viele Jahre lagern, bevor es zur Fassdaube verarbeitet werden konnte. Die Gewölbe waren dazu der rechte Platz, das Holz trocknete langsamer bei

einer gleichmäßigen Temperatur und Feuchte. Somit bekam das Holz keine Risse.
Jakob Striezler der Fassbinder und sein Geselle Gottlieb Steudner holten das Wasser aus dem Brunnen an der «Hellen Gasse» der ausreichend Wasser führte, um es in das Gewölbe des letzten Hauses vor dem Hundsloch, wie sie das Abzugsloch in der Stadtmauer nannten, zu schütten, aus dem es immer noch qualmte. Sie wollten wenigstens einige der Werkzeuge bergen, deren Anschaffung ja nicht billig war.

Aus der «Hellen Gasse» näherte sich eine Gestalt dem letzten Haus vor dem großen Abzugsloch. Sie wurde von einem großen hinkenden grauen Wolf begleitet, dem ein Stück vom Lauscher und der rechten Vorderpfote fehlte.
Die Kapuze der braunen Kutte hatte die Gestalt trotz der Hitze über den Kopf gezogen. Eine weiße Kordel hielt den Habit zusammen. Vor diesem letzten Hause blieben die beiden stehen. Striezler und Steudner standen wie angewurzelt vor dem Brunnen, die hölzernen Eimer in der Hand. Sie waren nicht in der Lage auch nur einen Schritt weiterzugehen.
«Der dreibeinige Hund!» fuhr es beiden Männern gleichermaßen durch den Kopf und sie sahen sich entsetzt an. «Es ist also doch keine Sage!», dachten die Beiden.»Das ist aber kein Hund, sondern ein Wolf«, sagte Striezler und setzte den Eimer ab. Er sah Steudner an und der nickte.
Sie waren voller Vorahnung, dass jetzt noch etwas Ungewöhnliches passieren würde. Wie gelähmt beobachteten sie die Gestalt und den großen dreibeinigen Wolf.
Als die Gestalt die Kapuze zurückschlug, erkannten sie einen sehr alten Mann. Bart und Haare schimmerten silberweiß. Unfähig, auch nur ein Wort herauszubringen, sahen sie auf das, was sich nun vor ihren Augen abspielte.

Der Alte hielt einen polierten Eschenstab in der Hand, dessen Ende merkwürdig gekrümmt war. Das Ende des Stabes sah aus wie das einer metallenen Lilie. Er breitete die Arme aus und hob den Stab zum Himmel empor.

»Oh Herr! Nun nimm zu dir, was zu dir gehört!«, rief der Alte mit lauter Stimme und erstarrte in dieser Haltung.

Augenblicklich verdunkelte sich der Himmel und aus dem Eingang zum Gewölbe schoss lautlos eine bunte Flammensäule empor, auf deren Spitze so etwas wie ein goldfarbener Schrein thronte.

Einhundertachtunddreißig Jahre nach der Weihe des «Heiligen Grabes» strebte das Teil der letzten Reliquie der Templer gen Himmel.

Die Flammensäule fiel geräuschlos in sich zusammen und das Gebilde strebte wie ein Komet in den Himmel und wurde kleiner, immer kleiner, bis es nicht mehr zu sehen war. Der Boden unter ihnen grummelte und ein Teil des inneren Gewölbes im Hause stürzte, in eine Staub- und Aschewolke gehüllt, in sich zusammen.

Als es wieder etwas heller wurde, waren der Alte und der Wolf aus dem Blickfeld der beiden Handwerker verschwunden. Sie hatten das Verschwinden der beiden nicht einmal bemerkt. So wie Striezler und Steudner auch suchten, die beiden waren wie vom Erdboden verschluckt.

Steudner aber starrte wie gebannt auf das Abzugsloch in der Stadtmauer. Es schien, als starre ihm ein riesiger Wolf ins Gesicht und er hatte sich nicht getäuscht.

Ein erster Blitz zuckte über die Stadt dem ein heftiger Donnerschlag folgte. Das Bild des Wolfes im Abzugsloch war nach dem Blitz verschwunden. Unmittelbar danach setzte Regen ein, ein starker Regen, der sich zum Wolkenbruch mauserte. Es blitzte und donnerte ohne Unterlass. Der Regen ergoss sich in Strömen über das malträtierte Stadtviertel und löschte dann wirklich die letzten Brandnester in den Ruinen. Die beiden Handwerker flüchteten vor dem einsetzenden Regen. Was sie auf ihrer Flucht vor dem Regen sahen, ließ sie erschauern. Auch Teile der Fleischergasse, der Plattnergasse, der Apothekergasse und der Rosengasse waren vom Brand betroffen! Deren Bewohnern und den Handwerkern ging es wie den Fassbindern, sie alle hatten in kurzer Zeit ihr Hab und Gut verloren. Aus dem Schatten des Brunnens erhob sich der große graue Wolf und folgte dem Alten, auf seinen drei Pfoten hinkend, in die Stadt. Oben an der Langen Gasse verharrte der Alte und legte die Hand auf den mächtigen Schädel des Wolfes. Sein Gesicht verzog sich schmerzlich, als er die Brandruinen betrachtete. Es würde wohl einige Jahre dauern, bis hier wieder Leben einziehen kann. Der Wolf und der alte Mann verschwanden im Regendunst und sie wurden seitdem nicht mehr in Görlitz gesehen.

Der Oheim

Es ist spät geworden im Gersdorfer Schloss und das wärmende Kaminfeuer war fast niedergebrannt. Friedrich Carl von Gersdorff klappte die dicke Chronik zu und legte die Hände auf das dicke Werk. »Morgen gehen eure Winterferien zu Ende und ihr müsst wieder nach Hause. Euer Vater hat sich schon angemeldet. Aber bevor ihr die Ferien beendet, möchte ich euch noch die versprochene Geschichte vorlesen, die die Vorfahren von mir, vor etwa zweihundert Jahren, auf dem Heideberg bei Arnholdisdorf erlebt haben und sie darf nie in

Vergessenheit geraten. Deshalb habe ich diese Geschichte an den Schluss gestellt.

Euer Vater kennt diese Geschichte. Er ist ja auch ein Gersdorff im engeren Sinne. Eure Großmutter war Charlotte Justine Freiin von Gersdorff.

Das nur zur Erinnerung.

Nach ihrer Flucht aus Prag versteckten sich die Gersdorffs in Königshain und die d´Moreau, um der Rache der Hussiten zu entgehen, auf dem Heideberg bei Arnholdisdorf. Es floss damals viel Blut durch die Prager Gassen. Der Oheim von Jean-Baptiste d`Moreau lehrte einst an der Universität in Prag Philosophie. Ich erwähnte es bereits, der Inhalt seiner philosophischen Lehre war den Hussiten ein Dorn im Auge.

Nach dieser traurigen Geschichte auf dem Heideberg zog meine Familie nach Gerhardisdorf und gründete dort ein Rittergut aus dem später dieses Schloss entstand. Diese schlimme Geschichte wird danach prägend für die Entwicklung aller Geschlechter derer von Gersdorff in der Oberlausitz sein. Bernárd d`Moreau aber nahm die Gedanken der «Böhmischen Brüder» mit ins Frankenland, sie wurden zur Keimzelle der später gegründeten Brüderunität im Frankenreich. Sie wirkt bis in die heutige Zeit auf die Familienverbände und auf ihre Einstellung auf das Leben. Aufgeschrieben hat dieses prägende Ereignis Melanie von Gersdorff, die spätere Gattin von Bernárd d´Moreau.

Der Oheim klappte die Chronik wieder auf und steckte das Lesezeichen weg, welches die versprochene Geschichte kennzeichnete.

Dann setzte er sich bequem in den Sessel und trug die Geschichte vom Heideberg vor.

Das Kreuz auf dem Heideberg

Die Luft war über Nacht angenehm warm geworden. Die beiden jungen Leute verließen am frühen Morgen heimlich das Rittergut in Königshain, um auf den Heideberg zu reiten. Die wenigen Meilen auf dem Handelsweg, der sie nach Arnholdisdorf führte, überwanden sie schnell. Dann lag der kaum sichtbare Waldeinschnitt mit dem Karrenweg vor ihnen, der auf den Heideberg zum Grundstück der d´Moreaus führte. Jean-Baptiste d´Moreau war der Freund und Weggefährte von Rudolf von Gersdorff und hatte gemeinsam mit ihm in Prag, bis zu ihrer Flucht vor den Hussiten, studiert. Der Oheim von Jean-Baptiste d´Moreau war Philosophieprofessor in Prag. Die Familien flohen vor der Grausamkeit der Hussiten hierher.

Die außergewöhnliche Ruhe auf dem Karrenweg empfanden sie eigenartig, irgendwie unnatürlich. Die Spuren auf dem Karrenweg zeugten von vielen Pferden, die hier entlanggekommen sein mussten.
Bernárd saß ab und beugte sich über die Spuren. »Die Spuren sind nicht mehr frisch, sondern wahrscheinlich bereits einige Tage alt«, stellte er fest und sie zeigten beide Richtungen an.
Es war wirklich merkwürdig.
Keine Vögel zwitscherten, die normalen Geräusche eines lebendigen Waldes fehlten in diesen Morgenstunden.
Bernárd war mulmig zu Mute. Er trieb sein Tier an, um schneller am Haus der Großeltern zu sein. Auf der Hälfte des Weges hörte Bernárd plötzlich ein Winseln aus dem dichten Unterholz, das ihm bekannt vorkam.
»Melanie warte!«, rief er und stieg vom Pferd.

Vorsichtig ging er auf das dichte Unterholz zu und bog die Zweige zur Seite. Auf dem kahlen Fleck unter einer großen Buche sah er ihn, Lupus ... seinen Wolf. Er schien verletzt zu sein. Lupus hob seinen mächtigen Schädel und sah Bernárd an.

Ein leises Schniefen bezeugte, dass er ihn erkannte. Bernárd erschrak.

Lupus hatte einen abgebrochenen Pfeil im hinteren Lauf stecken. »Melanie, komm her und bring bitte die Wasserflasche mit!«, rief er und versuchte den großen Wolf auf die Seite zu drehen. Lupus war völlig entkräftet, wer weiß wie lange er schon mit dieser Wunde herumlief. Der Schaft des Pfeiles war abgebrochen und nur die Spitze stak noch im Fleisch, nicht tief, denn man sah den Ansatz des Metalls der Pfeilspitze. Bernárd untersuchte sie.

»Du hast Glück alter Junge, es ist ein Jagdpfeil ohne Widerhaken. Das wird ein bisschen wehtun, aber ich muss ihn entfernen!«, sprach er beruhigend zu Lupus. Melanie leinte ihre beiden Pferde an einem Baum an. Sie brachte die Wasserflasche, goss sich Wasser in die hohle Hand und ließ Lupus saufen. Gierig leckte der große Wolf das kostbare Wasser aus ihrer hohlen Hand.

»Halt ihm den Kopf fest!«, befahl Bernárd. Melanie nahm den Kopf Lupus in die Arme und hielt ihn fest. Bernárd zog mit einem Ruck den abgebrochenen Pfeil aus der Wunde. Lupus jaulte nur kurz auf. Wie durch ein Wunder war die Wunde nicht entzündet. Melanie verband die blutende Verletzung des Wolfes mit einem breiten Leinenstreifen, den sie aus ihrer Satteltasche holte.

»Es ist nur eine schmerzhafte Fleischwunde. Ich nehme ihn vor mich in den Sattel! Ich möchte nur wissen, wer das getan hat. Das ist der Rest eines Jagdpfeiles, ohne Widerhaken an der Pfeilspitze!«, er zeigte ihr die Spitze und warf sie weg.

Dann nahm er das schwere Tier auf die Arme und legte ihn vor sich auf den Sattel. Im Schritttempo ritten sie den letzten Teil der Strecke zum Anwesen der d´Moreaus. Kurz bevor sie den Wald verließen bemerkte Melanie den merkwürdigen kalten Brandgeruch. Sie stellte sich in den Steigbügeln auf und versuchte, den Geruch für Bernárd einzuordnen. »Bernárd, das riecht wie kalter Rauch, spürst du das nicht?«

Melanie stubbste Bernárd an. Lupus winselte leise.

»Jetzt wo du es sagst, rieche ich es auch!«, antwortete Bernárd und ließ seinen Hengst schneller traben.

Als sie den Weg und den Wald verließen, hielten sie erschüttert ihre Tiere an. Das kleine Anwesen der d´Moreaus war eine einzige Brandstätte, nur der Kamin des Hauses und ein Teil der gemauerten Giebelwand, die mit dem Kamin verbunden war, standen noch und ragten einsam aus der Brandruine gen Himmel.

Die große Eiche vor dem Haus war teilweise verbrannt. Sie ritten hinter die Giebelwand.

Was sie dort sahen, ließ ihnen das Blut in den Adern erstarren.

Ein Kreuz mit einem halbverbrannten Toten ragte aufrecht in den Himmel. Das Kreuz wurde durch die Giebelwand verdeckt, sodass man es vom Wege her nicht sehen konnte.

»Großvater! Neiiin!«, schrie Bernárd entsetzt als er den Toten am Kreuz erkannte.

Er sprang aus dem Sattel, ohne auf seinen Wolf zu achten und rannte zu diesem Kreuz. Mit großen handgeschmiedeten Zimmerernägeln an Händen und Füßen angenagelt, hing Jean-Baptiste d´Moreau am Kreuz - ein grausamer Anblick.

Bernárd erkannte diese Nägel sofort, er hatte sie einst mit dem Großvater in der kleinen Feldschmiede für das neue Dachgesperre der Scheune angefertigt. Die Ketzer hatten den alten Mann gequält. Sie hatten ihn lebendigen Leibes an das Kreuz genagelt, eine Kette um den Leib geschlungen und anschließend verbrannt! Davon zeugte der große Aschehaufen um das Kreuz herum. Der Großvater musste unter höllischen Schmerzen gestorben sein, denn er und das Kreuz waren nicht gänzlich verbrannt. Die vielen Holzkohlestücke in der Asche und nicht völlig verbranntes Astwerk unter dem Kreuz bestätigten den Verdacht, dass die Ketzer absichtlich feuchtes Holz verwandten, nur um den alten Mann zu foltern.

Er musste jämmerlich erstickt sein.

»Diese Schweine! Diese Teufel! Was hat ihnen der alte Mann getan?«, schrie Bernárd und fiel auf die Knie und schluchzte.

»Warum er, warum, warum, warum! Großer Gott, wie konntest du das nur zulassen?«, schrie er seinen Schmerz heraus. Voller Wut, sich seiner Ohnmacht bewusst, hämmerte er mit den Fäusten auf den Boden. Bernárd legte die Stirn auf den Boden und begann hemmungslos zu weinen. Auch Melanie stand wie versteinert vor dem Kreuz, die Hände vor den Mund gepresst weinte sie. Sie kniete nieder und betete, den Blick zum Himmel erhoben.

Die Tränen liefen dabei ungehemmt über ihr schönes Gesicht.

Bernárds Gesicht glich einer Maske.

Er kniete erstarrt vor dem Kreuz, unfähig, einen klaren Gedanken zu fassen. Wieder schossen die

Erinnerungen an den Überfall der Hussiten auf Ebersbach in sein Hirn. Er sah augenblicklich das Kreuz mit dem halbverbrannten Priester vor sich, er sah den erschlagenen Vater und die Mutter und den kleinen Bruder. Der Scheiterhaufen erlosch langsam, das Feuer war niedergebrannt und knisterte nicht mehr.
Der alte Priester war nicht vollständig verbrannt.
Er bot einen fürchterlichen Anblick.
Mit einer eisernen Kette hatten ihn die Ketzer an den Pfahl gebunden. Sein menschliches Aussehen ging nach dem Feuer nicht vollkommen verloren. Das blutige, halbverbrannte Fleisch jedoch klebte noch an vielen Stellen am Skelett, von dem hier und da die angekohlten Knochen zu sehen waren. Hautfetzen hingen an ihm herab. Der Priester war schrecklich nah und grässlich anzusehen! Nur der schwarze verbrannte Kopf ... die verkohlten Haare und der im Todeskampf aufgerissene Mund mit den weißen Zähnen ließen noch menschliche Züge erkennen ... und das Christuskreuz auf der Brust war unversehrt. Diese Bilder werden ihn wohl ein Lebenlang verfolgen.
Seine Gedanken waren bei Rudolf von Gersdorff, dem sie ihr Leben zu verdanken hatten. Er erinnerte sich, was ihm Rudolf von Gersdorff damals über die Flucht aus Ebersbach erzählte.
Bernárd hat es wieder vor Augen...
«Wie der große Mann durch den dichten Wald hetzte, die lautlos weinende Melanie auf den Schultern und einen völlig verstörten, willenlosen Jungen an seiner Hand, den er eisern festhält. Er hatte, gottseidank, die Kinder völlig verstört im Unterholz entdeckt, als er selbst vor den Ketzern floh.
Die Dornen und das Gestrüpp zerfetzen die Beinkleider des großen Mannes, aber die Beine trugen den großen Mann wie selbstverständlich.
Er merkt nichts davon.
Fort nur fort!
Bernárd hatte Melanie in der Scheune gerettet, dabei war er selbst noch ein Kind!

Hinter ihnen das Flammenmeer von Ebersbach, die immer leiser werdenden Schreie der Gequälten und der Tod von geliebten Menschen.
Der Geruch von verbranntem Fleisch schwebte über dem Wald ... Menschenfleisch! Die Erinnerungen überfluten Bernárd.

Vor Königshain treffen sie auf etwa einhundert gut gewappnete Reiter derer von Gersdorff. Sie kamen aus dem brennenden Königshain und hatten dort die Ketzer vertrieben. Jetzt wollten sie nach Ebersbach, zu spät ... die Reiter konnten Ebersbach nicht mehr retten ... Die Reiter kehrten um, nehmen sie in die Mitte und brachten sie zum Steinstock in Sicherheit! Die Frauen nahmen sich der beiden Kinder an und Bernárd sah, dass Melanies Vater zu weinen begann... herzzerreißend, er, ein gestandener Mann!».

Auch Melanie schien ähnlich zu empfinden, sie war bleich und hatte die Hände immer noch vor das Gesicht geschlagen. Bernárd stand auf, bleich und mit ausdruckslosem Gesicht ging er zu seinem Hengst.
Er nahm den großen Wolf vorsichtig aus dem Sattel. Lupus schniefte und schleppte sich zu dem Kreuz und heulte zum Gotterbarmen. Dann hinkte er zum Pfad, der oberhalb des Hauses in den Wald führte. Dort legte er sich schniefend nieder und schaute zu Bernárd. Doch der sah nicht nach dem Wolf.

Es war alles verbrannt, das Haus, der Stall, die Koppel, die kleine Scheune, die kleine Bank unter der Eiche, sogar die hölzerne Tränke war dem Feuer zum Opfer gefallen. Das Vieh war verschwunden. Sie hatten es weggetrieben.
Endlich drehte sich Bernárd nach Melanie um.
»Melanie ... die Großmutter ... «, mehr kam nicht aus Bernárds Mund. Sie suchten gemeinsam nach Spuren in der Asche des Hauses, die auf die Großmutter hinwiesen. Keine Spur, auch in der Asche der

niedergebrannten Scheune fanden sie nichts, keine Knochen oder ähnliches, nichts, was auf den Verbleib der Großmutter hinwies.

Lupus schniefte erneut und machte Bernárd auf sich aufmerksam.

»Er hat Durst«, dachte Bernárd.

Melanie fand eine heilgebliebene irdene Schüssel in den Trümmern des Wohnhauses, die sie grob reinigte und mit dem Wasser aus ihrer Trinkflasche füllte. Damit ging sie zu Lupus. Gierig soff der Wolf das kostbare Nass. Er musste schon Tage kein Wasser bekommen haben. Als er sich satt gesoffen hatte stand er auf und hinkte, vor sich hin schniefend, den Pfad entlang, sich immer wieder umsehend, ob Melanie und Bernárd ihm auch folgten.

»Wo will er denn hin?«, schluchzte die weinende Melanie und zog Bernárd am Ärmel. Erst jetzt wurde Bernárd auf das Gebaren des Wolfes aufmerksam und sah Melanie an.

»Der Pfad führt zu Rinkengießers Jagdhütte auf dem Kamm des Berges!«, murmelte er und nahm Melanie an der Hand. Sie folgten langsam dem hinkenden Wolf. Lupus schniefte schmerzlich, trotzdem bewegte er sich unbeirrt auf dem Pfad vorwärts.

»Was will er nur dort!«, fragte Melanie.

Wie ein Blitz traf Bernárd die Erkenntnis und er rief.

»Die Großmutter! Mein Gott, Melanie ... die Großmutter! Sie kennt doch die Jagdhütte dort oben, weil diese einem nahen Verwandten von ihr gehört! Komm Melanie, komm! Vielleicht lebt sie und wir finden sie dort oben!«

Als Lupus bemerkte, dass sie ihm folgten, lief er etwas schneller.

Vor dem Kamm schmiegte sich die kleine Jagdhütte an den Berg. Unweit der Hütte sprang eine Quelle aus dem Felsen und plätscherte in einen gemauerten Trog. Aus dem kleinen Schornstein der Hütte kräuselte schwacher Rauch.

»Die Jagdhütte gehört Paul Rinkengießer. Er ist ein Verwandter der Großmutter und einer der Ratmannen in Görlitz. Die Hütte haben die Ketzer anscheinend nicht gefunden!«, brach es aus Bernárd heraus.

Lupus kläffte leise und legte sich vor die Eingangstür, die sich langsam öffnete. Dahinter erblickten sie eine dunkle Gestalt, deren Haar angesengt und deren Antlitz mit vielen Brandwunden übersät war.

»Bernárd, Melanie! Gott sei Dank, Ihr lebt!«, schluchzte die Gestalt, in der sie die Großmutter erkannten, und dann sank sie mit einem Seufzer zu Boden. Melanie stürzte zu ihr hin und hob den Kopf der alten Frau vom Boden und legte ihn in ihren Schoß.

Großmutter Marie sah fürchterlich aus.

Überall diese Wunden ... Brandwunden, die sie mit einer grünen Paste abgedeckt hatte. Sie musste fürchterliche Schmerzen haben.

»Bernárd komm hilf mir!«, stöhnte Melanie, die den Kopf der alten Frau nicht wieder auf den Boden legen wollte. In der Hütte fanden sie eine einfache Lagerstatt, auf die sie die Großmutter betteten. In dem primitiven kleinen Herd brannte ein Feuer, auf dem irgendein Absud kochte.

Die alte Frau schlug die Augen auf. »Bernárd! Melanie!«, ächzte sie, um gleich darauf schmerzlich zu sagen: »Habt ihr alles gesehen?« Sie schluckte schwer. »Ich hatte nicht genug Kraft, den Großvater unter die Erde zu bringen. Der Herrgott wird mir das Nachsehen!«

Lupus schniefte.

Die alte Frau ließ den Arm herabhängen, um Lupus zu streicheln, was dieser dankbar entgegennahm.

»Er hat mich aus dem brennenden Haus gerettet ... ohne ihn wäre ich verbrannt! Ein brennender Dachbalken ist herabgefallen und hat mir diese Wunden beigebracht. Lupus hat dem Ketzer, der uns bewachte, vor der Scheune die Kehle durchgebissen. Dadurch konnte ich unbemerkt aus der brennenden Scheune fliehen. Er hat mir dann den weiteren Weg freigemacht. Dafür hat ihm einer der Ketzer einen Pfeil in den Lauf geschossen. Ich wurde etwas später von einer abgeprallten Kugel an der Brust getroffen, die aber glücklicherweise keine Wunde gerissen hat, weil sie gegen das Kreuz prallte!« Die Großmutter wies auf das verbeulte Christuskreuz, das auf dem Tischchen lag.

»Aber die Kugel hat mich bewusstlos hinschlagen lassen«. Großmutter Marie seufzte laut.

»Die Reiter haben uns liegen lassen, anscheinend dachten sie, wir wären tot. Es war grässlich mein Junge, wie die Ketzer gewütet haben! Meinen Jean ... den Großvater haben sie ... «

Die alte Frau konnte nicht mehr zusammenhängend reden. Die schrecklichen Erinnerungen übermannten sie. Sprachlos und weinend vernahmen die jungen Leute aus dem Munde der alten Frau, was den beiden Alten widerfahren ist.

»Sie hatten einen Verräter dabei, angeblich einen Görlitzer, der wusste von Petermann dem Kundschafter der Görlitzer und er wusste auch, dass Petermann von uns gesund gepflegt wurde. Sie haben ihn hier oben gesucht. Immer wieder haben sie den Großvater gequält und mit Peitschen geschlagen ... sie wollten von ihm wissen, wo Petermann ist. Großvater hat nichts preisgegeben!«

Großmutter Marie schwieg und legte den Kopf in ihre Arme. Sie drehte das Gesicht zur Seite und erzählte:

»Ich wurde von ihnen in die Scheune gesperrt und musste alles mit ansehen! Der Verräter trug einen auffälligen Ring an der rechten Hand, einen Diamanten! Sie haben sich mit ihm in einer fremden Sprache unterhalten und da sprachen ihn mit Jiři an. Er war der Schlimmste von ihnen!«, schluchzte sie.

Von den schrecklichen Erinnerungen übermannt richtete sie sich wieder auf.

«Wann war das Großmutter?«

Die alte Frau zuckte mit den Schultern.

»Ich weiß nicht, wie lange ich bewusstlos war ... hier oben bin ich schon ... vier oder fünf Nächte!«

Bernárd stand entschlossen auf.

»Ich hole Hilfe und einen Wagen! Wir bringen dich nach Königshain oder nach Görlitz! Melanie bleibt bei dir, bis ich wieder zurück bin!«, sagte Bernárd und erhob sich. Die Großmutter hob die Hand und lächelte zum ersten Male. »Nein, mein lieber Junge! Danke für die Fürsorge, aber ich bleibe hier bei meinem Jean und kein Mensch wird mich je von hier wegbringen!«

So resolut hatte Bernárd seine Großmutter noch nie erlebt. Die gutmütige Großmutter, die er kannte, gab es wohl nicht mehr.

»Wenn du etwas für mich tun möchtest, hilf mir, den Großvater anständig zu begraben und danach bring uns etwas zu essen! Ich habe keine Vorräte mehr und es wird wohl noch eine Weile dauern, bis ich das selbst regeln kann!«, sagte sie mit leiser aber deutlich fester Stimme.

Die Großmutter hatte anscheinend seit Tagen nicht mehr richtig gegessen. Bernárd ging den Weg zurück, nahm beide Pferde am Zügel und führte sie zur Jagdhütte. Sie hatten Gott sei Dank reichlich Mundvorräte in den Satteltaschen, die ihnen die Küchenmagd des Gutes vorsorglich eingepackt hatte. Er holte frisches Wasser aus der Quelle und Melanie setzte Wasser auf, um einen kräftigen Tee zu kochen.

Nach dem Essen lief Bernárd den Pfad entlang zum Hof zurück. Mühsam suchte er in der Ruine der Scheune nach Gerätschaften und fand auch einige, die nicht verbrannt waren.

Hufschlag auf dem Saumweg ließ ihn erstarren.

Er schob seinen Krummsäbel in Position und duckte sich hinter einem halbverbrannten Balken der Scheune. Er war plötzlich froh, dass er den Säbel mitgenommen hatte. Ein Reiter, der auf die Ruine zuhielt, schälte sich aus dem schummrigen Licht des Karrenweges.

Bernárd atmete erleichtert auf.

Diese Gestalt mit dem weißen Kopfverband kannte er und er würde sie unter vielen Reitern herausfinden. Simon Schleiz war ihnen gefolgt.

»Simon!«, rief er ihn an. Der Reiter schwang seinen bewährten Streitkolben in Richtung der Stimme, die nach ihm rief und ließ ihn sofort sinken, als er sah, wer ihn angerufen hatte.

Er drehte sich im Sattel um und winkte in das schummrige Dunkel des Pfades. Wieder erklang Hufgetrappel und aus dem Dunkel des Pfades kamen zwei weitere Reiter hervor. Nikel Kezer und Claus Schultes, die Unzertrennlichen, ritten aus dem Schatten des Waldes ins Licht.

»Jörg von Seidenberg hat uns geschickt, nachdem er festgestellt hat, dass Melanie und du, dass ihr allein losgeritten seid!

Gemeckert hat er, auch mit den beiden Alten! Was habt ihr euch bloß dabei gedacht?«

Bernárd wies mit der Hans auf die Brandwand der Ruine.

»Geh, schau nach Simon! Dann reden wir weiter!«

Simon schaute ihn fragend an. Als er keine weitere Erklärung erhielt, trieb er seinen Wallach an und ritt hinter die Brandwand.

Als er des Kreuzes ansichtig wurde, blieb dem Hünen eine Antwort im Halse stecken. Erst jetzt nahmen auch die anderen Reiter das ganze Ausmaß des Unglücks bewusst wahr!

»Oh großer Gott! Ist das vielleicht eine Scheiße!«, entfuhr es Claus Schultes. Nikel Kezer bekreuzigte sich und schwieg entsetzt. Dem Hünen hat es die Sprache verschlagen angesichts der vor ihm hängenden Grausamkeit.

»So etwas können keine Menschen gewesen sein, das sind Ungeheuer!«, krächzte er und seine Stimme versagte. Letztendlich stieg er von seinem Pferd.

Die drei Ankömmlinge versanken in einem stillen Gebet vor dem Kreuz. Als sie sich gefasst und den ersten Schreck verdaut hatten, sahen sie Bernárd an.

»Wo ist deine Melanie?«, fragten sie wie aus einem Munde. »Bei meiner Großmutter da oben in der Jagdhütte!«, antwortete Bernárd und wies auf den Saumpfad. Er warf das gefundene Arbeitsgerät auf den Boden und setzte sich in das frisch sprießende Gras neben die Gerätschaft.

Der Kopf sank ihm auf die Brust als er sagte.

»Ich bin froh, dass ihr gekommen seid. Allein hätte ich meinen Großvater nicht von dem Kreuz runterbekommen.«

Ungewollt weinte Bernárd.

»Wir müssen ihn doch begraben! In ungeweihter Erde, versteht ihr das? Wir haben auch keinen Priester!«, schluchzte er und wischte sich die Tränen aus dem Gesicht. Sie nickten wortlos.

»Komm Bernárd!«, sagte Nikel Kezer und zog ihn hoch. Gemeinsam legten sie das Kreuz um, vorsichtig, um dem Leichnam des Großvaters keinen weiteren Schaden zuzufügen.

Simon löste die Kette, mit der der Alte d´Moreau am Kreuz befestigt war. Mit bloßen Händen zog er die großen Nägel aus den Händen und Füßen des Leichnams, mit denen er an die Streben genagelt wurde.

Jeden einzelnen Nagel steckte er in seine Tasche. Claus Schultes holte eine Pferdedecke aus seiner Sattelrolle. Dann hoben sie vorsichtig den Leichnam vom Kreuz und legten ihn darauf. Bernárd und Nikel Kezer warfen das leere Kreuz neben die Brandruine.

»Warum hebst du die Nägel auf Simon?«

Die Frage kam unvermittelt von Claus Schultes. Simon sah den kleineren Schultes an.

»Kannst du dir das nicht denken?" Die schlage ich einem gefangenen Ketzer in den Schädel, bei lebendigen Leibe, versteht sich!«

Als er das hörte, sprang Bernárd auf und fauchte den großen Mann an.

»Das wirst du nicht tun, Simon! Ich habe sehr lange gebraucht, um zu verstehen, dass man gleiches nicht mit gleichem vergelten darf. Das hat nichts mit ... ach, du begreifst schon, was ich dir sagen will!«

Betroffen schaute Simon auf Bernárd herab.

Dann holte er zaghaft die Nägel aus der Tasche, betrachtete sie und sagte sehr ernst zu Bernárd.

»Sie haben dem alten Mann so viele Schmerzen zugefügt, solch elende Folter musste er ertragen und du, ausgerechnet du sagst das, du, der so viel Gram erleiden muss ...! Erst die Eltern, den Bruder und jetzt noch der Großvater ...!«

Bernárd unterbrach ihn.

»Die Rache ist nicht unsere Sache, Simon! Glaub es mir. Im Kampf jemanden zu töten ist etwas Anderes ... aber meucheln?«

Der Hüne schüttelte verständnislos den Kopf. Claus Schultes holte sein Pferd. Er hatte das Gespräch zwischen den beiden kommentarlos verfolgt.

»Ich reite jetzt nach Königshain und hole einen Priester! Hoffentlich hatte der schon einmal einen Gaul unter dem Arsch, ansonsten sehe ich schwarz, dass wir pünktlich zurück sind!«, sagte er sarkastisch und schwang sich auf sein Pferd. »Sag denen im Rittergut Bescheid, was hier los gewesen ist, bitte! Vor allem erzähl alles es Rudolf von Gersdorff, dem Vater Melanies!«, bat Bernárd.

Melanie kam gerade den Pfad herabgelaufen und winkte mit den Armen.

»Claus! Claus! Warte! Von der Großmutter ... Der Herr von Gersdorff möchte bitte einen Sarg für seinen Freund hochschicken! Wir können ihn ja nicht wie ... na, du weißt schon!«, rief sie ihm völlig außer Atem zu.

Schultes nickte gab seinem Tier die Hacken und galoppierte den Karrenweg hinunter. »Sie sollen Lebensmittel mitschicken!«, schrie Bernárd ihm hinterher. Schultes hob die Hand ... er hatte verstanden. Die Decke mit dem Leichnam des Großvaters trugen sie zu dritt unter die große Eiche, um ihn nicht so sehr dem Tageslicht auszusetzen.

Bernárd führte sie anschließend auf den Pfad zur Jagdhütte.

Die beiden Neuankömmlinge erschraken, als sie der Großmutter ansichtig wurden, vor allem Simon verschlug es erneut die Sprache. Bernárd erzählte der Großmutter, dass sie den Großvater vom Kreuz genommen und für die Beerdigung auf eine Decke gelegt hatten.

Es ist das erste Mal, dass die Großmutter wieder weinen konnte.

Sie schluchzte herzerweichend:

»Ich möchte, dass mein Jean hier oben beerdigt wird ... hier neben der Hütte. Ich werde hier bei ihm bleiben bis der Allmächtige mich zu sich ruft!«

Bernárd blieb die Luft weg und auch Melanie schüttelte den Kopf als sie das hörte. Sie setzte sich neben die alte Frau und legte den Arm um sie.

»Großmutter, Claus Schultes ist nach Königshain geritten und er kommt mit einem Priester in vielleicht zwei oder drei Stunden! Dann wirst du entscheiden, wie es weitergehen soll!«, sagte Bernárd zu ihr.

»Schließlich kannst du allein und ohne Hilfe nicht hier oben bleiben.

Das geht nicht, Großmutter!«

Nach einer kleinen Weile richtete sich Marie d´Moreau auf, nahm Bernárds Hand und streichelte sie.

»Nein, mein Junge! Mein Entschluss ist unabänderlich, ich bleibe hier. Daran wird auch der Priester nichts ändern!«, erwiderte Marie d´Moreau resolut und schaute den Enkel zärtlich an.

»Weißt du, Bernárd, dein Großvater und ich, wir haben uns während der Flucht aus Prag geschworen, «wo des Einen Weg zu Ende geht, dann ist das des Anderen Stelle, wo wir aufeinander warten werden, bis ER uns wieder vereint» ... und ich gedenke nicht, diesen Schwur zu brechen!«

Alle schwiegen betroffen und sahen Großmutter Marie an, die Bernárds Hand ergriff. »Aber du, mein Junge, du wirst auf deine Melanie achten. Lass sie nicht mehr kämpfen!«

Bernárd schaute seine Großmutter verständnislos an. Sie nahm seinen Kopf in ihre Hände und flüsterte ihm ins Ohr. »Sie erwartet ein Kind, Junge!«

Bernárd riss die Augen auf.

»Sie weiß es selbst noch nicht, Bernárd. Aber ich sehe das!«, sagte die alte Frau leise und lächelte.

Bernárd schaute zu Melanie die sich leise mit Simon unterhielt.

Er war nach dieser Mitteilung völlig durcheinander.

»Melanie erwartet ein Kind ... mein Kind!«.

Bernárd schüttelte den Kopf, um wieder etwas Klarheit in seine Gedanken zu bekommen.

Er ging zu den beiden hinüber und legte Simon die Hand auf die Schulter. Der verstand ihn sofort. Simon holte wortlos die großen Nägel aus dem Wams, ging die wenigen Schritte zum Tisch und legte die Nägel vor der alten Frau nieder.

Marie d´Moreau sah sofort, welche Nägel Simon auf den Tisch gelegt hatte.

»Danke guter Mann!«, sagte sie und streichelte die großen Hände des Hünen. Marie d´Moreau nahm die Nägel und drückte sie an ihr Herz.

»Sie werden mich bis ans Ende meiner Tage an den Schmerz meines Jean erinnern! Nochmals Danke ... es ist dann wohl die einzige Erinnerung an ihn!«

Ihre Augen blieben jetzt trocken. Marie d`Moreau konnte nicht mehr weinen, ihre Tränen sind versiegt, für immer!

Bernárd nahm Melanie an der Hand und ging mit ihr vor die Hütte. Sie sah ihn fragend an als er sie an der Quelle zum Sitzen aufforderte.

»Warum tust du so geheimnisvoll?«, fragte sie ihn und nahm seine Hand in die ihre.

»Großmutter Marie hat mir gerade etwas gesagt ... etwas Besonderes Melanie. Du weißt es anscheinend selbst noch nicht!«

Bernárd stand auf und zog Melanie zu sich heran.

»Melanie von Gersdorff, willst du mich heiraten?« Wie vom Donner gerührt starrte Melanie ihn an. »Ich dachte, du würdest mich nie danach fragen!
Aber warum jetzt, warum gerade jetzt?«
»Wir, ... du erwartest ein Kind Melanie ... unser Kind!«, stotterte er. Staunend sah Bernárd, wie sich das schöne Gesicht Melanies veränderte, es wurde noch schöner.
»Meine Großmutter hat besondere Fähigkeiten, so etwas zu sehen und sie hat es mir gesagt!«, erklärte er ihr. Melanie plumpste wieder zurück auf den Stein, auf dem sie gesessen hatte. Doch dann kannte ihre Freude keine Grenzen.

Es geschah, wie Marie d´Moreau es wollte.
Jean-Baptiste d´Moreau fand seine letzte Ruhestätte in einem Grab unmittelbar neben der Jagdhütte. Der Bruder Nikels, Ramfold von Gersdorff aus Reichenbach, der zu dieser Zeit in Königshain weilte, kam mit einigen Getreuen und einem Sarg aus dem Gutshof, auf den Heideberg. Nikel von Gersdorff hatte es sich nicht nehmen lassen, seinem Freund Jean-Baptiste die letzte Ehre zu erweisen. Mit ihm waren auch der Vater Melanies, Rudolf von Gersdorff, so wie die Söhne, Hans und Jorge gekommen. Am anderen Tag ist noch Konrad Petermann aus Görlitz eingetroffen, den man kurzfristig benachrichtigen konnte. Der ehemalige Kundschafter überbrachte das Beileid des Oberstadtschreibers und des Bürgermeisters, die aufgrund der sich anbahnenden Ereignisse, nicht selbst kommen konnten. Ihm erzählte Bernárd von dem Verräter Jiři Krachtovil. Zähneknirschend nahm Petermann es zur Kenntnis. »Auch er wird seine gerechte Strafe erhalten Bernárd, dessen kannst du sicher sein!«, sagte er und sollte recht behalten.
Jean-Baptiste d´Moreau erhielt ein würdiges und christliches Begräbnis. Ein schlichtes Holzkreuz, aus

den Resten des Brandkreuzes gezimmert, zierte das Grab des Jean-Baptiste d´Moreau auf dem Kamm des Heideberges neben der Hütte. Kurz danach heirateten Melanie und Bernárd in Königshain.

Peter von Gersdorff hatte seine Mannen einberufen. Die Gersdorffer leichte Reiterei wurde in Lipan dringend gebraucht.

Denn in Böhmen tobte inzwischen die Schlacht bei Lipan, in der Simon Schleiz sein Leben verlor. Claus Schulte erzählte den Trauergästen einige Begebenheiten aus der Schlacht bei Lipan. »Böhmen kämpften gegen Böhmen ... der blutige Bruderkrieg war in vollem Gange!« Peter von Gersdorff aus Tetschen wurde mit seiner leichten Reiterei vom Befehlshaber der Rosenberger Panzerreiter zum Hauptmann der Einspänner, also zum Hauptmann der leichten Reiterei ernannt. Unter seinem Kommando kämpften auch Nikel Kezer, Claus Schultes und Simon Schleiz aus Königshain.

Trotz Ermahnung seines Kommandeurs, Peter von Gersdorff, legte Simon keinen Rücken- und Brustpanzer an. Er entwickelte eine eigenartige Kampfesweise. Simon Schleiz dirigierte seinen Hengst nur mit den Schenkeln. In der linken Hand führte er diesen übergroßen Streitkolben, mit dem er die Angriffe der Fußgänger abwehrte. Rechts hatte er den Wurfspieß mit der schlanken Spitze in der Hand. So war es auch an dem Tag, an dem er fiel.

Er ritt auf einen vor ihm gestikulierenden Krieger der Taboriten zu, der anscheinend Befehle in einer fremden Sprache brüllte und schleuderte mit aller Kraft den Wurfspieß, der den Mann tief in die Brust fuhr. Aber erst als ihm Simon einen Streich mit seinem riesigen Streitkolben verpasste, fiel dieser um. Simon beugte sich über ihn, ohne auf die Kämpfe zu achten, die sich hinter ihm abspielten. Als er in das Gesicht sah, wusste er, wen er besiegt hatte, es war Andreas

Prokop, genannt der Kahle. Nikel Kezer brüllte aus Leibeskräften.

»Pass auf Simon, hinter dir!«

Der Riese reagierte zu spät. Der Schwertstich eines Taboriten traf seinen ungeschützten Rücken. Nikel Kezer sprang vom Pferd und beförderte den Taboriten mit einem Schwertstreich in den Tod, dann kniete er sich neben Simon hin.

»Simon ... verdammte Scheiße!«, rief er und versuchte dem Hünen den Kopf anzuheben.

»Nikel ... sag meinem Bruder ...!«, röchelte er, dann schoss das Blut aus seinem Mund und es war vorbei. Nikel wusste als einziger Freund, warum Simon keine Rüstung trug – Simon hat den Tod gesucht, wegen seiner unglücklichen Liebe zu Dorothea.

Am gleichen Tag machten die Taboriten nachmittags einen verheerenden Ausfall aus ihrer Wagenburg. Ein

Gersdorffer Reiter schlug dem Anführer der taboritischen Reiterei den Schädel vom Rumpf und warf das Banner mit dem Kelch und dem Dornenkranz unter die Hufe der anstürmenden Rosenberger Panzerreiter. Der Monstranzträger Tabors neben ihm

stürzte, von mehreren Lanzen der leichten Reiterei durchbohrt, zu Boden. Es war der Görlitzer Verräter, aber Jiři Krachtovil lebte noch. Er sah das Gersdorffsche Wappen auf dem Harnisch des Reiters vor ihm und fluchte gotteslästerlich. Der Reiter mit dem Gersdorffschen Wappen auf dem Reitumhang gab ihm mit seiner Lanze den Gnadenstoß. Der Reiter, es war Claus Schultes, erkannte plötzlich, wen er dort niedergestreckt hatte. An dessen rechter Hand funkelte dieser außergewöhnliche Ring, von dem ihm Bernárd erzählt hatte. Schultes stieg vom Pferd, beugte sich über den toten Verräter Jiři Krachtovil alias Stefan Flach und zog ihm den Ring vom Finger.

Nach ihrer Rückkehr aus der Schlacht von Lipan war klar, dass es Simon nur noch in ihrem Gedächtnis geben würde. Sie trauerten um Simon Schleiz. Nikel Kezer überbrachte damals diese traurige Botschaft Gebhard, dem Bruder Simons und an Dorothea, Simons heimliche Liebe.

Es vergingen nur noch wenige Jahre, dann starb unvermittelt Bernárds Großmutter Marie auf dem Heideberg. Sie kamen noch einmal alle auf dem Heideberg zusammen und erfüllten hier den letzten Wunsch der Großmutter Bernárds. Sie bestatteten Marie d´Moreau neben ihrem geliebten Jean-Baptiste. Am offenen Grab holte Claus Schultes einen Ring unter dem Wams hervor. Ein Ring, mit einem Diamanten, der die Form einer Träne zeigte. Er steckte ihn an die Stiele dreier roter Rosen und warf das Bukett auf den Sarg. »Großmutter Marie!«, sagte er laut aber ohne Pathos. »Möge der Ring dir die Ruhe im Elysium bringen ... Großvater Jean-Baptiste, er ist gerächt. Dafür hat auch Simon, der ihn hier vom Kreuz genommen hat, sein Leben gegeben!«

Der Oheim

Ich habe die Geschichte bewusst an das Ende gesetzt, um euch die Lasten unserer beiden Geschlechter begreiflich zu machen.
»So endete die Begebenheit auf dem Heideberg. Eine qualvolle und unvergessene Erinnerung an den Hussiteneinfall in und um Görlitz, aber auch eine qualvolle Erinnerung in den Familiengeschichten derer von Gersdorff und derer d´Moreau, die untrennbar mit diesem Teil der Görlitzer Geschichte verbunden sind«.
Nach der Geburt ihrer Tochter Marie zogen Melanie und Bernárd d´Moreau ins Frankenreich und auch hier verlor sich jegliche Spur von Beiden.

Der Oheim machte eine kleine Pause.
»Anfangs habe ich euch gesagt: Das hier haben kluge Menschen niedergeschrieben, um es uns und der Nachwelt zu erhalten! Es wurde alles höchst sorgfältig in dieser Chronik niedergeschrieben und die Handlungen und die Ereignisse von den Schreibern auch bezeugt! Das solltet ihr nicht vergessen! Aber es ist wirklich nur ein kleiner Teil der Görlitzer Geschichte, die ich euch vorgelesen habe und wir bräuchten viel mehr Zeit, alles zu erzählen. Vielleicht beginnen wir damit in den nächsten Ferien, wenn ihr mögt!«
Weil er keine Antwort erhielt, drehte sich «Friedrich Carl von Gersdorff um und sah nach den beiden Buben. Er lächelte. Morpheus hatte sie bereits in seine Arme genommen. Sie hatten nicht mehr gehört, was er am Ende sagte. Er stand leise auf und legte noch eine wärmende Decke über die beiden Buben. Gersdorff löschte das Licht und ließ sie auf dem Bärenfell schlafen. So endeten die Winterferien der beiden Buben

Erinnerungen und Danksagung

Als ich im Herbst des Jahres 2007 mit dem Schreiben begann, war meine Frau noch als Inspizientin am Theater tätig. Begonnen hat die Schreiberei eigentlich mit einem Manuskript zum Lebendigen Adventskalender für Kinder, die in der Obermühle mit ihren Angehörigen das Adventsfest feierten. In den bekannten Märchen wurden die Handelnden literarisch vertauscht und verschoben und die Kinder mussten raten, wer zu welchem Märchen gehörte. Ein Gaudi!

Im Ergebnis dessen, überzeugten mich zwei weibliche Wesen mit dem Schreiben nicht aufzuhören, sondern weiterzumachen, nämlich meine damalige Chefin in der Obermühle Susanne Daubner und meine liebe Frau Ulli.

Gegen diese weibliche Übermacht war Widerstand zwecklos. Ich hatte immerhin schon siebenundsechzig Jahre auf dem Buckel. Mein erstes Buch erschien im Jahre 2008, »Die Obermühlensaga«.

Danach begann eine mehrjährige und aufreibende Recherchearbeit zu einem neuen Vorhaben unter dem Arbeitstitel »Aenigma Aurea« und daraus wurde eine Trilogie, die ich im November 2013 beenden konnte.

Der Dank gilt dem Ratsarchivar Siegfried Hoche, der meine Recherchen im Ratsarchiv wohlwollend unterstützte und besonderer Dank an Thomas Joscht vom Presse & Buch-Zentrum für die fürsorgliche Unterstützung des Projektes.

Ulli hat jedes meiner Manuskripte gelesen und kritisch begleitet. Für mich war das wirklich ein lehrreicher und harter Job, denn meine Ulli war ja als ehemalige Tänzerin bekannt für ihre eiserne Disziplin und ihre sachliche Kritikfähigkeit. Das bekam auch ich zu spüren. Sie hat alles kritisch verfolgt, die Manuskripte nicht nur gelesen, sondern regelrecht studiert, aber sie hat mir die nötige Ruhe und die Kraft verschafft, alle Scripts zu vollenden.

Nach der Trilogie »Aenigma Aurea« folgten, 2017 »Die Hussiten«, auch noch 2017 »Der Blaue Mühlstein«, eine Fortsetzung der Obermühlensaga, 2019 die Broschüre »Mythos Stadthalle«, die eine Betrachtung der Geschichte und die Version des Betriebes der Stadthalle unter betriebswirtschaftlichen Bedingungen beinhaltete, 2020 »Das Orakel vom Teufelsstein«, 2021, »Geisterreiter im Neißetal«, 2021 »Das Heilige Grab und die Pilgerreise der Agnete Fingerin«, 2022 folgte »...als der Donner vom Himmel fiel«, eine autobiografische Bearbeitung meiner eignen Lebensgeschichte in Romanform.

Der vorliegende Science-Fiktion-Roman ist mehr oder weniger eine Zusammenfassung vergangener Zeitabschnitte der Stadt Görlitz und ihres Umkreises.

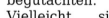

Diesen Roman konnte sie leider nicht mehr begutachten.

Vielleicht sieht sie mir vom Regenbogenrand zu.

Görlitz im Juli 2023

Hans-Peter Bauer

Inhaltsverzeichnis

Verwendete Literatur:

Die archäologische Hintertreppe
D. Husemann Verlag Thorbecke

Preussen die unbekannte Großmacht
K. Wiegrefe Verlag Weltbild 2008

Geschichten aus Alt-Görlitz
Dr. E. Kretschmar Görlitz Information 1983

Chronik der Stadt Görlitz
BVB-Verlagsgesellschaft 2006

Ora et labora, Hefte 43 und 46
Freundeskreis Abtei St Marienthal 2011

Die Sachsen
Nikolverlag 2009

Die verborgene Geschichte der Jesuiten
E. Paris Verlag Fischbacher 1957

Geschichte der Stadt Görlitz
Prof. Richard Jecht
1.Band/2. Halbband. Verlag Hoffmann & Reiber Görlitz
1927/1934

Neues Lausitzer Magazin
Band 116 1940

Neues Lausitzer Magazin
Band 117 1942

Ratsarchiv Görlitz
Band 332 1700 – 1800

Die Hussiten
Roman Verlag BoD Norderstedt

Don Quichote
Vorwort von Miguel de Cervantes

Impressum

Bibliografische Information der Deutschen National Bibliothek:
Die Deutsche National Bibliothek verzeichnet diese Publikation in der Deutschen Nationalbibliografie; detaillierte bibliografische Daten sind im Internet über dnb.dnb.de abrufbar.

© 2023 by Hans-Peter Bauer
Herstellung und Verlag
BoD – Books on Demand, Norderstedt
ISBN: 9783757887766

Titania Königin des Asenlandes

258